嘉宾在巴蜀译翁亭前合影。

站在金鼎山公园的山巅，整个仙女山度假区的美景尽收眼底。

雄伟神奇的天生三桥是闻名世界的地质奇观。

乌江画廊

白马山旅游度假区

文艺家们在龙水峡地缝前留影。

仙女山境内的龙水峡地缝是一条5公里长的大峡谷,两边都是绝壁悬崖,最窄处仅能容一人通过。

文艺家们在芙蓉洞前留影。

地貌奇特的芙蓉洞

广阔的仙女山大草原一望无垠,与繁茂的森林相得益彰。

文艺家们在仙女山度假区内的天衢公园留影。

巴蜀译翁杨武能教授(右)和时任武隆区委宣传部部长的石强桢(左)共同为巴蜀译翁亭揭牌。

学贯东西、同跨中德两个文学语境的前辈大师、巴蜀译翁杨武能教授。

杨武能教授特邀重庆杂技团在巴蜀译翁亭揭牌仪式上表演精彩节目,赢得大家阵阵掌声。

由著名导演张艺谋担任艺术顾问,王潮歌、樊跃担任总导演的"印象·武隆"大型实景歌会节目《川江号子》。

火炉镇上幸福的百岁老人

龙溪古渡

（以上作品摄影：张晓晖）

仙女山十日

首届世界华裔文艺家重庆武隆采风行

重庆市武隆区文化和旅游发展委员会 编

杨悦 [德]高关中 主编

重庆出版集团
重庆出版社

图书在版编目（CIP）数据

仙女山十日：首届世界华裔文艺家重庆武隆采风行 / 重庆市武隆区文化和旅游发展委员会编；杨悦，（德）高关中主编. —重庆：重庆出版社，2024.1（2024.7重印）
ISBN 978-7-229-18224-3

Ⅰ.①仙… Ⅱ.①重… ②杨… ③高… Ⅲ.①散文集—中国—当代 ②诗集—中国—当代 Ⅳ.①I267 ②I227

中国国家版本馆CIP数据核字（2023）第238774号

仙女山十日——首届世界华裔文艺家重庆武隆采风行
XIANNÜSHAN SHIRI——SHOUJIE SHIJIE HUAYI WENYI JIA CHONGQING WULONG CAIFENG XING

重庆市武隆区文化和旅游发展委员会 编
杨悦 〔德〕高关中 主编

责任编辑：何 晶 刘 丽
责任校对：杨 婧
装帧设计：李南江

重庆出版集团
重庆出版社 出版

重庆市南岸区南滨路162号1幢 邮政编码：400061 http://www.cqph.com
重庆出版社艺术设计有限公司制版
重庆天旭印务有限责任公司印刷
重庆出版集团图书发行有限公司发行
E-MAIL:fxchu@cqph.com 邮购电话：023-61520646
全国新华书店经销

开本：890mm×1240mm 1/32 印张：9.5 字数：280千
2024年1月第1版 2024年7月第2次印刷
ISBN 978-7-229-18224-3
定价：56.00元

如有印装质量问题，请向本集团图书发行有限公司调换：023-61520678

版权所有 侵权必究

《仙女山十日——首届世界华裔文艺家重庆武隆采风行》
编委会

主　任：蔡　斌
副主任：张德兵　邱国权　任咏梅　肖　桦　王长余
成　员：王佳欣　田　城　刘　辉　陈　旭　郑妮靖

《仙女山十日——首届世界华裔文艺家重庆武隆采风行》
编写组

主　编：杨　悦　〔德〕高关中
统　筹：易　然
编　写：袁嘉芮　刘晓景
成　员：王佳欣　田　城　刘　辉　陈　旭　郑妮靖

序
叶落仙女山

巴蜀译翁（杨武能）

萍飘海内外半世纪，还是像秋风中的一片黄叶，终于落在了生我养我的山城重庆，落到了武隆芙蓉江畔如诗如画的仙女山。

一落地，故乡就敞开胸怀给我热烈拥抱：时任区委副书记的王频同志率武隆区四大班子会见我，时至今日，殷切的嘱托仍在耳际；堂弟武均和侄辈永群、永雄请我吃糯包谷、烤洋芋，品尝芙蓉江刚打起来的鲜鱼和才出锅的碗碗羊肉，余香仍留存唇齿之间。深情厚谊无以为报却终须报。

三四年搜索枯肠，终得灵光一闪。2018年暑热渐消即将下山回城，一天见到当时还兼任仙女山管委会主任的区委宣传部长马奇柯，便对他讲：

"奇柯，领导和亲友都盼着我写文章宣传世界遗产武隆仙女山，我口头应承却迟迟未行动，终觉一个人力量太单薄。现在好啦，我打算请一帮子人来写，请大家齐声为武隆吆喝、呐喊，而且要喊到全世界去！这嘛才够意思，才带劲儿，你说呢？"

于是如此如此，这般这般，我把举办一次"世界华裔文艺家重庆·武隆·仙女山采风行"的想法和盘托出。想一想吧，那时候耄耋老翁我肯定讲得兴高采烈，眉飞色舞；我这当官不像官的忘年之交肯定听得喜形于色，振奋莫名。

"好啊！"中国人民大学博士后出身的马部长当即表态。

"光叫好不行，必须创造条件，准备花银子！"我乘胜追击。

"没问题，没问题，您放心，统统没问题！"

"真的？真的吗！"本翁收到过的空头支票多了去了，哪里放得下心！

"真的！还能骗您老人家！"博士部长加重语气。

"那好，我就让杨悦拟名单，发邀请啦？"

"拟！拟！发！发！"马部长俨然成了马司令。

就这样，不到半小时，言谈嬉笑间，一件大事就埋下了伏笔。

2019年10月10日，重庆江北国际机场，仙女山管委会旅游局刘艳率领培训得有模有样的"阳光童年"青年男女，彬彬有礼地把从世界各国飞来的华裔文艺家，一批一批请上了武隆喀斯特旅游开发公司的豪华大巴，一车一车接送到仙女山国家级旅游度假区琥珀酒店。

这个时候本翁却没上山，而是安坐在重庆国泰艺术中心，欣赏俄罗斯红军歌舞团的精彩表演。因为熟知马奇柯、刘艳的能力和作风，知道接待工作肯定顺顺当当，妥妥帖帖，用不着自己操心、插手。抚慰年少时种下的俄罗斯情结，可是机会难得！

哪知译翁错了，错在不真了解这帮来自四大洲的海外来客，还以为他们跟国内"笔会"的某些参加者一样，只是优哉游哉地跟着走一走，吃喝玩乐后草草写篇文章交差了事。

话说姗姗来迟的我，一上山就发现采风行的微信群里热闹非凡，热情洋溢的问候，寥寥数语的感叹，事无巨细的风光描绘，直抒胸臆的真情流露，实在是感人肺腑！哪里能等到采风结束才来收获？必须趁热打铁！于是立刻联系区长和宣传部长，他们雷厉风行，立马委派电视台和报社记者随行采访来自世界各地的文艺家们，并于次日一早就把采访报道的样报送到了所有客人手里。

这一来，文艺家们的热情更是高涨，文章、诗歌、图片、视频接二连三、源源不断地发表在区、市和海内外各种报纸、杂志、博客、微博、数字媒体和自媒体上：《武隆日报》《重庆晚报》《华西都市报》《解放日报》《文汇报》《大公报》，德国《华商报》《欧华导报》，美国《侨报》《美南日报》，奥地利《欧洲时报》，澳大利亚《联合时报》，还有《华人头条》和《华人诗刊》，《环球人文地理》杂志等。

"仙女山好美！""武隆太棒啦！"的吆喝声，此起彼伏，绵绵不断，真是让散居在地球各个角落的中国人，都能听见、看见，心向往之……

实话实说，采风行的欢乐、圆满与成功、成绩，远远超出发起者八旬老翁和组织者杨悦的预料，也大大超出主办者的预期。

为什么会如此成功呢？原定2020年4月于重庆召开的总结会，因为疫情一时半会儿开不成了，就只好由我说一说采风行超常得顺利、成功，原因或者说奥秘在哪里。就在"华裔"两个字啊！

不是吗？所有人都是带着情感而来，都是回家来省亲的，家里的景物能不美好！能不令人感怀，赞叹，激动！

更何况——这就要讲到第二个原因——世界自然遗产和国家5A级景区武隆，绝非浪得虚名！为什么？读者诸君欲知其详，就请读一读以长篇小说《曼哈顿的中国女人》享誉海内外的周励等大作家畅游仙女山的美文。

说到此，译翁还要做个自我检讨，对仙女山做个检讨！

我们把采风的日期定在金秋十月，避开人多的旅游旺季，不料天公不作美，没有想象中的艳阳高照，只有绵绵细雨，好几天都是淅淅沥沥，飘飘洒洒，把耄耋老翁的心都浇凉了。我准备好上山看大家的冷脸去。谁知在金马广场的苗家风味餐厅，文艺家们个个春风满面，兴致勃勃，纷纷跑到姗姗来迟的老翁桌前问候聊天、合影留念。怎么回事啊？

想了半天我终于明白，自己又犯了两个错误：

一是把文艺家们当成了不解风情的凡夫俗子，不晓得漫步在雨雾迷蒙的林中小径上，他们全变成了仙女仙子！白云飘飘的蓝天，满目明媚的秋色，他们在海外司空见惯了。可要成为"灵山多秀色，空水共氤氲"中的仙女仙子，一辈子也难得一次啊！

于是一个个文思泉涌，诗兴大发，连主业为工程师的美东专栏作者，也吟唱出了"莫听穿林打叶声，何妨吟啸且徐行"的东坡名句。集子里的好诗美文还多得很喽！

忍不住要说一说祖籍福建惠安的作家朵拉，她出生成长在马来西亚槟城，华文写得不输你我，还画一手风格特异、有一点工笔味道的花卉，译翁纯属外行，只觉得她自然地融汇中西，不失为马来西亚华裔的艺术象征。

精彩文章数不胜数，只想再提一篇出自新闻摄影记者徐崇德笔下的《泪洒望仙崖》，叙述的事情大出译翁意料。不妨把这段感人的故事编进解说词，说不定会吸引来不少痴情男女。

不能再介绍作者作品了，只想讲集子里仙女山色、香、味俱全，不信请读庞惊涛、青平等人的文章。到此我得打住了，啰唆下去不只浪费时间，更怕坏了大家品尝原汁原味的兴致。

我的第二个错误，是忽略了仙女山一年四季各有其美，同一季节下的晨昏月夕，不管下雨飘雪，还是艳阳高照，都各有各的美妙。译翁八十那年，三个小时走完了天生三桥，算作给自己的生日祝福。当时只惊叹它壁立千仞，鬼斧神工，造化神奇，却不知在下雨天还有道道山泉顺着岩壁飞溅而下，喷珠漱玉，宛若游龙，煞是壮观。

总之我该知道仙女山恰如西子，也是淡妆浓抹总相宜！

读者想亲近咱们千姿百态、美不胜收的仙女吗？那就请翻开这本小书，细细地读一读，品一品！

目录

自然遗产：钟灵毓秀　美不胜收

武隆仙女山掠影　〔马来西亚〕朵拉…003

雾中的仙女　老木…007

仙女山，为岁月而生长　西楠…013

重庆武隆纪行　徐崇德…023

重庆·武隆·仙女山十日　鲁鱼…038

仙女山的颜色　庞惊涛…049

仙山绿境，一路恼人香　〔美国〕青平…056

情画仙女白马山　〔德国〕谭绿屏…063

武隆仙女山采风行——诗歌组曲四首　〔瑞士〕朱文辉…068

游武隆山水，览仙女风情　〔德国〕高关中/高平原…078

在仙女山写诗　鲁鱼…085

行摄——寻觅仙女山美景　易然…088

雨中赏游天生三桥　倪立秋…095

"路"，游天生三桥和龙水峡地缝有感　老木…105

古渡怀古　徐崇德…111

仙山火炉追忆似水年华　〔德国〕黄雨欣…117

散落大山的明珠拾遗——和顺江口　〔美国〕青平…121

泪洒望仙崖　徐崇德…126

001

世界武隆：情深义重　人杰地灵

令旗山下——一代名相的穷途末路　庞惊涛…135

贞观之治，凌烟阁功臣与长孙无忌　高平原…145

仙女山上的朋友们　西楠…153

友谊地久天长——幸会"阳光童年"　〔法国〕良辰…158

"阳光"风采　小宇…168

相约金秋　涂光明…173

有一位老人，住在仙女山！　〔美国〕陈瑞琳…177

巴蜀译翁印象记　周励…187

我眼中的德语文学翻译家杨武能　〔德国〕孙小平…198

纤夫的恨　海娆…204

川江号子的壮歌——《印象·武隆》观后感　〔德国〕黄雨欣…210

武隆的闺女回娘家　杨悦…217

"巴蜀译翁亭"揭幕纪实　〔德国〕高关中…223

致敬"巴蜀译翁亭"　〔美国〕陈瑞琳…226

《格林童话》的奇迹　〔马来西亚〕朵拉…229

重庆图书馆与杨武能著译文献馆　〔德国〕高关中…234

让德国人了解重庆　海娆…242

德国记者看重庆　杨悦…248

大美重庆名胜多　〔德国〕高关中…254

武隆三块金字招牌，含金量知多少？　〔德国〕高关中…267

心中一座城　〔马来西亚〕朵拉…275

从武隆大山走出的一家人　小宇…280

自然遗产

钟灵毓秀　美不胜收

武隆仙女山掠影

〔马来西亚〕朵拉

卡尔维诺（Italo Calvino）在《看不见的城市》（马可·波罗向忽必烈讲述他所见的城市）里有一段话，"从那里出发，六日七夜之后你便会抵达佐贝德，满披月色的白色城市，它的街道纠缠得像一团毛线。传说城是这样建造起来的：一些不同国籍的男子，做了完全相同的一个梦，他们看见一个女子晚上跑过一座不知名的城，他们只看见她的背影，披着长头发，裸着身体，他们在梦里追赶她，他们转弯抹角地追赶，可是结果每个人都失去她的踪迹。醒过来之后，他们便出发找寻那座城，城没有找到，人却走在一起，他们决定建造梦境里的城。每个人根据自己在梦里的经历铺设街道，在失去女子踪迹的地方，安排有异梦境的空间和墙壁，使她再也不能脱身，这就是佐贝德城。他们住下来，等待梦境再现，在他们之中，谁都没有再遇到那个女子"。当我接到重庆武隆仙女山"世界华裔文艺家文学采风"的邀请函的时候，我想起和我一起讨论《看不见的城市》的朋友说："卡尔维诺文中的佐贝德城，应当是他心中的仙女之城。"

从重庆市区到武隆，上山的巴士几乎全程都在山间穿行，逶迤曲折的盘山路上，峰峦叠翠，浩渺的云雾缭绕在绿意盎然间，而浪漫的传说在仙女山就像巴士不断地穿过一个又一个，仿佛永远穿不完的隧道一样多。据说因为有一个山峰酷似翩跹起舞的仙女，故名仙女山。在山上一个星期，每天都穿山过岭：威武山、白马山、芙蓉洞、龙水峡、天生三桥、万峰林海、龙溪古渡，所有景点都在山中的山里，当白茫茫的云海悠闲自在地浮游过一座山又一座峰的时候，恍惚之间，是仙女相约出来散步？或是群山都在起舞？

夜间投宿琥珀酒店，一打开房门，桌上备有一篮水果，还有牛奶。房间附一个小厨房，玻璃窗外远处是闪闪烁烁的点点灯火，近处是影影绰绰的花草树木，室内气温也很低，大约十度左右，但我还是打开一扇窗让空气流通，同时也想看看山中的星星和月亮，抬头望去却遍寻不着，仅只听见呼呼风声带来唧唧虫叫声，打破了山中之夜的宁静，却无喧嚣的嘈杂，虫儿唱出了远远近近的斑驳树影。

在首晚的赠书仪式上，我说了对武隆仙女山的第一印象：自从智能手机面世以后，世间上再也没有一见钟情这一回事。正当我们几乎完全失去这扣人心弦的感觉时，接到仙女山的邀约，而这一趟武隆行，让幸福的我们，终于有机会和"一见钟情"的美好感觉再度重逢。

作家们和武隆仙女山因书结缘，所以把著作赠予武隆图书馆。我上台时说，这个让我们一见钟情的地方，其实大家更希望把自己留下，但这是不可能实现的愿望，所以，只能留下自己的书。

山上天气寒凉，山里人们热情，尤其阳光童年旅游度假区的涂总，把作家们都请到阳光童年度假区，来一个下午茶音乐会。除了年轻表演者朗诵唐诗宋词、表演民族舞蹈以及《西游记》的"三打白骨精"舞台剧之外，也是书法家的涂总，在我受邀当众挥毫的墨色金鱼小品上，题上周敦颐的《爱莲说》，让我的画提升了品位。阳光童年在采风活动未开始之前，先给大家奉献了一场动人的文化艺术盛宴。这是一个难忘的下午。

特别到来接待世界华裔文艺家的武隆仙女山旅游文化局管委会的艳子局长说：

始建于唐朝武德二年的武隆，已经有1400年的历史，曾经是重庆最贫穷最落后的偏僻山区，经过十年开发，当年的穷乡僻壤开辟成今天全中国少有，同时拥有"世界自然遗产""国家5A级旅游景区""国家级旅游度假区"三块金字招牌的旅游区。"一江碧水，两岸青山"，每年单是夏天的游客便超过20万人。坚毅刚强、勇敢乐观的武隆人，具有百折不挠、坚韧不拔与大自然抗争的气魄，把蛮荒之地的险山恶水化为奇山异水，把神奇的大自然变成优美度假胜地的奇迹。听得作家们忍不住要为武隆人唱一首赞扬的歌。

隔天晚上的歌，是在神秘瑰丽的桃园大峡谷，来自全世界的华裔作家们和所有观众一样套上简便塑料雨衣，坐在世界少有的雄奇壮丽的喀斯特地貌景观里，丝丝细雨绵绵洒落在悬崖峭壁上，听"川江号子"的主角粗糙沙哑的嗓子里充斥一股迷人的沧桑魅力："我叫张思江，我们家干扯船已有好几百年啦，到我这一代是第九代啦，今天我们要搬家了，五里滩的李二毛，我们一起来唱一段落魂腔唷！"我不知道武隆，我不了解川江号子，从前我在摄影画册看过纤夫的照片。那个时候的我不知道，无论春夏秋冬，气候是暖是寒，为了养家糊口，拉着纤的汉子，不能够穿衣服，只围上一条布巾（不许叫他们船工，他们是汉子！），在悬崖峭壁上，在激流险滩边，一群人一条绳，赤裸的汉子们连接在一起，必须有高度的合作精神，因为其中一个人掉下去的话，所有的人都会跟着掉下去，当我听到从事这份以命相抵的纤夫行业的汉子们使劲地齐声呐喊：

"嘿咗！嘿咗！哟嗬！哟嗬！"他们的声音越是雄浑激昂，我的眼泪掉得越快越多。结合声光动画与自然山水的《印象·武隆》在上演，雨在下着，流在我脸上的不是冷冷的雨水，而是热热的眼泪。人在现场，亲眼目睹巍峨的山，险峻的江，摄影画册里的景物和人活生生在眼前时，感觉完全不一样。导演王潮歌说："我不想跟观众讨论简单的爱情神话传说，我觉得这个太简陋，中华民族真没那么简陋。我们在这片广袤的土地上繁衍不止，一定有一种特别牛的精神。"几乎所有的纤夫都有同一张脸同一个性格，"腰杆子往上挺哟，嘿咗！嘿咗！脚板心要踩稳哟，嘿咗！嘿咗！吼起号子走川江，漩涡的歌声最悠扬，川江难得走一趟，活在世上也不冤枉——"是深深的皱纹、粗声的喘息、坚实的脚印，是坎坷岁月里磨炼出来的隐忍拼搏、不畏艰辛、团结一致的纤夫精神催生出《印象·武隆》。

质朴雄浑的悲壮"川江号子"，婉约凄美的柔情"哭嫁"，还有独具巴渝特色的"麻辣火锅"，都是巴蜀大地的风土人情。一直不明白为什么长相如此美丽秀气的重庆女子，对着热腾腾红油油的麻辣火锅，还有火锅里那些牛羊猪内脏，她们吃得呼呼啦啦的一副美味可口表情，觉得极不可思议。《印象·武隆》说，那是因为穷，因为冷，因为潮湿。是巴蜀的艰苦环境，造就了当地的风俗文化。

"脚蹬石头手扒沙，风里雨里走天涯"。重庆武隆仙女山不是卡尔维诺的仙女城。

朵拉（林月丝），作家、画家。槟城出生。2019年获槟州元首封赐DJN准拿督勋衔。个人集52部。国内外文学奖60多个。国内外个人画展23次，读者票选十大最受欢迎作家，文学作品译成多国文字，收入多国大学及中学教材。受聘为中国多所大学客座教授。

雾中的仙女

老木

刚开始听到"仙管委"这个称呼的时候,不由得心里生出一丝说不上来的幽默感——这里是管理神仙之处,还是神仙管理人类的机关?笑谈之间不由得就得到了一番轻松与快乐的舒畅。

明明是重庆市武隆区仙女山国家级旅游度假区的一个政府旅游度假区管理委员会的简称,却被一个仙里仙气的名字弄得云山雾罩,引人联想、朦胧神秘起来。

日前,仙管委旅游局的刘艳副主任,率领阳光童年文化旅游开发公司项目处的几位小伙伴,把我们一行海外喜欢码字的作者,用汽车沿着弯弯曲曲、令人晕眩的山路,带上了云雾缭绕、如诗如画的仙女山。

武隆仙女山这个海拔800米起算的高山贫瘠之地,凭借区位优势和气候差异优势发展旅游经济,候鸟经济……让人们禁不住从这里几乎全新的建筑风貌里,想象当年它"穷山恶水"的样子。让人意识到,这里的人们在政府的引领下走出过去不适合本地实际情况的以农业经济为主的营作方式迷雾,改为现在以旅游经济为主的健康发展模式,是多么正确的"道路"选择。

显然,过去在大山中的仙女山人,以手工作业这样低下的劳动生产率搞农业生产,其经济效益可想而知。可以想象,历史上苦难中的武隆人对美好生活的向往是多么迫切。而人们只能在苦难的现实中，通过把神仙故事演绎到自己身边的生活中来的办法，在某种程度上满足长久以来追求美好生活的群体心理需求。于是就有了把在乌江两岸相互对峙的两座山峰"顶替"入神话中，成就龙太子白马与玉皇公主仙女相爱，又难成美满伴侣的人间地理安排。恰如其分地显示了人民大众追求美好生活而不得的漫长期待。并以让"最高级"的皇女龙子也与穷人一样，隔江相望而不能得到想要的幸福。如此来实现大众心理的某种平衡。

所以说，武隆深山里仙女山神话中的仙女，该是代表了一种精神。一种生活在苦难中的人们景仰和渴望美好生活的自我安慰。

在仙女山天衢公园里，武隆区政府、仙管委和阳光童年文化旅游开发公司的项目建设方共同为祖籍武隆、已经获得了国内外众多荣誉的著名翻译家杨武能教授，在叠翠盈碧的依山临水之处，建造了一座以杨教授的成就命名的古韵盎然的文化名人亭——巴蜀译翁亭。

在我的记忆中，一个依旧在世的文化人能得到这样的荣誉是极其罕见的。安徽古时的醉翁亭和如今仙女山的译翁亭，都是世人对有突出成就的文人赞赏和敬慕的象征性建筑。

阳光童年旅游度假开发公司的涂光明总经理，向我们介绍了他们正在占地7000公顷的山地中建造一组"6+1"不同国家文化小区的文化旅游项目。是除了一个中国馆外，其他六个区域是不同国家特色的文化旅游区，以文化体验为主要经营方式，专门针对青少年的年龄特点，让他们感受不同国家，不同民族的生活环境、生活方式和文化特色，在娱乐中开拓孩子们的视野，增长异域文化知识。

说心里话，刚开始听到涂总介绍他们的设想时，我暗地里有些担心。担心这些西方庭园的建设和未来投入运营，会因为利益的驱使，形成指导思想倾向猎奇和过于溢美西方社会生活，加重如今中国社会中的一些人盲目崇拜西方文化，甚至已形成某种迷信惯性的不良状况。

我在仙女山国家旅游度假区欢送采风团的晚宴上做了发言。

……

在欢送采风团的晚宴上，阳光童年旅游开发公司的涂光明总经理即兴为庆祝采风团活动圆满结束挥毫书写"游武隆山水，览仙女风情"遒劲大字的对联。由于我幼时受父亲影响，闲来无事时也喜欢欣赏和玩弄笔墨，写写毛笔字，所以，见涂总一心写字，我便走到一旁去欣赏他悬肘悬腕的书写功力。

出神间，没想到平时脚力不健、走路缓慢的杨武能教授走到我身边爽快地拍了一下我的臂膀，小小吓了正聚精会神地看涂总写字的我一跳。老人拉着我的手腕以赞同的目光，定定看着我说："我非常赞同你刚才发言中所说的，说得太好了！我一生翻译外国作品，是为了我们中国人借鉴西方的先发成就更好地发展自己的国家。而绝不是为了让中国人去盲目崇拜西方、迷信西方。"

没想到我的看法会与老人家如此契合。听了杨教授的这番话我自然满心欢喜。连忙用手扶住老人的胳膊弯腰对他说："老人家……"

没等我继续把话说下去，老教授笑着嗔怪地拍了一下我的手说："别叫我老人家，我有那么老吗？"

这让我想起30年前，接近70岁的父亲用同样调侃的态度所说的同样的话——那种满怀自信和爱意，不服老、还要努力做事的精气神儿，再一次让我感到了来自老人努力向上的心劲儿，和"老骥伏枥"继续耕耘的可贵精神。

教授接着对我说："每一个人都喜欢赞扬溢美之词，可我更喜欢怀着对国家和民族的责任感，带着忧国忧民之心，为国家的未来和前途思考的言论。"

教授的肯定和赞扬让我心中一热，更真切地感受到了教授那颗无比赤诚的爱国爱民之心。于是双手紧紧握住老人的手对他说："好呀！以后我就叫你教授，不叫你老人家啦！"说完我们二人以相互理解和认同的目光对视着，畅怀笑了起来。

我相信那一刻，我和老人家是交了心的。

不知为什么，看着教授满是舒心笑意、坦然愉悦的面颊，我突然想起了仙女。蓦然意识到，那神话中的仙女，就是人们对于美好事物的向往，是美好的象征。这样说来，所有美好的事物，都会和仙女一样令人赏心悦目、追随向往。老教授鹤发童颜发自内心的笑容给人的审美感觉不是同样地十分美好吗？人们对美的感受是不分性别和年龄的。

把年轻美貌女子比作仙女，从人性上来说是毫无疑义的。因为这个年龄段的女子不但形貌美，而且不谙世事、心灵纯洁。其实人到了"随心所欲而不逾矩"的年纪，经过了无欲——有欲——无欲的否定之否定螺旋性上升以后，人性就达到了更高的自我放弃俗念的纯真的境界——"超我"的"大自在"境界。这才是毫无私欲的神仙般的境界……

仙女山国家旅游度假区的道路，许多是以树名来命名的。如银杏路、梧桐路、火棘路……而我的笔名恰是老木。似乎彼此之间冥冥之中有着某种关联。所以在采风过程中除了观景，我一如既往地关注民情，利用所有机会做社会调查，同时作为一个"外人"，利用自己不同的见识来思考当地的发展可能性，提出一些发自内心却很可能是幼稚的"发展建议"（我走马观花的观察，总是不如扎根在本地，一心发展本地经济的人们掌握本地情况，尤其是苦心寻找各种发展机遇的"父母官"们，肯定为本地经济发展想方设法、用尽心力）。不管我的建议结果如何，总是尽了我自己的一份心意。

"仙管委"旅游局艳子副主任听者有心，认真叮嘱我一定把那些想法集中写出来，她要把我这"假洋鬼子"的想法拿给领导去做参考。这种积极吸纳各种不同想法和意见的开放态度，让我对那些说中国当今的体制是"落后的集权体制"等不实之词的人，多了一重违背事实的藐视和对纵言者无知的可怜。

在仙女山的这些日子里，在美妙绝伦的武隆山水云雾中，亲近久违的淳朴可敬的民风，感受城乡民众生活的巨大变化，直接观察扶贫亲民又勤奋律己的国家干部的工作风貌……这些暖心的体验，让我的内心受到了震撼。留在眼里心里的，是国家欣欣向荣难以遏制的发展趋势，是官民同心同德实现更富裕生活的发展愿望和努力，还有逐渐恢复的民族自信……

静下来细想，这些美好事物的叠加，不是人类走向平等、友善、正义大同社会理想世界的进程吗？其中美好的意义不是也像仙境、仙女一样令人向往和追求吗？

在云雾缭绕的仙女山，在仙管委的引领下找到阳光童年……如此美妙童话般的故事，不是梦境，而是我正在经历的、与"仙女"密切接触的现实。

说再见的时候，大家留恋地拥抱告别。但此时，在仙女山中发现的仙女——中国人民必然走向更美好生活的信心——却永远留在了心里。

李永华，笔名老木，欧华作协、欧华文学会会员。欧洲华文诗歌会创始人。盐城师范学院文学院特聘教授。捷克华文作家协会首任轮值会长。捷华媒体创办人之一。著作：诗集《露珠》、散文集《石子路》、中短篇小说集《垂柳》、长篇小说集《新生》等。

仙女山,为岁月而生长

西楠

2019年10月中旬,我和伴侣——同为诗人、作家的鲁鱼一起,受到德国作家、现任欧洲华文作家协会理事的高关中前辈和旅德作家、企业家杨悦女士邀请,赴重庆武隆参加"2019世界华裔文艺家重庆·武隆·仙女山采风活动"。这是华裔文学家、艺术家们走进和了解母国的好机会,也是扩展写作视野、素材和结识新朋友的好机会,我们在时间上没有冲突,就高兴地答应下来。

很快到了采风的时间,在重庆市武隆区当地的仙女山旅游度假区管理委员会、"阳光童年"和喀斯特旅游集团公司的全程陪伴下,来自世界各国的20余名作家、艺术家朋友们进行了为期10天丰富的采风,当地所有景致可以说各具特色,时而壮丽美好,时而奇异瑰丽……全程中亦结识了不少新朋友,大家独一无二的面孔与性情也留存在了记忆当中("人物简述"请见另一篇文章)。旅程中,我认真写下了我的记录与所见所思,有兴趣的朋友们可以接着读下去。

一 仙女山旅游度假区环线

第一天的半夜,我醒来喝一口水,鲁鱼(下文称"你")睁着圆圆的眼睛,在黑暗中闪亮。

"我的小仙女。"你说。

这是在仙女山上的隆鑫琥珀酒店，地处重庆市武隆区。仙女山是国家5A级景区，世界自然遗产。

早晨9：30我们坐大巴出发去采风。一路上，远山笼罩在云雾之间，近一点儿的山呈深灰接近黑色，远处的是蓝黑。"像一幅水墨画"，同行的作家说。一条长路的两旁栽种着法国梧桐，金黄或发红的树叶落在道路两侧，铺成厚厚的几层。踩在上面有绵软的厚实感。

我们来到西班牙风情区。雪白墙壁、深棕色屋顶的一幢幢小房子，高高低低错落有致，在山顶形成一片阵势。白墙看上去厚重，的确有地中海风貌。红色小花和高高的芦荻在风中摇摆，远处的云雾之中，除了山，还是山。

这一天的下午是捐书仪式。参加采风的作家们每个人都捐了书，对书籍做了简单介绍。我们捐出了一本2005—2017年的我的诗选集，还有一本我们去年合编的读诗集。

小资料：武陵山脉数不尽的群峰跌宕中，有一座奇峰酷似翩翩起舞的仙女，这就是——仙女山（重庆武隆）。在它的半山腰有一座小镇——仙女山国家旅游度假区。它紧邻世界自然遗产天生三桥、龙水峡地缝、芙蓉洞、芙蓉江，与仙女山国家森林公园遥相呼应。这里的植被覆盖率达75%以上，空气质量达到国家一级标准，负氧离子含量是重庆主城区的108倍，被联合国教科文组织确定为最适合人类居住的地方，是国际旅游度假的目的地。这里有西南地区海拔最高的高山体育场、标准的马术表演运动中心、原生态户外运动公园及相关户外运动设施……这里的商业配套也十分完善，特色商业街、餐饮和高品质的宾馆酒店遍布整个度假区。在这里，当然也不能错过与张艺谋联手打造的大型山水实景演出《印象·武隆》。

二　金鼎山公园

在金鼎山公园，我们所有人登800步梯上一座小山，俯瞰全镇景象，是连绵起伏的山坡，和分布在山坡各处的尖顶小房子。更远的地方，一短截山脊显现于浓厚的云层之间，无上无下，只露出一短截山脊，如同位于天堂。

下山时，我和你换走另一条蜿蜒狭长的坡道。坡道上非常安静，只有我们的脚步声，笃笃地踏着水泥地面。山路两侧是五颜六色的格桑花、野雏菊、随风摆动的芦荻、各类灌木、长不高的小树……

从一座山的山脚到山顶，人们经历春夏秋冬四季。

"山脚有大树，山腰是低矮的灌木和无法长高的小树，到山顶只剩了杂草，因为海拔越高越不适合植物生长。"你说。我的内心在感叹杂草的生命力：做人当如杂草——春风吹绿，阳光照耀，河流哺育，大地拥抱——就像我们从小学唱的这首歌。随遇而安，为岁月而生长。

在半山腰，我还看见了对面的一座荒山，坡度平缓，草木已黄，干燥，无花无树——不知为何，是我喜欢的某种景象，使我感知到大自然的荒蛮与蕴藏的力量。

你为我摘了一根长的芦荻。我拿在手中拍了一张照，又将它对着天空拍了一张。竖着拿在手中，我们嬉笑着说像印第安部落人。回到大巴上，你又把它插在座位旁。我们意想不到的是，只一个中午，它就开了花。

三　四眼坪风力发电场 & 威武山私家花园

十七座的丰田中巴在盘山公路上蜿蜒行驶，愈发向海拔高处驶去。

道路非常曲折，我有点儿晕车，同行有作家提议玩儿闹一番，就不会晕车了。提议的作家率先站起来唱了一首法文版的《国际歌》，我念了一段昨天写的文字《个人生活》。唱法文歌的作家又唱了一首歌，还在车里狭小的空间扭了一段舞呢。大家开始热闹地讨论起社会时政问题，各自提出观点。

过了一会儿，车子在山顶停下，方圆多少里全是白雾蒙蒙的一片，几乎就是"伸手不见五指"。我们本是来到这里看高山上的风力发电场，但现在，除了雾，还是雾。

一行人在浓雾中谈笑，与浓雾合影留念。空气清凉，细密的雨丝像小小的银针，轻扎在脸上，神清气爽！人走在浓雾之中，非常浪漫。一个当地的村民抓起一条土狗，从我们身边经过。土狗汪汪地叫着，在山间显得野性而寂寥。

车子下山，我们被邀请在一个私家花园里徒步，它的名字叫做"威武山私家花园"。走过一段玻璃栈道，在一条木制的吊桥上，我意识到我们忽然停住了脚步。我们被眼前的景色所吸引！

那是在一棵比吊桥还要高的酸枣大树旁，双脚垂直向下，是山间居民错落有致的房子，和绿的树、黄的土、浅棕色的山，一起凑成一幅彩色的山间风景画卷，亲切而富有烟火气息。崇山峻岭在眼前铺展开来。一条条深绿或浅棕色的山脊，呈基本平行状，耸立天地之间，是一队永不屈服的将军！

忽然之间，起先聚拢的浓雾在对面的山顶散开——我看清了对面山顶上的风车，一共十二架，白色，每一张叶片像一扇细长的飞机机翼。风车在山顶的风中转动，从我的位置看去，速度是徐缓的。德国作家高关中老师对我们说："这算是借景儿了。以乌江为界，我们站的位置是武隆，对面则是涪陵。"

呀，对了——乌江啊——它是这里的至美！它现在就在我的脚下——窄而长的峡谷之间，深绿色的乌江呈流线型穿过，远看像一块静止的长型翡翠。有风吹过时，翡翠上闪烁片片鱼鳞……

小资料：四眼坪风力发电场（原名寺院坪）海拔为1300~1668米，坐落在乌江中下游西岸的和顺镇弹子山巅之上。远观风车，巍然耸立在山脉之上，整齐雄壮撼人眼帘。这里有得天独厚的气候条件和地理优势，目前工程计划将在弹子山山脉架起58台风车，届时乌江画廊将更显壮丽。

四 芙蓉洞 & 江口镇

名词解释：每一个钟乳石，开始于一滴载有矿物的水滴。被溶解的碳酸氢钙又变成固体（称为固化）。由上而下逐渐增长而成的，称为——钟乳石。

我们现在就身在芙蓉洞，位于江口镇。芙蓉洞同样为国家5A级景区、世界自然遗产。我们在这里观看千姿百态的钟乳石。据介绍，芙蓉洞形成于第四纪更新世，发育在寒武系和奥陶系碳酸盐岩中，全长2.7公里，宽高多为30~50米。在洞中，我们看见了林林总总的钟乳石，珊瑚状、犬牙状、卷曲形、碎屑形，等等。彩色的灯光打射在石头上，在暗室中形成奇异而梦幻的视觉效果，如同置身神话……

有趣的是，从洞口出来，在江口镇吃午餐的饭店不远处，我们又看见一个桥洞，有点儿发黑的石壁上，竟也横着竖着形成了好几道粗壮的、乳白色钟乳石！"应该是富含矿物质的某种水，从桥缝中渗落，又沉淀而成。"你说。饶有兴致地站在石壁旁观看了一会儿，你还踮着脚、触摸了高处的石头。

后来，在深绿色的、美丽的乌江旁散步，又遇见了山城重庆所特有的那种房屋——房屋依山而建，有着斜面的底部结构，第一层往往从架高的某处算起。更有意思的是，房中楼层之神奇。请想象一栋建筑在高低起伏盘山公路上的房子，倘若从坡高的一侧走入，热情泼辣的当地服务员对我们说："请下到一层用餐，我们现在在三层。"然后，我们才下到了坡低的一侧。

小资料：芙蓉洞位于美丽的芙蓉江畔。该洞以竖井众多、洞穴沉积物类型齐全、形态完美、质地纯净著称，有目前国内外发现的最大竖井群。洞内次生物理、化学沉积物，达70余种，含多种世界罕见品种，极具观赏和科研价值，被著名洞穴专家朱学稳教授称作"洞穴科学博物馆"。2018年接待游客22.67万人次。

五　天衢公园，巴蜀译翁亭 & 龙水峡地缝

仙女山旅游度假区的天衢公园是一座很漂亮的公园。你告诉我：那是红叶李、银杏树、桂花树……

二十几位作家在这里参加"巴蜀译翁亭"的揭牌仪式。亭子是为致敬德语文学翻译家杨武能老教授的翻译成就。杨老毕生译著有《格林童话全集》《少年维特的烦恼》《浮士德》等家喻户晓的外国名著。现年80余岁的杨老先生在2018年，获得了中国的翻译文化终身成就奖。在揭牌仪式上，大家还观看了来自重庆市杂技团令人

惊心动魄的杂技表演，不输于刘谦的近景魔术、杂技芭蕾、高处踩滚筒等表演，在场观众掌声与叫好不断！

　　下午，我们在世界自然遗产龙水峡地缝继续参观采风。据介绍，龙水峡地缝全长4公里，是一条贯穿于山岩峭壁之间的湍急山涧。山涧总体呈乳白色，时而微微泛黄，时而泛着微绿。我对你开玩笑说"看上去很好喝的样子"。山岩远看像一层层薄切片叠在一起，像千层饼，"看上去也很好吃呢"。

　　水流不单湍急蜿蜒，还顺随山势高低起伏，最高的一道瀑布水帘，据说有80米高。站在瀑布之下，飞溅的水势又溅起风，吹得我的长头发飞舞，清凉爽快！我仰起头，感受风，双眼同时接受着瀑布带来的视觉冲击，它来势凶猛激烈，从天而落，像无数晶莹剔透的粉末，在空中飞舞……又猛然坠落……周而复始……

　　震撼。

　　我在那瀑布水帘之下，仰头站立了好一阵，神清气爽。偶然之间，在两扇崖壁环起的一个细长圆形的石洞中，我看见了天空之光，还有崖壁高处的一点儿草木之绿……

　　返回酒店的途中，我们在山路边遇见了几只小羊崽儿，白色的大约三四只，还有一两只全黑色的。

小资料：龙水峡地缝位于仙女山白果村，距离天生三桥景区3公里。整个峡谷高差达350米，两岸最窄处仅1米，主要为栈道式设计。该景区与天生三桥孪生发育在三叠系下统的碳酸盐岩河段，属纯生态地缝式峡谷景观。内有峡深壁立、原始植被、飞瀑流泉、急流深潭交相辉映，是武隆境内又一岩溶地质奇观。2018年接待游客109.12万人次。

六　火炉镇 & 龙溪古渡

连续一周的旅程，我已感到有些疲惫，但今天来到仙女镇不远的火炉镇，野趣横生，还是留下了一团混沌的美丽记忆。

我记得一处水塘，蓄着绿色泛黄的塘水，轻轻流动。水塘的一侧伸进一小片泥滩，泥滩形成梯田的形状。整个水塘显得宁静，使人忍不住想象当地村民的烟火生活。我记得片片相连的稻田，和稻田里收割过的金黄色水稻。一束一束的水稻之间，是翠绿的浮萍，细密漂亮。我记得一道伸向山高处，狭长蜿蜒的小路。下过雨的山间小路上，贴着、堆着层叠湿润的落叶、松针，棕红色，或者黄色。山道两侧是茂密繁盛、错综复杂的野生草木，一行作家们走在这里，一边高兴地哼唱着山歌。

在山中，当地的朋友带领我们去看一截木化石——那是一截很长的主树干，横躺在今天湿润的泥土中，大半部分的横截面嵌入泥土，最上部大约四分之一的位置，树干已呈裸露的白色，真有几分像动物洗净的白骨。它已有至少上亿年的历史，甚至更久，曾在亿年前的某个瞬间，因某种原因被突然埋进泥土中，经过地震一类的地质活动，重又露出土面，再经过雨水无数次的冲刷，形成我们现在所见的样子，你说。你让我拿手摸一摸、敲一敲，我试了试，真和石头的手感很相似……

车子在山路间又走了一段路，在千年历史的龙溪古渡渡口，翠绿的龙溪江风平浪静，江面停泊一只废弃的渔船。两侧是不算高的峡谷，各类草木繁盛生长，呈现层次不一的绿。远处是白云覆盖的天空、坡度平缓的朦胧的山……

这是我们在仙女山的最后一天了。晚上主办方和作家们联谊告别，许多人自发表演了节目，舞蹈、朗诵、唱歌、乐器、书法，林林总总，气氛热烈而洋溢着欢快。

小资料：龙溪古渡是大唐古驿站的水码头，周围自然生态良好，侧面有一座建于清道光年间的石拱桥。此桥建成后成为过往客商和当地住户往来两岸的主要交通工具，是乌江流域的一个大码头，和武隆水路交通大山连接外面世界的商旅要塞。

七　重庆抗战遗址博物馆 & 重庆图书馆

乘坐四小时余的大巴车，我们从仙女山旅游度假区回到了重庆城区。正值中午，阳光有点儿猛烈，我们一下子从高海拔的冬天回到夏天，而我竟还穿着秋衣秋裤、毛衣。这天下午我们向团里请了假在酒店休整，第二天，也就是这次采风活动的最后一日，我们则随团去参观了重庆抗战遗址博物馆、重庆图书馆等一些地方。

在重庆抗战遗址博物馆，年轻的讲解员告诉我们，我们当时所站的位置，就是从前蒋介石的侍从室。重庆是中国抗战时期的首都、世界反法西斯东方战场统帅部，今天所在的地方，是黄山抗战遗址群。蒋介石为宋美龄建置的别墅里——松厅，门额上悬挂蒋介石手书"松厅"横匾，又在室内看见了宋美龄的视频与图片资料，面庞干净，英姿飒爽而优雅。墙上悬挂的投影屏幕里，正播放她在1943年2月芝加哥体育馆的讲话……

见证历史，不知为何令我鼻头猛然发酸……时间的流逝从不停止，历史的车轮滚滚碾过，人类多么渺小，却又在这渺小之中永不屈服地与命运抗衡……

下午，前往参观重庆图书馆（沙坪坝新馆）。它的前身是国立罗斯福图书馆——纪念在世界反法西斯战争中贡献重大的，美国总统罗斯福。该馆存有大量全国独一无二的珍贵书刊、手迹等，是重庆主要的文献信息收集、保存、服务和研究之处，免费对公众开放。

我们又参观了位于图书馆四层的"杨武能著译文献馆"。著名德语翻译家、歌德研究者杨武能老教授，正是此次采风活动的重要发起者之一。

今天是本次采风的最后一天了。我们还匆匆游览了重庆的解放碑、乘坐了观览长江—嘉陵江的游船……与团友和当地朋友们朝夕相处了十天，虽然很多时候交谈话语并不多，竟也觉出了一些离愁。内心由衷地祝福大家今后的人生平安顺遂，又在默然中告别了。

注：文中"小资料"来源于重庆武隆仙女山旅游度假区管理委员会。

西楠，作家，译者，诗人，欧华作协成员。毕业于伦敦政治经济学院，曾旅居英国十三年；曾为英国BBC中文网站撰写生活专栏，获中国《人民文学》"紫金之星"长篇小说类提名奖；出版诗集、长篇小说、译著等各类作品共六部。

重庆武隆纪行

徐崇德

"我从红尘中,来到红尘外,来到仙女山呀,仙女在不在?白云谁家客呀,白马何所待?还有一支歌哟,穿过春天来……"

2019年10月,我与来自美国、德国、法国、捷克、瑞士、澳大利亚、马来西亚、中国台湾等12个国家和地区的24位华裔作家一起走进了重庆,走进了武隆,参加"2019世界华裔文艺家重庆·武隆·仙女山采风活动",就在这首《武隆行》的歌声中,游白马山水,览仙女风情,赏两江夜景,仅仅十天就不知不觉地爱上了这片充满深情的巴渝山水……

重庆是中国中西部唯一的直辖市,是西南地区汇通南北的交通枢纽,又是巴渝文化发祥地。说起重庆城区许多人并不陌生,磁器口、解放碑、朝天门码头等。然而说起武隆,知道的人并不多。要不是因为张艺谋的电影在此取景,武隆也可能是"养在深闺人未识",天生三桥有可能还会在大山中沉睡。一部电影《满城尽带黄金甲》让世界为之哗然,也让武隆走向了世界。

武隆拥有世界罕见的喀斯特自然景观,包括溶洞、天坑、地缝、峡谷、高山草原等。如今的武隆已经独揽世界自然遗产、国家5A级旅游风景区、国家级旅游度假区三块金字招牌,这也是许多外地人没有料想到的武隆奇迹。

一

10日晚，我们采风团一行25人抵达武隆，入住仙女山度假区隆鑫琥珀酒店。住在仙女山度假区，参观度假区也就理所当然地纳入了我们的行程计划。

11日上午，我们在仙女山国家级旅游度假区参观。正是雨过天晴，放眼望去，远山峰峦叠嶂，山间云雾缭绕，半山腰的中式、法式、西班牙式等多种风格的别墅群在云中时隐时现，疑似仙境降至人间。据当地工作人员介绍，仙女山度假区面积遍布13.6平方公里，有"万国建筑汇"的美誉。在夏季旅游高峰期，度假区人口每天达到18多万人，旅游收入累计超过80亿元。伴随着仙女山机场与渝湘高铁的建成，"高铁进城、轻轨上山、一小时到家"，仙女山必将成为重庆人休闲度假的首选之地，也是国内外游客心驰神往的伊甸园。

二

昨天上午参观了仙女山国家级度假区，是从平行的角度看。今天，我们还是参观度假区，是从高处往下看。一样的视点，不一样的视角，也会产生不一样的视觉感受。

12日上午，我们来到了金鼎山公园，一步一步地登上868级台阶，气喘吁吁地到达金鼎山山顶。站在山顶俯视山下，连绵起伏的山坡上是一座座异国情调的小洋楼，高高低低错落有致，星罗棋布，各有特色，从山下到山顶铺展开来形成一片又一片庞大的别墅群。据介绍，这里的绿色覆盖率达75%以上，景色绝佳、气候宜人，置身其中，心情不知不觉地就放松下来，随之而来的是进入了一种安闲而随意、恬静而悠然的慢生活节奏。当地人说，这仙女山度假区是一块来了不想走，走了还想来的人间乐土，也是全国首批、重庆市唯一的国家级旅游度假区。

三

张艺谋的印象系列，广西桂林《印象·刘三姐》、云南丽江《印象·丽江》率先开演，我也看过几场，大都是演出阵营庞大，视觉效果震撼。对于张艺谋的《印象·武隆》，却是早有耳闻，但一直没有机会观看。

12日晚，我们走进了《印象·武隆》大型实景演出剧场，观看《印象·武隆》大型演出。这台演出场地借用真山真水为舞台背景，雇用当地农民为演员，以"川江号子"为主线，穿插"号子""哭嫁"等传统民俗和"棒棒""滑竿"及"火锅"等巴渝元素，展现出长江与嘉陵江的人文风情，成为一台现代技术与传统文化完美融合的大型实景演出。有人说，这是张艺谋的印象系列中最为"草根"、最具精神力量、最能体现巴渝民间文化的一台大型实景演出。据说，《印象·武隆》至今已连续演出了3000多场，已成为重庆市文化旅游融合最靓丽的一张主打"名片"。

作为一个外地人，如果你初次来到武隆，不了解武隆，不了解武隆人，那么你应先看看《印象·武隆》，来一场自然山水与舞台艺术的亲密约会，听老纤夫讲述他与武隆山水的故事吧！

四

威武山，不是威虎山，一个陌生的名字。这是一个地处乌江岸上新开发的乌江旅游景点。

13日上午，我们乘坐的大巴车来到了和顺镇核桃坪村的威武山景区，车停在半山腰，我们下车后，当地人正在院子里打糯米糍粑，锤起锤落之间，就把糯米中的空气挤走了，不一会儿就把糍粑打黏了。我用牙签扎起一小块糍粑，蘸着白糖与芝麻黄豆粉混合的调料，一口吞下去，甜滋滋的满口喷香，味道纯正而地道。我们吃过糍粑之后，步行过一段石阶路，再走过一段玻璃桥，然后再走到一条木制栈道上，登上了观景台，观看雨过天晴的乌江两岸。白云之下崇山峻岭连绵不绝，山涧谷底的乌江似一条绿色的丝带伸向远方，眼前的十里江山宛如一幅山水长卷，雄伟壮丽，美不胜收……置身在这如诗如梦般的画卷中，竟产生一种舍不得离开的念想。

据当地的镇干部讲，威武山景区属于武隆管辖，而乌江对岸就是涪陵。涪陵，一个好熟悉的地名，那就是一个因榨菜而闻名的地方。而现在，涪陵就与我们隔江相望。一阵山风吹来，似乎就能闻到涪陵榨菜的清香。

五

武隆的景点很有意思，有的是相互对应。既然有仙女山，必定就有白马山。

13日下午，我们乘坐的大巴车直接开到了天尺情缘景区，下车即是白马山的望仙崖。望仙崖横卧乌江南岸，悬崖峭壁，绝壁长空，俯视乌江，清流如练，源远流长。我从千里之外遥远地奔走而来，就是为了能见到白马与仙女幸福相见。在人们的心中，白马与仙女把童贞、青春、爱情各自守望成一座磐石，而现实中的白马山与仙女山因有一江之隔，两山望眼欲穿，只能深情对望，白马山和仙女山也就变成了情侣山。"天上痴情女，人间白马山"，这段爱情传奇在这里得到了最好的见证。据说，两山虽然咫尺相望，却分属两条不同的山脉，白马山属大娄山系，而江对面的仙女山属武陵山系。

该景区有鸟瞰乌江、高山茶园、崖壁望仙、飞天之吻、石林迷宫、浪漫天街、爱情魔方及同心桥等景点。在这里不仅可以欣赏到森林茶山、绝壁石林、云海松涛、草场花海等风情万种的自然景观，而且还能品味到高山茶的醇厚芳香和千古爱情的浪漫甜蜜，充分体验茶文化和爱情文化的独特魅力。

六

昨天刚刚会过了白马山，今天就要急着去见仙女山。

14日上午，天还下着小雨，我们急不可耐地乘车去了仙女山国家森林公园。细雨朦胧中的高山草原全部笼罩在白色的云雾之中，白色的雨雾，白色的云烟，似雾又非雾，是云又非云，一切又都是变幻不定的，只有近处的树木才能呈现出黑灰色的轮廓，远处的山丘与林木若隐若现，好似一幅幅淡淡的水墨丹青，似画又非画，是梦又非梦，那些起伏的山丘、绿色的草原，都羽化成虚无缥缈的世界。如此迷人的景色不由让人浮想联翩：也许是仙女羞怯见我们这群来自五湖四海的陌生客，就故意用细雨薄雾加以遮挡和掩盖，不肯露出真正的面目，这虽然给我们留下了无尽的遗憾，但是同时也给我们留下了无限的想象空间……

一位当地人对我们说，林海、奇峰、草场、雪原并称为仙女山四绝，其旖旎风光被广大游客誉为"南国第一牧原"和"东方瑞士"。

七

武隆相互对应的景点还有天坑与地缝。记得在若干年前，我从电视上看过一个纪录片，得知武隆有个天坑，也正是因为这个天坑，让我最早得知武隆这个地方的。

14日下午，我们到了天生三桥景区，从地面走过一段"之"字形的石阶路后，就下到了坑底，这就是大名鼎鼎的天坑。说实话，天生三桥的定名并不确切。说桥，桥上面是要走人的，三桥未见任何行人。其实，这只是三座石梁而已。这个景点称为天坑更为准确，与地缝相互对应，也更有吸引力。整个景区由天龙桥、青龙桥、黑龙桥三座天然石拱桥夹抱着青龙天坑、神魔天坑而组成，在不到1.2公里范围内，平行横跨在羊水河峡谷之上，形成了"三桥夹两坑"的世界奇特景观。最让我感到兴奋的不是三桥，而是天坑中的瀑布与溪流。漫步在坑底，一路都是清流伴随。走着走着，忽然传来哗哗的水鸣声，只闻水声而不见瀑布。绕过山崖绝壁，只见一股山水从高空的山洞中喷射而出，时开时合，似碎玉泻山，如摧冰下滑，然后从悬崖上跌落下来，顺坡崖缝隙而流，流到山脚形成一条两三米宽的溪水，急湍似箭，猛浪若奔，劈岩穿峡，峰回水转，在水流湍急的峡谷中，穿峡而漂，跳石绕壁，追波逐浪，流向坑外……

天生三桥被探险专家和地质专家赞为"地球遗产世界奇观"，也是《变形金刚4》《满城尽带黄金甲》《三生三世十里桃花》等影视剧的取景地。正是因为这几部影视剧，才将武隆的自然山水推向了世界。

八

昨天去看了天坑，还没有去看地缝，当地人说今天先去看地洞，这个洞名曰芙蓉洞。

15日上午，我们来到了位于江口镇风光旖旎的芙蓉江畔参观芙蓉洞。这个洞不是地洞，实为天洞，需乘坐缆车上山，从山半腰才能进入洞中。千百年来，这个神秘的芙蓉洞是一方神秘的禁地。清末《重修涪州志》记载："仙女山上有石洞深邃，相传有仙女住此"，大概说的就是这个芙蓉洞吧？芙蓉洞全长约2.7公里，宽高多为30～50米，其中辉煌大厅的面积在1.1万平方米以上。该洞以竖井众多、洞穴沉积物类型齐全、形态完美、质地纯净、规模宏大而著称。形态各异的钟乳石，在彩色灯光的照耀下呈现出五彩缤纷的色调与形态，美妙绝伦，令人望而却步，时常驻足观看，不停地拍照留念。

我去过广西桂林溶洞、贵州安顺溶洞，这两个地方的溶洞与芙蓉洞相比，虽然大同小异，但从规模的宏大与钟乳石的奇妙来看，芙蓉洞是更胜一筹。

九

我曾经读过德国著名作家、诗人歌德的《少年维特的烦恼》，也记得这书的翻译者是杨武能，但不知道杨武能先生是重庆人，更想不到的是，在武隆我见到了杨武能先生本人。

16日上午，我们一行来到了天衢公园，与武隆区委、区政府负责人以及四川省和重庆市的部分著名文艺家共同出席了"巴蜀译翁亭"的揭牌仪式，并聆听了杨武能先生充满感激之情的答谢辞。"巴蜀译翁亭"的建立，是以此向著名翻译家杨武能教授为中国翻译界、文学艺术界所做出的重大贡献表示敬意。

杨武能先生是著名的德语翻译家，译作有《浮士德》《少年维特的烦恼》《纳尔齐斯与歌尔德蒙》《魔山》《格林童话全集》等，并有《杨武能译文集》（11卷）问世，现已出版论著《歌德与中国》《三叶集》等。2018年，杨武能教授荣获中国翻译界最高奖——翻译文化终身成就奖。在揭牌仪式上，重庆市杂技团的青年演员表演了令人惊心动魄的杂技与魔术节目。

十

走过了天坑，上过了天洞，今天终于可以下到地缝啦！

16日下午，我们来到了龙水峡地缝风景区。先是乘电梯下到几百米的地下，走出电梯后，再下行一段"之"字形的石阶路，这才真正进入地缝之中。据相关资料，整个峡谷高差达350米，两岸最窄处仅1米。该景区由入口地缝、中途穿洞、出口地峡三段组成，内有深谷峡壁直立、原始植被茂密、急流飞瀑涌泉、溪流深潭层层相叠，山山水水交相辉映。人在栈道行，水在脚边流，溪流因势，或急或缓，放任自流。行至谷底，仰头望天，一线天光，飞瀑下泻，水花四溅，涌入激流……无论是初来乍到者，还是故地重游者，身在地缝，峰回路转，幽幻无穷，不由顿生柳暗花明之感……

对于这个地缝风景区，我的感受极为深刻：它是美丽的，又是刺激的，美得让人惊心动魄！

十一

走过了天坑，上过了天洞，也下到了地缝，今天就要去穿林海啦！

17日上午，我们来到了火炉镇参观万峰林海。登上山顶放眼望去，连绵起伏的山丘，松杉杂木，郁郁葱葱，溪流纵横，星罗棋布,景之壮观,胜似林海,宛如一幅壮观的山林画卷,难怪乌江人称火炉镇是乌江北岸的"绿色肺叶""林海迷宫""天然氧吧"。据当地人讲,由于万峰林海的地形及树林大都基本相似,行人初至易于迷途,有如入"八阵图"之感。让我们一行大开眼界的是百年枫香树、亿年木化石,还有不知何年何月从何处飞来的一块巨石遗留在山顶上,在这里痴情地等待了亿万年,等待有人再来续写一本《石头记》……

万峰林海是火炉镇的一张"名片",这几处自然景点可谓人间之奇观。

十二

从这几天的行程看,我们大都是参观与山、洞、林相关的景点,可能是涉及水较少的原因吧,今天我们就要去江边采风,参观一个古渡口,只是已经荒废了半个多世纪。

17日下午,我们来到了位于火炉镇的龙溪古渡。古渡位于龙溪与乌江交汇处,在唐代是驿站的水码头。古渡四周生态良好,植被茂密,河面悬崖上有一溶洞,洞内钟乳石形态各异,时常有黑叶猴等珍贵动物出没。龙溪上架有一座石拱桥,桥两头各有一段石阶路通向山里,桥两侧有石龙头和石龙尾,至今保存完好。资料显示,该桥建于清代道光年间。一所大唐时期的驿站,为什么当时没有建桥,直到清代才把桥建起来?带着疑惑与不解,我向当地一位村干部咨询。他说,这座石拱桥初建于唐代,到了清代又重新翻建,原先桥头上立有一座石碑,就记载这桥的原建年代与重建年代。应该说,渡口、驿站、石桥都是同时期的产物。我站在桥头上,思绪万千,上上下下地走了几段石阶路,仿佛走进了隔世的梦境:该驿站曾经是乌江流域水路交通的一个大码头，该桥曾经是武隆连接外面世界的商旅要道。

随着陆路交通的快速发展，这个千年水码头早已退出了历史舞台，消隐在亘古时光隧道的记忆里，只留着层层的青石板与一条清溪还在诉说着当年的繁忙与喧闹……

十三

连续一周的武隆采风昨天结束了，今天就要转移到重庆，采风活动还要继续进行。

18日早晨，在淅淅沥沥的秋雨迷蒙中，我们一行拖着行李箱走出隆鑫琥珀酒店大门，在路边等待大巴车。我突然发现，酒店的外墙上布满了青苔、野花，墙角下满是落叶。连续七天七夜的秋风秋雨，谁知秋叶落了多少？谁懂秋叶美在何处？我说：秋叶之美，美在它摆脱枝头落地之后，还在用尽洪荒之力，宣泄出积聚于生命中最奔放的激情，绽放出蕴蓄在生命中最浓烈的色彩，用生命的全部谱写出惊艳金秋之绝唱。

在离开武隆的最后一刻，武隆的秋叶又送给我们一场意外的惊艳之美！这也许就是武隆人坚忍性格的象征吧，即是秋风落叶也充满了生命的激情！

十四

到达重庆的当天下午，我们还没有入住酒店放下行李，就马不停蹄地开始了参观之行程。

18日下午，重庆市渝中区重庆中国三峡博物馆。中国三峡博物馆由四个单元组成。一、壮丽三峡：主要内容有长江和三峡的形成及概述、三峡气候、三峡动植物等。二、山水之间：主要讲述三峡人传承历史、创造文明，在特殊的自然环境下形成的独特的三峡文明。三、三峡风流：主要讲述长江三峡绚烂多彩的历史文化、神话传说和流传千古的瑰丽诗篇。四、永远的三峡：主要讲述宏伟的三峡水利枢纽工程和三峡移民精神。

令我没有想到的是，前来参观的游人络绎不绝，这可能是"国字号"博物馆的魔力所在吧！

十五

一般说来，游客到了沙坪坝，必到磁器口。我以前来过磁器口，都是在白天，这次，好不容易遇到了一个晚上，很想拍摄古镇夜景。我急忙吃了几口饭菜，丢下筷子背上摄影包，独自一人朝磁器口奔去。

18日晚上的磁器口古镇，中外游客比肩接踵，老街古巷人头攒动。磁器口古镇始建于北宋时期宋真宗咸平年间，明代以前叫做白岩镇，后又叫做龙隐镇，到了清朝康熙年间，因附近的沙坪窑盛产青花瓷，远销省内外，这里便成为著名的瓷器转运口岸，久而久之，人们便将这里称为"瓷器口"，又因"瓷"通"磁"意，为了让"瓷器口"更有吸引力，后来就更名为磁器口。磁器口古镇依山而建，由山起城，山—水—城交相辉映，相生相息，构成"一江两溪三山四岸"的美丽画卷。风光旖旎，人文荟萃，巴渝文化、沙磁文化、红岩文化、宗教文化各具特色，这座千年古镇如今拥有"小重庆"之美誉，名扬海内外，也是中外游客到重庆的必须"打卡"之地。

十六

由于人所共知的原因，过去游人到了重庆，一般都去白公馆、渣滓洞参观，却很少涉及国民政府迁都重庆继续抗战的这部分内容与景点。

19日，我们来到了重庆抗战遗址博物馆参观。该馆保存有15处文物建筑遗址，包括蒋介石官邸云岫楼，宋美龄别墅松厅，蒋经国、马歇尔办公居住地草亭，孔二小姐别墅孔园，美国军事援华代表团驻地达菁楼，宋庆龄别墅云峰楼，何应钦办公地松籁阁，抗战将领遗孤学校黄山小学，以及防空洞、望江亭、炮合山、发电房、警卫室、侍从室等。当年国民政府迁都重庆后，这里作为蒋介石重要的办公和临时休息场所，曾经在此召开过多次重要的军事、政治会议，为当时国民政府军事、政治、外交中枢的场所。作为一处集抗战遗址与自然景观于一体的综合旅游和爱国主义教育基地，前来参观的旅游者络绎不绝。

我独自一人登上山顶，在山顶上可以俯视重庆市区。我坐在望江亭里稍息一会，只觉得耳边阵阵松涛轰鸣，似乎其中就有抗日将士的冲杀呐喊声……下山途中，浮想联翩，别有一番滋味涌上心头：当年国民党军队连连败退，抛弃首都南京，暂时迁都这里，这也是无奈之举啊！也是没有后路的退路啊！

十七

由于采风团一行的作家身份，到了重庆就必须到重庆图书馆参观。

19日中午，我们一行来到了位于沙坪坝区的重庆图书馆。重庆图书馆是一座现代化的建筑，它的前身是国民政府为纪念在世界反法西斯战争中作出重大贡献的美国总统罗斯福于1947年设立的"国立罗斯福图书馆",是当时中国仅有的五个国立图书馆之一,1950年更名为"国立西南人民图书馆",后定名"重庆图书馆",现有馆藏文献460余万册(件),已形成在国内外颇有影响的三大馆藏特色(抗战时期出版物、古籍文献、联合国资料)。另外,重庆图书馆还专门设有杨尚昆藏书阅览室及杨武能著译文献馆。

在老年阅览区,有一手持放大镜看书的老者,正在聚精会神地阅读着感兴趣的每一行文字,我悄悄地绕到老人的身旁,用手机偷拍下老人阅读的姿态。可能是双休日的缘由吧,在这里读书的人真是不少,每个阅览区都坐满了人,层层叠叠的书架中,还时不时地闪现出查找书籍者的身影。

十八

我曾多次来到重庆,去过重庆很多地方,就是没有见过解放碑。

19日下午,我们一行来到了渝中区参观重庆解放碑。解放碑是重庆市的象征,又处在商业街中心位置,每天都有若干中外游客在广场周边参观游览。我围着解放碑左三圈、右三圈地转了几圈,用第三只眼睛寻找感兴趣的人物……走累了就坐了下来,远远地望着解放碑的形状与外观,陷入了沉思之中……

解放碑,这可能是解放重庆的纪念物吧?想到这里,我掏出手机打开了百度。这一"度",让我大吃一惊:这碑是1946年10月31日动工,1947年8月落成的,为抗战胜利纪功碑。1950年10月1日,改名为人民解放纪念碑,由时任西南军政委员会主席刘伯承题写了"人民解放纪念碑"的碑名。原来这纪念碑是国民政府建立的，新中国成立后又进行了改造，我们今天看到的纪念碑碑身还是原样，但碑名已经更改。已经不是原物的纪念碑，历史却赋予它两个名称：初名为抗战胜利纪功碑，这也是中国唯一一座纪念中华民族抗日战争胜利的纪念碑；后改名为人民解放纪念碑，这是新中国成立之后的名字，简称解放碑。

十九

山城夜景是重庆的旅游名片，早在清乾隆时期就有名气，被时任巴县知县王尔鉴列为巴渝十二景中的"字水宵灯"。因长江与嘉陵江在朝天门交汇处的水流，几经曲折相互迂回而形成一个酷似"巴"的古篆体字，故有"字水"之称。夜幕华灯初上之时，波光粼照，"宵灯"映"字水"，山城夜景"字水宵灯"的雅号便由此而来。

19日傍晚，在朝天门码头，我们一行登上"金碧女王号"观光游船，夜游长江和嘉陵江，观看重庆夜景。重庆的夜晚，被万家灯火和闪烁的霓虹点缀得璀璨而梦幻，倒映在波光荡漾的江水里，星月华灯，流光溢彩，交相辉映。乘游船夜游两江，犹如在星河中畅游，游船缓缓，江水悠悠，清风轻拂，一洗世间之烦恼……此时此刻，我站在游船甲板上，看着两岸徐徐移动的景色，不知是在天上还是人间？瞬间的精神恍惚，仿佛时空在转换，早已不知今夕何夕。

20日，"2019世界华裔文艺家重庆·武隆·仙女山采风活动"圆满结束了。在十天采访活动中，《武隆行》的歌声始终伴随我的行程，始终唱响在我的耳边，始终回响在我的心田："我从红尘外，回到红尘中，我把我的魂丢失在武隆。万古天生桥，千秋芙蓉洞，悠悠明月光呀，我永远的梦……"此时此刻，我正在去江北机场的途中，已经离开武隆，马上就要离开重庆啦，《重庆武隆纪行》写到这里就要结尾啦！说真心话，在告别重庆武隆的时刻，我真有些不舍：难舍武隆这片景，难舍武隆这份情，难舍武隆我的梦，我把我的魂已丢失在武隆……重庆、武隆啊！何年何月，我再能回到红尘外？仙女、白马啊！何年何月，我再能与你重相逢？

徐崇德，媒体记者，系中国摄影家协会会员，中国新闻摄影学会会员。在全国各地举办个人摄影展二十多次；有多幅摄影作品在俄罗斯、乌克兰、德国、西班牙等国家展出并被政府部门及艺术机构收藏；著有《节日青岛》《奥运青岛》等个人作品集。

重庆·武隆·仙女山十日

鲁鱼

第一日

2019年10月9日下午5时，绿皮火车从杭州东站出发，晃晃悠悠经过近24个小时，穿越江西、湖南、贵州，终于进入了重庆地界。山越来越高，列车在无数个隧道间穿行，10日下午4点20分，终于到达了武隆，完全没有感觉蜀道之难，想起以前认识的一些四川、重庆的朋友，每次回家都要铁路、水路、公路折腾几天。武隆车站不大，在出站口，第一眼看见前来接站的阳光童年集团工作人员，热情寒暄，提醒我们山上山下温差较大，等会儿上山，一定要穿好衣服。我不好意思让两个年轻女孩替我们拿行李，执意自己提着其中最重的一只箱子。车很快驶出武隆城区，进入上山的盘山公路。新修公路盘旋曲折，路况优良，有很多弯道，移步换景。第一次来山城，眼睛紧盯着车窗外满山绿色的植被，不忍错过每一个细节；小西对这里的一切感到新鲜，一路上问东问西，山上的海拔有多高，会不会有高山反应，到酒店需要多长时间，这里的女孩是不是皮肤都和你们一样好，和你们一样漂亮，一会儿又夸开车的师傅技术了得，刚夸完司机的技术，很快又和前排的小姑娘学起了重庆话。两个年轻姑娘说她们都是阳光童年的工作人员，几次询问有没有晕车，提醒司机开慢一点。大约经过半个小时，顺利抵达位于仙女镇的琥珀酒店，陪我们办好入住方才离开。

第二日

武隆有仙女山，仙女山有仙女镇，仙女镇有仙女天街。这是昨天下午，黄昏之前上山途中留下的粗略印象。小西戏称仙女山镇为仙女镇，说看到脚下云雾缭绕的，感觉很像是在天上。在这么高的山顶上，竟然有这么繁华的一个市镇，这里的一切，既像一个传奇，而又顺理成章。武隆地处武陵山和大娄山两条山脉腹地，地形高峻，山势陡峭，仙女山镇所在的位置不是高原，以我粗浅的认识，这里应该是一个高山台地。在海拔一千米之上的山上的一个市镇，市镇上的一条街道，当然称得上是天街，行走在这样的一条街道上，仿佛离天都近了许多。现在的仙女山是一个国家级的旅游度假区，与外面的交通主要依靠盘山公路，据说还有一个仙女山机场正在修建，明年即将通航。新修的黑色沥青路面平整、便捷，那么在公路没有修好之前呢？不得不在心里重又感叹一番蜀道之难，先民们生活得不易。来时乘车经过黔江、彭水、酉阳，从列车进入重庆地面开始，就渐渐开始看见两边山顶上的云雾。来到仙女山这几天，整个仙女山镇大部分时间都在云雾之中。今天安排不多，主要是休息，上午乘大巴车概览仙女山镇及附近。武隆以前所闻不多，只知道有涪陵，现在知道武隆原来曾是涪陵的一个县。下午举行捐书仪式，我和小西为武隆图书馆捐赠了小西的一本诗集，和我们共同编著的《读诗》，与此行的团员逐渐熟悉。想起曾经在涪陵文工团工作，现居成都的诗人何小竹，酉阳的诗人小说家张万新，黔江的诗人听太阳升起。

第三日

上午9点30分从酒店出发去金鼎山公园，登800多级台阶，同行的仙女山度假区的刘艳介绍说，此处可以俯瞰整个仙女镇。昨天临出发时，发生了一个小插曲，来自德国的艺术家谭绿屏大姐，将要发车时，发现有东西忘在房间，又忙着回房间取东西，耽误了一会儿发车，今天谭大姐早早就来到车上。小西在山下担心会吃不消，犹豫着要不要上去，最终决定还是和大家一起登山。山势并不陡峭，800级台阶却有点漫长，走走停停，几次以为就要到山顶，上去了才发现只是一个平台，还有望不到头的台阶在上面等着，最终除了几个膝关节有伤，不便登山的在山下等候，其余全部顺利登上金鼎山顶。山顶是一块不大的平地，快到山顶时看到有几个年轻人从上面下来，背着画具，看样子是来这里写生的，他们是乘车先来到山顶，再从山顶上下来，原来还有一条路可以开车直通山顶。昨天车游仙女镇，在一处位于山顶的西班牙风情小区，对仙女山地区的雾已有初步领略，今天在金鼎山上，视野更加开阔，整个仙女镇尽收眼底，远处青山翠峰，层层叠叠，云雾缭绕，远远近近各色漂亮的屋顶，半在天上半在人间。登山步梯号称800级台阶，实际有868阶，在868阶处，同行的徐崇德和张晓晖两位摄影大师，为大家拍照留念。

第四日

来武隆3天了，几乎每天吃乌江鱼，一直没有看到乌江，或者看到了没有注意。如果说嘉陵江、长江造就了重庆，那么也可以说是乌江造就了武隆，很难想象如果没有乌江，及其遍布整个流域的大大小小的支流，没有乌江水运，在交通极其不便的古代，地处崇山峻岭之中的武隆能够聚集这么多的人口，形成市镇。今天上午本来是去和顺镇四眼坪看高山风车发电站，连日阴雨加上山高雾大，几十米外不见人影，风车阵没有看成，只看到了传说中的矮竹，一种贴着地面生长的高山竹子，却意外在上山途中第一次看到了真真切切的乌江，乌江的水是清澈透明的蓝绿色，绿中带蓝颜色较深，不像一般的江水浑浊发黄。乌江发源于贵州省境内威宁县境内，古称黔江，乌江之名来自元代蒙古语发音，并非原来想象中的和乌江之水颜色有关。中午吃饭的威武山公园是一个私家公园，据说是乌江最佳观景点之一，同行的旅行作家高关中老师介绍说，我们脚下站立的地方属于武隆，隔江，对岸就是涪陵，一块因榨菜名扬全国的地方。对面山顶云雾时聚时散，雾散时，十几架风车显露出来，这是另外一处风车矩阵，并不是上午我们去看的地方。下午去白马山国家森林公园，白马山上有一处位置绝佳的乌江观江平台，从这里俯瞰乌江，又是另一番景象。同时白马山也是仙女和白马爱情传说的发生地。站在白马山上，山下乌江如练，对岸就是大名鼎鼎的仙女山，听工作人员介绍，两座大山虽然咫尺相望，却分属两条不同的山脉，白马山属大娄山系，对面的仙女山属武陵山系。

第五日

连日奔波加上昨日上山路上晕车，小西有些体力不支，决定今天休息一日。早餐时在餐厅遇上孙小平博士，说今天不能去实在是太可惜了，据说今天要去的仙女山高山大草原和天生三桥（天坑）是最精彩的两处景点。确实，来武隆仙女山这几天最常谈到的也是天生三桥和仙女山，仙女镇和国家级的仙女山旅游度假区名字的由来，本就是因仙女山之名，其价值不言而喻，天生三桥更是联合国认定的世界自然遗产，考虑到后边还有大部分行程，还是决定休息一天，为后续的行程积蓄体力。回想这几天每天只能用行色匆匆、走马观花来形容，值得一看的地方实在太多，民俗人文、自然风光、地形地貌，每一个地方想要详细体验、了解的话，至少需要几天，最好能够住下来，慢慢观察、体味。昨天下午在白马山上的贡茶园，小西说，太喜欢这个地方了，如果能在这个地方工作和生活的话，还是不错的选择。来仙女山听到最多的是避暑胜地，许多人来仙女山置业也是冲着夏季的凉爽，据说年最高气温不到26度，殊不知秋天的雾也一样迷人。正好来的这几天一直阴雨，从上山第一天到现在还没见到过太阳，每天一出门，不管走到哪里都能看到缭绕的云雾，有时本来就身处云雾之中，云雾就在脚边流动。

第六日

经过一天的休整，继续我们的行程，今天去江口古镇，芙蓉江在此处汇入乌江，这也是江口镇名的由来。江口镇是翻译家杨武能先生的故乡，据了解杨先生的父亲就出生在镇附近的一座山村。据说武能先生原来自号江口译翁，因为全国叫江口的地方实在太多，听名字并不能知道是哪个江口，所以后来又改称巴蜀译翁。上午先去位于芙蓉江边一座山上的芙蓉洞，山势陡峭，我们乘车盘旋而上，先到半山一座平台，再乘观光缆车上去，从缆车上往下看，芙蓉江和两岸的青山、民居、山间的白雾尽收眼底。芙蓉洞是一座溶洞，是武隆喀斯特世界自然遗产的一部分，世界少有的洞穴类世界自然遗产保护地，规模宏大，大小、形态各异的钟乳石，在灯光的照射下呈现出不同的色彩，色彩之绚丽非词汇所能形容，只能说叹为观止。因为缺乏相关知识，只能从一个普通游客的角度匆匆浏览一遍，难有更多发现，但从作为世界自然遗产，和被称为"洞穴科学博物馆"来看，足见其罕见与珍贵。江口古镇另有两处遗迹都值得一看，一处李进士石刻，在芙蓉江流入乌江的江口位置，芙蓉江大桥下面，几个大字占据了一整面倾斜的巨大石壁，此处也是观乌江的一个好位置；另一处是长孙无忌衣冠冢，位置稍远，只顺路看了位于乌江边上的无忌风帆，专为纪念长孙无忌所建造。长孙无忌是唐代著名政治家，据说曾因反对武则天当皇后被贬黜到江口，一直到生命结束，也没有能返回他朝思暮想的唐都长安。

第七日

上午主要去天衢公园，参加巴蜀译翁亭揭幕仪式，离住处不远，乘车一会儿就到了。天气依然阴沉，偶尔还有几丝细雨飘落下来。公园地处一片山间凹地，从公园门口顺着一条坡道，下去不远就看到仪式的现场，许多来宾和工作人员已在那里，给来宾准备的每张坐椅上都准备了雨衣，以备中途下雨使用。公园里植被丰富，我识得的只有银杏、桂花、广玉兰等不多几种，自然之无限，尤感个体之渺小与贫乏。亭台、溪水、茂林、修竹，溪水边一座新落成的仿古亭，为公园平添几分灵气。亭子就是今天即将揭幕的巴蜀译翁亭，专为表彰著名德语翻译家杨武能先生的学术成就而建。杨武能先生讲了话，第一次见到杨先生，80多岁的老人，思维清晰，谦逊、渊博。中午吃饭的餐厅曾来过一次，有点熟悉，吃饭时正巧与杨先生的保姆同桌，感觉亲切。下午去的是一个叫龙水峡地缝的景点，和天生三桥、芙蓉洞，同为世界自然遗产保护地，是整个仙女山度假区和武隆境内又一处岩溶地质奇观。先乘一台电梯下到谷底，听一起乘电梯的摄影家张晓晖讲，电梯高程有80米，大约相当于30层楼的高度。谷底起始处是一条瀑布,沿着瀑布流水冲刷形成的谷底前行,中途又有不少小规模的瀑布加入进来,有如行走在水帘洞一般,潮湿淋漓。整个谷底地势高低起伏、曲折蜿蜒,水流湍急,亿万年间,急切的水流刀子一样切割着谷底,长期来看谷底还在不断加深,两边的崖壁上能明显看出水流冲刷的痕迹,见证了大自然和时间的神奇与力量。

第八日

火炉镇位于重庆市武隆区,离国家级的仙女山旅游度假区不远,是我们今天要去的地方。这几天一直陪同我们,不停忙前忙后的刘艳,大家亲切地叫她艳子,今天格外兴奋,为大家介绍,说这里是她的家乡。关于火炉镇为什么叫火炉镇,一般有两种说法,一种说法是,在该镇上场口,有一直径约3米的石制烤火炉;一种说法是,因其四周高寒,中间低暖,形似烤火炉而得名。不管怎样,这里海拔比仙女山低很多,只有300多米,在仙女山上感觉已进入初冬,火炉在时序上还停留在秋季,尽显高山垂直气候的魅力。镇旅游办肖主任和一个戴眼镜的小姑娘在等着我们,肖主任先介绍了火炉镇的物产等基本情况,然后带大家参观游览了廊桥、万峰林海、树化石、五根树、梦冲塘,还有龙溪古渡。肖主任说我们这里有很多廊桥,在不远的距离内,确实很快又看见了一座廊桥。在万峰林海,有人问林海在哪里呢。跟肖主任一起来的小姑娘说,我们已经在万峰林海了,万峰林海很大,全部的万峰林海,需要无人机从天上航拍才看得见全貌。五根树实际上是两棵古树,我问是不是银杏,肖主任说不是银杏,是枫香,据旁边铭牌上的介绍,树龄超过五百年历史。大家奇怪于五根树的名字,为什么叫五根树,而不是通常说的五棵树，但不管怎样，对五根树这个名字，我感到喜欢。树化石在一座小山的半山腰处，刚刚飘了一点小雨，山道有些湿滑，我问小西要不要上去，小西说要去，很喜欢这里纯净自然的野趣。至此，在武隆仙女山的采风基本结束，明天启程去重庆，晚上的欢送宴会上，又见到杨武能老先生，先生兴致很高，和家人一起演唱了两首俄罗斯歌曲。

第九日

上午和大家一起坐大巴，离开仙女山去重庆，一周的时间这么快就过去了，昨天晚上小西问有没有感到一些伤感，我说还好吧。其实并非没有，只是不想在这种情绪里过多沉浸，努力让自己适应各种各样的相逢与别离，而且仙女山就在这里，与每个人的联络和交通也都非常方便，即使远隔千里，也随时可以通话、甚至视频见面，与古时所谓的离愁别绪，早已不可同日而语。汽车在下山的山道平稳行驶，和来的时候同样的道路，只不过来时盘旋而上，今天是蜿蜒而下。阳光射入车内，天终于放晴，下山途中随着山势的变化，在车上不时看见久违的阳光，照耀着这里的山川树木，照耀着远远近近漂亮的民居，照耀在洁白的云层之上。随着海拔的越来越低，再一次感受到仙女山垂直气候的魅力，出发是在山上，已然初冬的寒冷天气，不少人身上都穿的羽绒服，下山汽车在高速公路上行驶一段之后，越来越感到闷热，终于忍受不住，脱掉身上厚重的衣服，山下依然还是初秋一般的天气。中饭之后，大家赶着时间去看重庆大礼堂和三峡博物馆，没有办理入住连行李都没有来得及放下，我和小西决定下午休息半天，处理一下连日来积累的工作，也稍事休憩，遗憾总是难免，重庆之大之厚重，远非一两日能够尽览，留待日后再来。所幸的是住宿的酒店就在江边，晚饭后和小西一起来江边散步，我和小西都是第一次来重庆，周围的一切熟悉又感到陌生。第一次看见长江之水从重庆流过。

第十日

今天是这次采风旅行的最后一天，全部集中在重庆市内活动，行程安排得比较紧凑。上午去南山抗战遗址博物馆和重庆图书馆，分别在城内一南一北两个方向，路上用掉了一些时间。知道重庆的山城特色，乘车去南山的路上顺便观察了一下，地形虽然起伏较大，不时看见一些高楼建在高出路面许多的高地或半山，并没有想象中的难行，或许有难行的地方还没有看到。大巴车一直开到位于南山顶上的博物馆门口，基本不需要步行。来自台湾的郭琛老师、朱文辉大哥和赖柏逸小弟，在进门不远处的台湾光复纪念碑前，兴致勃勃地拍照留念。时间不多，只匆匆看了一遍蒋介石侍从室旧址、宋美龄故居和孔祥熙官邸三处旧址和陈列的文物。今天也第一次知道著名的川外（四川外国语学院）原来在重庆，不是在成都，20世纪80年代诗人张枣求学川外，写下了一生中最有名的一首诗《镜中》，"想起一生中后悔的事，梅花便落满了南山"，诗中提到的南山据说就是我们所登上的南山，诗中的梅花就是南山上的梅花。川外也是杨武能先生主要工作和生活过的地方。

重庆图书馆是一座现代化的建筑，小西对图书馆的功能布局赞不绝口，二楼玻璃走廊里布置的市民生活展，一下拉近了图书馆与普通市民之间的距离。重庆图书馆前身是国立罗斯福图书馆，抗战结束后为纪念美国已故总统罗斯福在二战中的伟大功绩而建。新馆由美国一家设计公司设计，功能开放，可以说重庆图书馆，是一座从功能设计到服务理念都很开放的图书馆。中饭在图书馆吃的工作餐，饭后在图书馆内参观。重庆是抗战时的陪都，与抗战有关的遗迹众多，重庆图书馆也是国内收藏抗战有关文献资料最为齐全的图书馆之一。专门陈列杨武能先生著译等文献的杨武能著译文献馆，在图书馆四楼，这里陈列有杨先生各个时期译著的不同版本和手稿、信件等珍贵资料。小西说原来在心里想象过杨先生的成就，看到这些书，感觉还是超过了原来的想象，只能用"叹为观止"来形容。

解放碑原名"抗战胜利纪功碑"，周围高楼林立，商业设施齐全，到处都是涌动的人流，小西买了一杯咖啡，我简单买了一点吃的，然后找地方坐下来休息，节省体力，晚上还有此行最后一个项目"两江游"。两江当然是长江和嘉陵江了，两条从小就耳熟能详的大江在重庆交汇，在交汇处催生出一座著名的码头，朝天门码头。山城、解放碑、朝天门码头，这几乎构成了过往对这座城市的全部记忆和想象。沿一条长长的坡道下来，排队，等候上船。乘坐游船的游客超乎想象的多，朝天门码头现在主要是一座旅游码头，目力所见几乎全是大小各色游船。坐在游船最上层的观景平台，一阵阵江风吹过来，竟还有些凉意。天色渐暗，两岸的灯火次第变亮。朝天门码头高处是最新的地标式建筑，重庆来福士广场。终于看到了杨悦大姐一路上多次提及的"灯光秀"。游船在嘉陵江口水域缓慢游弋，接连映入眼帘的是两江四岸，建筑物上七彩绚丽的灯光表演，洪崖洞、大剧院、一座又一座跨江大桥，江轮、岸上的民居，灯光璀璨，美轮美奂。至此，为期十天的2019世界华裔文艺家重庆·武隆·仙女山采风之旅，全部结束，明天即将返程，如果是在古代，我们将从这里上船，顺江而下，体验一把"千里江陵一日还"的惊险、轻快,但现在有飞机、高铁,显然更加快捷!

鲁鱼,诗人,实验文本写作者,出版作品《事情就是这样》《昨天晚上的梦》《读诗》(与西楠合编)等,2014年获"地下"独立诗歌艺术奖。

仙女山的颜色

庞惊涛

一

对一个陌生城市的最大期待是什么？

美食？城市里生活的人？最高的建筑？或者，一家让你钟情很久的酒店？

答案当然因人而异。

今天，我们已经很难步行进入一个城市。海陆空，无论选择哪种途径进入一个陌生的城市，第一眼的印象通常是难忘的。晴雨雾雪，它直呈或者半遮着的脸面或许便代表着给予你的全部，像第一次和你约会的恋人，你很难对它的第一印象无动于衷。

所以，在我而言，我对陌生城市的最大期待，便是它能给我一幅好颜色。

二

汽车在盘山公路上蜿蜒前行，武隆县城起伏的高楼像极了游戏中的魔方。山岚飘忽，高楼玉带，小县城便有了些仙幻的意境。我们的目的地是离城20多公里的仙女山景区，县城便只好成了旅程中的一个过渡。

在我的想象世界里，仙女山大约是武陵喀斯特腹地中一块平坦的浅丘，世代繁衍生息着为数不多的山民。因为适宜夏季避暑，近年大力开发而渐渐有了市镇的气象。像峨眉山腹地的七里坪，更像早期的大邑花水湾温泉度假区，城镇的容量是有一定限度的，潮来潮去，原住山民终究才是大山的主人，暑来寒退的城市人和贪慕风景的游客，终归是大山的过客。

直到车入山门，再在景区腹地穿行，我才被仙女山的博大能容震惊到了。这哪里是武隆县城的附庸，它分明在和城市分庭抗礼，隐隐然还有些捷足先登、取而代之的意味。你很难想象，在夏天时，这个腹地会容纳十万以上的人，它几乎就是武隆城区常住人口的一倍以上。一条主轴线两边，因地制宜地被各个小区有序分割。它们是法式、奥式、德式风格，或者说北欧风情，西班牙风情，意大利风情……从空中看，这些建筑仿佛聚在一起开欧盟会议的国家代表。它们颜色艳丽，红黄橙绿青蓝紫诸色变幻，让人应接不暇。这让我想起会议上各自大分贝说话的代表，他们都说了什么，估计谁也听不清楚。所以，给了我一幅好颜色的仙女山，第一眼就让我迷糊了。

三

20世纪90年代，成都在开发花水湾温泉度假区的时候，为了对抗山区多雨潮湿的自然气候对建筑成色的侵蚀和影响，而选择了欧式建筑中亮丽丰富的色彩。时髦的欧洲风情，加上艳丽明快的色彩，花水湾的颜色，一度被认为是度假区开发的代表色。

更何况，探花照水，顾名思义，它的颜色没有任何理由不是艳丽而丰富的。

大约和它同时期的彭州白鹿镇的颜色，也几乎是欧洲风情的复刻，那些层次丰富而耀眼的建筑外墙颜色，似乎确乎抵抗了环境气候的侵蚀，终年显现出热烈而浓郁的气息。

不要忘了，那正是大多数人对欧洲风情充满向往的时代，建筑被用来近距离消解人们的渴望，理直气壮而又神圣庄严。也因此，设计师们的笔下和图纸中，寄托着无数人的度假和旅游理想。

于是，浅灰色，被认为和潮湿、霉变以及低级沉潋一气的色彩，被设计师和建设开发者们集体唾弃和抛弃。

四

在参加"2019世界华裔文艺家重庆武隆仙女山采风活动"的20多名作家中，我是不多的"本地人"，其余作家或来自德国、或来自法国、或来自捷克、或来自瑞士……邀请者，正是原籍武隆江口镇的著名翻译家、巴蜀译翁杨武能老先生。由于在德国文学尤其是歌德作品译介领域的卓越贡献，杨武能于2018年荣获中国翻译界最高奖——翻译文化终身成就奖。2019年10月16日，应武隆人民的邀请，他参加在仙女山镇天衢公园举行的"巴蜀译翁亭"落成典礼。

从作家们来自欧洲国家的广泛性和代表性而言，这确乎更像一次文艺界的"欧盟会议"。以他们在所在国家和城市长则三四十年，短则三五年的新移民生活经验来看，仙女山的城市布局和城市颜色，其灵感显然来自于欧洲城市的启发，而这种组团分布、万国参差的设计和开发思路，虽然并没有明显的行政指令，但潜意识里仍然遵循了一种风行数十年的审美标准。于是前呼后拥，此起彼伏，看起来是心照不宣，实则是不约而同，谁也不愿意成为最不出彩的那一个。

我在仙女镇停停走走，发现那些欧洲风情的建筑有一种热烈的气息，集中了重庆女子火辣直率的所有性格表征。并不意外地，我在仙女山没有看到中国传统建筑和她代表的灰白色。

含蓄、优雅、内敛、深刻，它们代表着寂寞、安静，甚至是郁郁寡欢。对仙女山而言，练霓为裳，七彩斑斓正该是她的性格和身份标配。

五

我的首次欧洲之行在2005年的盛夏，首站是巴黎，然后由巴黎到德国，再由德国城市帕绍进入奥地利。

2014年，我又有一次单独的英国之旅。因此，这两次欧洲之行，使我对欧洲主要大城市的颜色有了粗浅的印象。

无一例外地，她们都给了我一幅好颜色。

以我其时对城市色彩的粗浅认识，她们的颜色无疑是好看的、匹配的，代表着世界城市的时尚潮流，也因此具有强烈的借鉴和复刻价值。

如今细细想来，她们的城市颜色自有其内在肌理，符合彼此不同的城市气质和文化需要，并非一成不变的简单色系套用。如巴黎的奶酪色与深灰色系，伦敦的英国红，罗马的橙黄色，都表达着不同的城市语言，也集中呈现出传统欧洲的上色方式，这种方式使得这些城市的颜色尽管各自不同，但给予人的视觉馈赠则显得恰到好处，一点不吵闹和拥挤。

最重要的一点，她们的城市色彩，不是最近一二十年才形成的，她们大都经历了漫长而深厚的历史沉淀。

从地理位置来看，巴黎也并非完全得天独厚。由于受温带海洋性气候的影响，巴黎常年阴雨连绵，鲜有阳光。在法国文人艺术家眼里，巴黎是一个"爱流泪的女人"，于是选择具有光感的奶酪色，则是数代巴黎色彩规划和设计者们的"匠心独运"。

更为难得的是，在奶酪色之外，巴黎人还选择了并不热烈亮丽的深灰色系。浪漫之都的气质里，也有含蓄、内敛和深刻的东方基因。

六

一天早上，我和来自德国的孙小平博士在酒店早餐时，讨论到仙女山的颜色。

如果说，20世纪90年代的度假区开发，以欧洲风情为统一标准，尚是一种时尚的话，那么，时至今日，欧洲风情就已经是一种落伍的表达了。我对仙女山的颜色走向表示出一种强烈的隐忧。

孙博士告诉我，"非常凑巧，最近一位在帕绍读硕的学生正好在写一篇广东山寨奥地利小镇哈尔施塔特（Hallstatt）背后文化影响的论文，她听说我多次去过哈尔施塔特，因此对我作了一个访谈，其中你的隐忧也是我的隐忧"。

孙博士在回答学生的问题中认为，中国山寨欧洲现象其势不衰，是后发经济体必有的阶段，但未来应该渐渐式微，北上广深等一线城市，先行一步已经意识到了这个问题，这也是文化由不自信到自信的一个阶段。

仿佛要印证我的这种隐忧，在次日安排的采风行程中，我们又看到欧洲风情在"阳光童年"项目上的简单复刻。在项目现场，"阳光童年"的项目负责人指着一个又一个开发中的山头介绍说"这是西班牙园"、"那是米兰园"时，我大声问了一句：欧洲风情难道就是最好的吗？这么大体量的开发，如何确定一定有这么大的客流？

我的问号当然被鼎沸的人声盖住，又或许顺着山风吹走了。我是一只偶然路过的蚂蚁，怎么搬得动在这里安家落户的大象。

好在，负责人最后告诉我，项目还规划了一个"中国园区"。我于是对它可能呈现出来的颜色充满了期待。即便它被挤压，被埋没，甚至被忽略，但它可能打破一统仙女山的欧洲风情色彩格局。

更像是对我的一种安慰，第三天，在我离开采风团前往仙女山草原经过懒坝的时候，我看到了中国传统灰白色建筑在峡谷浅丘的自然生长，那是仙女山规划的禅境艺术小镇。这里，正对着仙女石，我们经过这里的时候，仙女石隐于云雾之中，偶尔露出她缥缈的仙姿。这姿态，不是艳丽的，而是东方意境的灰白。

从懒坝往双河镇走，离开繁华热闹而且颜色热烈的仙女山主景区，道路两旁次第闪越出传统的川西院落，它们还夹着一些苏派和徽派建筑的元素，整体色彩上是灰白的。在这里，几乎看不到红、黄、蓝、紫等华丽色彩，在山岚起伏缭绕的半山，在苍翠的大自然深处，这样的色彩，自然但充满魅力，即便是斑斑雨痕苔迹，也充满了浓郁的东方之美。它让我想起了婺源，想起了西递，想起了宏村。

它们的色彩才是最美，最适合的。它们完整地融合了土地、植被等自然环境色彩，以及当地居民的生活常用的人文色彩，摒弃了一拥而上、毫无来由的华丽人工色。这似乎是一个强烈的暗示：不要以为仙女就喜欢华丽的色彩，懒坝和双河，或许才是最懂仙女山的地方；懒坝和双河，或许才该是仙女山的色彩代表。

七

很遗憾，我最终未能见证巴蜀译翁亭的揭幕。

但我从采风群员们上传的照片里，看到了巴蜀译翁亭的颜色。两层六角亭，红柱红栏，和仙女山景区热烈丰富的主体色彩倒是极为协调。但设计和建造者显然忽略了这种中国建筑在色彩上含蓄、内敛、深刻的传统，尤其是对建筑主材料木石结构呈现出来的亲切自然、细腻清雅、悦目怡人的经典运用。

好在，还有一个基础的补救在。巴蜀译翁亭的基础，正是中国建筑石材的灰白色系，即便它被浓郁的红压在了下面，它还是尽可能地发出了自己的亮光。

这似乎是又一个隐喻：杨武能教授的德国文学尤其是歌德作品译介，尽管受到德国"色彩"的影响，但还是尽可能地保留了中国的底色。

"让我看看你的城市面孔，我就能说出这个城市在追求什么文化。"著名建筑师沙里宁说的这句话，仿佛是一句偈语，中国的城市规划和建设者，尤其是色彩的规划者，需要在这句话里老僧入定，参禅悟道，一朝破壁。

法国文学家纪德说：单纯的高贵，宁静的伟大。这不仅是对古希腊艺术的评述，也适用于城市色彩的规划。

单纯的高贵，宁静的伟大。仙女山，你要"记得"。

庞惊涛，自署云棲阁主，号守榆居士。四川省作家协会会员，成都文学院签约作家，成都作家协会散文委员会主任。钱学（钱锺书）研究学者，蜀山书院山长。有《啃钱齿余录——关于钱学的五十八篇读书笔记》《钱锺书与天府学人》等著作，现供职成都商报社。

仙山绿境，一路恼人香

〔美国〕青平

小时候在南方长大，每到9月，桂花陆陆续续开了，忽远忽近的幽香是秋天的记忆。后来去北方读书，再辗转北美，这"一味恼人香"竟已是多年不曾闻到了。窃以为，赞桂花以南宋朱淑贞的"也无梅柳新标格，也无桃李妖娆色。一味恼人香，群花争敢当"为最。

金秋十月，有幸去武隆仙女山采风，刚到酒店，一丝若隐若现的甜香飘来。少顷，突然想起，这是小时候秋天的味道。顺着味寻到树下，对了，就是她，那万点金蕊散落于油绿的叶片之间，轻风拂过枝头，花串摇曳，清甜扩散开来，满院暗香。

离开故乡的这些年，未曾怀念过这个味道，突然间闻到，竟有了"少小离家老大回"的感慨。与仙女山的第一次邂逅就让我有了回家的感觉。

在武隆的几天，山路高高低低，千回百转，惊叹于鬼斧神工的天坑、地缝、芙蓉洞，看惯了云低山隐，逍遥缥缈的云雾，已分不清是天上人间还是人间天上。同时让我惊诧的是，这里植物种类之多，搭配之和谐，翠竹毗邻松柏，银杉和棕榈、芭蕉交错，茶园以杜鹃镶边，紫红的三角梅在风中如同蝴蝶起舞。但无论在哪，那一缕幽香始终萦绕不去。

神树火棘

听说仙女山有一棵神树,大家雀跃起来,区仙管委旅游文化局副局长艳子专程领我们去拜谒。那是一棵火棘树,火棘是蔷薇科火棘属的植物,秋天成熟时挂满亮丽橙红色的浆果。果实可酿酒可食用,俗称"救兵粮"。当地人也不清楚这树有多少年头,说几百年者有之,上千年者亦有之,只有枝干上厚厚的青苔诉说着岁月的沧桑。

汉白玉的石栏里,这古树的主干虬曲苍劲,扭曲盘旋而上,密密麻麻的枝干自顶而下,环绕着主干,千万条绿丝绦隔绝出一个郁郁葱葱的洞天。

历经风雨依旧生机勃勃,这不仅是棵古树,更是仙女山人的写照。

银杏大道和日本红枫

银杏和日本红枫大抵是引进的外来树种。"银杏大道"顾名思义,八公里的路两旁遍植五千多棵银杏,十年树龄已渐成规模。这个时节,满树金黄,远远望去,满山翠绿间系着一条璀璨的腰带。落叶在地上以树干为圆心画出一个个金色的光晕,再有一两周,落叶纷飞,应是"满城尽带黄金甲"的景象了。对了,这部电影正是在武隆天坑取的外景。

珍稀的日本红枫在仙女山路边、广场、公园竟然俯首皆是。入秋,一红一黄,如此绚丽的色彩配上仙女山的风情,正是此景只应天上有。若再搭配一些北美红枫就完美了,北美红枫,树高十几米,冠幅十余米,和较矮的日本红枫一高一低,相得益彰。假以时日,霜叶红于二月花必是仙女山又一道亮丽的风景线。

木化石

火炉镇以地貌得名，其实是地地道道的夏季避暑胜地。到火炉镇，主人专门带我们去观赏当地发掘出的木化石。是木还是石？木化石是石化的树木枝干化石，算石头。其形成需要满足两个条件，隔绝氧气的环境，缺氧使树木不会迅速氧化分解；富含矿物质的地下水，这种地下水渗入树木，树木的有机组织逐渐被矿物质替代，最终完全被无机矿物取代，完成石化，而整个过程持续数百万甚至上亿年。

极为苛刻的地质条件和机缘巧合，二者缺一不可，才能造就树化石，而像火炉镇这么完整的木化石更是难得。它保留着原木的木质结构和纹理，呈土黄色，半掩在泥土中，在满是青苔的原木栅栏里历数沧桑，冷眼春秋。

传说木化石能唤醒前世的回忆，我没能感应到，但想想它见证过地老天荒，仍不由心存敬畏。

五根树

在保峰村的塘湾处，生长着一雄一雌两棵枫香树，树身雄迈，高30米，树龄在500到1000年。因雌树树根生出五根枝杈，犹如一掌五指傲然迎天矗立，又被称为"五指树""五根树"。从根部分出的五根枝杈，已成参天大树，最大一棵直径有1.3米，需三人才能合抱。

枫香树常被误认为枫树，其实此枫非彼枫。题外话，枫树的真名为槭树，有点绕脑，不深究了，其实区分也容易，从叶子上看，三瓣的是枫香树，五瓣的则是枫树。不过枫香树和枫树一样，入秋也是染得千秋林一色。只可惜我们到的时候叶子还未经霜变色，可以想象，一棵尽染红叶的参天巨木会是怎样的摄魂夺魄。

五根树蓄天地之精华，聚日月之灵秀，守护着这一方平安。

三角梅

印象里三角梅是典型的岭南花卉，在广东、海南经常见到一树如瀑布飞泻而下的三角梅。三角梅花细小，黄绿色，三朵聚生于三片红苞中，外围的红苞片常被误认为是花瓣，因其形状似叶，故称其为叶子花。

在芙蓉洞口偶遇一墙紫红色的三角梅，让人不禁有时空错乱之感。待到这三角梅垂到地面，那会是遍地欲燃，绚烂如霞。后来发现仙女山农家的房前院后，也种着不少三角梅，这山水愈发地绚丽起来。

朱明翰咏三角梅，"占得春光十二重，百花谁享此尊荣？丹朱绛紫玲珑秀，素缟横斜意志雍"。

茶园和仙女红

白马山天尺坪茶园依山而成，可谓山中有茶，茶中有山。我们到时，正赶上细雨薄雾，高低起伏的茶园在云雾里若隐若现，远处依稀以松柏为界，近处凭盛开的野菊为栏。湿润的空气竟也带了一丝丝茶香，吸一口，沁人心脾。

白马山自西周就产茶，唐代奉为贡茶。今天的有机仙女红仍是红茶中的上品，野化茶因为稀少，更是难得一见的珍品。

来了，别忘了，体验一下种茶、制茶、泡茶、品茶的茶文化。

茶如人生，叶片在茶汤里沉浮，沉时坦然，浮时淡然，乍一入口，微苦，回味却甘甜。在高山之巅，云雾之中，凉亭里一壶茶汤，浅酌细品，真是"神清气爽，飘飘然有凌云之意"。

竹林和竹笋

竹子飘逸苍翠，高风亮节，每每有人以"未出土时先有节，至凌云处总虚心"隐喻文人风骨。

武隆有李进士故居边上的南竹，有龙溪古渡的山竹，从农民屋前到乌江两岸，竹林比比皆是。而以海拔1700多米的寺院坪万亩冷竹最为壮观。冷竹约半人高，密密麻麻地挤在一起，一望无际。山高风劲，漫山竹林随之摇曳起伏，竹影婆娑沙沙作响。正应了郑燮《竹石》"咬定青山不放松，立根原在破岩中，千磨万击还坚劲，任尔东西南北风"。

说起竹子不得不提人间至味是清欢的竹笋。武隆手剥笋，带着深褐色笋衣的现拔小春笋，用手剥去三两层笋衣，一口咬下去，脆口爽利，汁水饱满，味道鲜美，略带苦涩，细品能尝出春天的气息。还有土鸡鲜笋汤，老鸭笋汤，汁液清亮不腻，风味绝佳。现在回想起来仍食指大动。

听说白马山还可以自己手采竹笋，值得一试。

蕨菜和蕨巴

蕨类植物有一万两千种，可以追溯到三亿六千万年前的石炭纪时期。波士顿蕨是大家比较熟悉的观赏类蕨，而野生蕨菜也属蕨类，人称山菜之王，李白曾赞道："昔在南阳城，唯餐独山蕨。"从外观看，波士顿蕨稍大一些，但两者都有蕨类典型的狭长羽状复叶。

武隆的树林草地，路畔山坡，蕨菜随处可见，而当地名产蕨巴、蕨粉也是从蕨菜演绎而来。蕨巴、蕨粉是用蕨菜根里面提炼出的淀粉制作而成，过程繁琐，殊为不易。首先深挖出蕨菜的根，洗净，用木槌捣烂，去除杂质，再用纱布过滤，至此才可以提炼淀粉，经过24小时的沉淀，底部凝结的洁白粉块就是蕨巴粉。

当地名吃，蕨巴炒腊肉，片状蕨巴配上农家自制的腊肉，蕨巴吸油，腊肉提味，绝配天成，入口干爽，软滑兼有，风味十足。而酸辣蕨根粉，开胃筋道，让人大快朵颐。

谁能想到，随处而生的野菜在武隆人手里也千变万化，破茧成蝶。

红薯和苕粉

红薯是再普通不过的农作物，自明代引入中国后，因其产量大，生命力强，很快就在全国推而广之。小时候下乡打猎，随民居主人下地，两锄头能刨出半袋子红薯（当然这是主人的两锄头，我两锄头只挖出几个），就感叹，想不到干涸的土地下竟然藏着这许多宝贝。

信步武隆乡间，随处能看到房前屋后，路边山脚，见缝插针的红薯田。红薯藤谈不上什么观赏性，红薯也算不上什么稀罕物，于是当地人用红薯做出了声名远扬的武隆苕粉。

因为当地特有的气候、岩土、夕晒、泉水，武隆的红宝石红薯，红心红皮、脆甜清香。武隆苕粉制作工序繁复，归纳为（三沉三淀十六道工艺）：一沉一淀，淀出薯肉之原味；二沉二淀，淀出薯骨之本色；三沉三淀，淀出薯髓之清香；至此软糯筋道之武隆苕粉乃大成。

简单的红薯，不简单的苕粉，化腐朽为神奇的武隆人。

行程的最后一天，我们来到火炉镇梦冲塘，乡村里也有如诗的地名。远远看见累累硕果的柚子树，田垄两旁，橘子树上黄灿灿的橘子亮得晃眼，沉甸甸的芭蕉把粗壮的芭蕉树坠得微微倾斜。突然一阵浓香袭来，循味而至，一棵一人高的桂花树在乡村小卖铺前怒放着。

这一味恼人香，伴我长大，又在武隆一路跟随；武隆的山水、风味，让我惊叹，令我沉醉；这方水土养育的武隆人，生生不息，创造了一个又一个神奇。

卢青，笔名青平，德国《华商报》专栏《美东漫谈》栏主。北京科技大学计算机学士。20世纪90年代留学美国，获计算机硕士学位。爱好文学、哲学、旅游、摄影。擅长园艺和烹饪。现为美东高校资深系统工程师。对美国社会生活各领域均有深入了解与独特思考。

情画仙女白马山

〔德国〕谭绿屏

亲爱的朋友，你一定熟知中国古代四大爱情故事，故事的画面常会在你的脑海中呈现：牛郎与织女鹊桥相会、白娘子与许仙断桥邂逅、梁山伯与祝英台长桥相送、还有孟姜女哭倒长城。可是你未必听闻中国第五大爱情神话，不仅同样的凄美动人，而且辽阔壮观。嗅着山菊的淡淡花香，我们来品味重庆武隆的仙马奇缘。

初秋的美好季节，来自世界各地12个国度和地区的25位华裔作家，腾云驾雾降落到各位之中多数都前所未闻的重庆仙山宝地——武隆。隐身漫山的苍茫雾色，领略了白马山的一往情深，体验了仙女山的万种风情。

相传玉皇大帝的第九个女儿青衣仙女张天阳，奉命掌管天庭内的神灵花草、仙果药材。张天阳浸心于花果之间，修得花木精华，一身青衣素颜竟美到不可方物。偶然的机遇她与东海龙王的龙三太子敖嘲风一见钟情。神圣的爱情一旦降临，人神都无法抗拒。龙三太子抛弃尊贵的地位，奋不顾身地化作一匹气宇昂扬的白马，背驮着挚爱的恋人，马鬃飘逸、四蹄放飞，纵情奔驰在广阔的草原、奇峻的山峦和茂密的丛林之中。

燃烧的爱情使青衣仙女朝朝夕夕依附着白马，绝尘忘世、难分难舍。尽管她尽忠职守，仍触犯了严苛的天规。王母娘娘盛怒之下不顾母女情长，拔下头上寒光闪闪的银簪，不由分说地伸手点击两人翻落人间化为青山，更铁面无情地举起乌金天尺划破连绵山群。一条激流澎湃的乌江咆哮呜呜、心不甘情不愿地横切山脉，阻断了一双璧人如山的爱恋。

这就是坐落在乌江北岸武陵山脉的仙女山和乌江南边大娄山脉的白马山。白马山上望仙崖极目远眺，荡气回肠。白云抚慰着一江之隔默默相对的两座大山，朝夕相守相望却永远不能相依相偎。

我们的汽车在盘山公路上小心运行。龙三太子的白马追逐在车窗前，向我们诉说他心中对恋人无尽的思念。我们忍不住向泪光闪闪的白马王子挥手致意。夜晚的仙女山酒店，我们听到窗外敲打玻璃的风雨中，夹着青衣仙女的喃喃私语和哀泣之声。我们忍不住打开窗户向仙女道一声晚安。

我们陶醉在旷世奇观的熔岩山石之中。万丈瀑布自天而降，涛声如雷、惊心动魄。身穿蓝色雨衣穿过水帘洞，我们谁也无法在这水流冲击中拍摄下眼前妙不可言的镜头。寻思着当年白马王子曾经驮着青衣仙女在崖洞中窃窃私语、在水花中凌波起舞。

果不其然，出得天生三桥的洞口抬头望，一眼看见青衣仙女身着青枝翠叶点缀的长衫，正抬头眺望远方的白马山，望眼欲穿，楚楚动人。

我们走在迷雾蒸腾的同心桥上，如同走进神话，几步之外只闻人声不见人影。紧接着的爱情魔方屋，观赏全壁巨幅立体起浮的视频，放映仙马奇缘的故事。玫瑰色花朵遍地的光影中，巴黎才子梁勇情不自禁地礼节邀请柏林才女雨欣，两两和着动听的音乐翩翩起舞。

魔方屋偏旁室内设有电子游戏机，可以在名目繁多的条目中虚拟选择自己中意的爱情伴侣。我对游戏机原本不感兴趣，出于关心看看正在按按钮的台北知名作家林黛嫚如何操作。好奇心重之下我也开机尝试。在被叮嘱结束上车的慌忙中，紧急按键完毕。正当不知所措，猛听人声疾呼"哈啰"。哪里人声？顺音朝上寻，原来正对的墙面有个窗口豁然敞开，我们团里那位树一般高的人物捷克老木居然也玩心重重，妄自按键于隔墙的游戏机上，不料与我的乱弹琴对上号，引得暗窗洞开，吓了我一大跳！

魔方室的内壁高墙和下山的橙色台阶都精心装饰着不重复的爱情箴言，静静地陈述着情人的衷肠，通俗直白、缠绵人心：

牵着我的手，闭着眼睛走你也不会迷路。
一晃神，一转眼，我们就这样垂垂老去。
我们熬过了漫长岁月，然后白了头。
卿与吾有三世之约，生死相随，终不相负。
我爱你始于初见，止于终老。
爱不需要多，只要有你就够了。
丢三丢四不丢你。
曾经我们那么放肆地爱过，还是有种想要爱你的冲动。
我想要和你一起慢慢变老。
今生有你，所以我的爱才如此浓烈。
未来，我要做一个值得你爱的人。
你的世界很大，而我的世界只有你。
人生是花，而爱是花的蜜。
爱神能征服一切。

白马山天然具有情侣山盟海誓表达婚姻忠心的绝佳场景。仙女山大草原上举行过正宗正规的汉唐礼仪集体婚典。每年的情人节、七夕日,这儿都是情人佳偶专程登临,卿卿我我、琴瑟和鸣之地。白马王子和青衣仙女畅开胸怀,坦诚祝愿天下有情人终成眷属。

大山中成长的武隆人,世世代代承受大气磅礴的原岩巨流熏陶,人品才德端庄厚重,如山崎渊渟般令人生敬。旅游局副局长艳子率领的"阳光童年"旅游公司工作人员,掏心掏肺向我们献上武隆山水的物华天宝和浓情蜜意,尽显武隆人的纯朴务实。

我们团的组织者杨悦,居住在德国杜塞尔多夫的祖籍武隆人,是一位脸庞秀美、身材娇小的川妹子,智慧、理智、坚定、大度。武隆人天生的素质,加上悦悦早年与其父——巴蜀译翁杨武能共同翻译《格林童话全集》而获取的人生教养与锤炼,爆发出不同凡响的能量。从商不离从文,行行风生水起。

我们团来自英伦的一对年轻情侣作家西楠与鲁鱼,两人身着棕黄色的情侣服。他们之间的温存体贴常成为我们摄影抓拍的对象。寄身武隆的仙山奇景,寓教于乐于武隆的仙马奇缘,唤起我们各人曾经经历的爱情初衷,使得整个团体格外齐心合拍。

仙女山龙水峡地缝出口有小集市。我买了一堆当地特产的弥猴桃。每个只有三两个山枣大,酸甜可口,专治口腔毛病。卖水果的大娘满面慈祥的笑靥,透露出她年轻时出众的美貌,在我的镜头前大方展示武隆人的自信。

武隆的最后一天。我们的车平稳行驶在山间公路。沿途常见新砌的明亮小幢楼宇傍依破烂歪斜的小小黑暗农家土屋。怪异之中问及龙溪古渡的一位主任。却原来:问世间情为何物?不在财、不在色,竟在这破烂的农舍之中。这农家土屋的一梁一木,曾经聚集了一家人上下左右的深情厚爱、生死寄托,怎舍得一把推倒、一瞬铲除？留待时日的自然消化吧！这又是只在武隆才保有的走出穷乡仍被体恤的民风残存。

白马山一望无际的山菊、玫瑰，微风中轻吟浅笑、摇曳生姿，美得令人忘却天南地北。依山万亩无农药茶园梯田，沿袭着三千年前贡茶的巴人制茶文化。我们看到理想中的白马王子和青衣仙女胸怀坦荡，忠实地维系着永远的爱情。随着当今社会工业化和高科技的迅猛发展，人类的爱情观出现多元化和分支化现象。比如说可能有一天有人带上心爱的高仿真机器人伴侣出游。那么再看今天武隆人坚守保护传统的爱情观是多么明智，多么重要。

告别武隆，远远退去的莽莽群山化作万马奔腾。古云"踏花归去马蹄香"。武隆的花香随着我们的脚步分撒向世界各地。

谭绿屏，德国华人艺术家，新移民文学早期（20世纪90年代初）作家。汉堡文化艺术协会"一切皆美"（Alles wird schön）名誉主席。世界华文作家协会欧洲会员、世界微型小说研究会欧洲理事、文心社德国分会会长、德中文化交流协会会长。

武隆仙女山采风行
——诗歌组曲四首

〔瑞士〕朱文辉

引子

2019年10月10日至20日，来自全球各地的海外华文作家、艺术家、评论家、摄影家以及媒体从业人士合计二十五人，应重庆市武隆区委宣传部的邀请，参加了由该区"仙管委"主办、"阳光童年旅游开发有限公司"资助承办和"喀斯特旅游产业（集团）有限公司"配合出力协办的采风活动十天；共襄盛举的还有重庆市"武隆区文学艺术界联合会"。笔者忝为受邀宾客之一，有这份福运亲历了堪称世外桃源的仙女及白马两山旅游度假区名胜风光和人文风貌，参与过程以及事后对这片人间仙境的回忆，依然犹如美食入口，齿颊留香，回味无穷。

我且以人、事、地、景、物五道风貌来说明这次的采风心得。

人文

这座宝山这片净土，孕育了有为有守的领导、识见宏远的儒商、学贯中西的巴蜀译翁、热情澎湃的新生代青年，同时还有民风淳朴的当地百姓。

武隆区的旅游开发与休闲度假理念之演进，自20世纪的1994

年起，迄今已有整整25年的历史了。如今，在2008年成立的武隆旅游管理委员会（简称旅委会）带领之下，各级干部积极发挥冲天干劲，努力把原为穷山野林的仙女山区逐步开发成为现在驰名中外的国家级旅游度假区，他们的智慧和远见，殚精竭虑的奉献，都一一在我们眼睛所见的青山绿水以及和谐的林野小镇呈现出来。从接待我们采风一行人的区委宣传部和仙管委等多位领导干部身上，我们得到深刻的印象，他们不仅仅是政府的官员而已，谈吐之间更是表现出深厚的文化修为，论起文艺诗歌，皆与我们这批文艺访宾理念相通，交互融成一片。

阳光童年旅游开发有限公司的涂光明总经理，除了善于企业经营与管理之外，更是一位博学多才的书法家，他用心奋力开发仙女山度假区人文旅游的理念，具体诠释了什么是儒商的形象。在他旗下任职的年轻一代仙女仙哥们（如王智新、路璐等），不仅有颗热诚服务的心，更都在涂总的用心栽培与训练之下，个个能歌善舞，诗词歌赋也都具有应有的水平，他们的多才多艺，正是中国企业年轻一代继起顶梁的新血轮。

巴蜀译翁杨武能老教授这位学贯东西、同跨中德两个语境文学的前辈大师，是仙女山的镇山之宝，让旅游度假的世外桃源也笼罩在浓浓的文学气息之中。

这方土地可称地灵人杰，我情不自禁称颂为"仙气飘飘处处扬，文风习习阵阵香"，会让人不由自主地掏肝献肺，把自己完全托交给这儿的山林与景致，所以我形容这是"灵山展臂迎方客，游人循迹访仙娘"！

将以上四个无心偶得的分句构成一首符合平仄押韵的七绝诗则为：

仙气飘飘处处扬，
文风习习阵阵香。
灵山展臂迎方客，
游人循迹访仙娘。

事象

　　自1978年中国实行对外改革开放政策以来，中国已在富强的道路上迈步前行整整四十年，中产阶层更已慢慢累积到相当程度的数量，人们渐有摄补大自然的宁谐来充实生活内涵之需求，借以调和追逐享受物质层次所带来的紧张压力和虚空感。

　　中共的十八大把生态文明建设纳入中国特色社会主义事业"五位一体"总体布局，明确提出大力推进生态文明建设。循着这个政策，武隆一路积极推动绿色经济从而发展绿色生态产业，别具慧心地打造出一个绿色生态休闲文创经济样模，让城乡与景区相辅相成，做到城乡景区化，景区城乡化，物质与人文和谐兼容。利用得天独厚的珍贵自然环境资源开发休闲旅游区，以人文建设取代房地产投资，开拓出一条属于巴渝自己地方特色的绿色经济大道，同时也引导原为偏僻山村的百姓如何配合一起发展具有地域色彩的旅游产业，协助他们脱贫致富。

　　"仓廪实而知礼节，衣食足而知荣辱"。粮食充裕，民众自然就会知礼守节；生活在一个丰衣足食的社会，人们就懂得什么是荣誉，什么是羞耻，这是两千六百多年前春秋时代管仲留给我们后世的至理哲训。

　　中国，由站起来、富起来而强起来，渐由外在的物质追求回归到中华传统文化的质朴与内敛，富而好礼，享受精神文明，是人心与社会进化的必然趋势与必走之路。

地貌

重庆市武隆区得天厚赐，拥有大片面积的喀斯特地貌（Karst topography）。根据维基百科的解释，这种地形，又称"溶蚀地形或石灰岩地貌"，是具有溶蚀力的水对可溶性岩石进行溶蚀作用而形成的地表及地下样态之总称。大约二十年前我曾游访过巴尔干半岛斯洛维尼亚共和国的波斯托伊纳（Postojna）溶岩洞，那是欧洲最大的钟乳洞，当然世界上还有许多国家与地区都有这种天然的地貌奇观。但中国武隆区的喀斯特地貌，已获得列入联合国世界自然遗产的殊荣，这是举世少有的，现已发展成为国家地质公园。而位于武隆区江口镇4公里处的芙蓉江畔芙蓉洞，是一个大型的石灰岩洞穴。形成这种地貌的主因是，这些地方广布着含有碳酸盐的石岩，接触雨水或地下水时，或多或少的碳酸盐溶于水中，日积月累的长期溶解与侵蚀之后，便出现了地下河及溶洞等奇特的地貌景观。

而武隆乃以拥有天坑、地缝、峡谷、溶洞、群峰等多彩多姿的喀斯特地形地貌傲视寰宇，其石柱、石笋及钟乳石洞等奇景幻象，吸引并满足了无数游客的视觉。

景观

武隆区以仙女及白马两山系为绿色生态基盘，衍生了无数夺人耳目、令人心旷神怡的奇景幻境——在那片广袤的33万亩大森林和10万亩的天然草原上，拥有让人叹为观止的"仙女山四绝"（即林海、奇峰、草场和雪原），已被人们誉为"东方瑞士"；而"天生三桥"则被评为国家5A级景区（它以天龙桥、青龙桥、黑龙桥三座气势雄伟的天坑石拱桥享誉于世），与芙蓉洞一同荣获"国家地质公园"之称号。

仙女山镇境内的龙水峡地缝是条5公里长的峡谷，两边俱为高耸的险崖。前段是地缝，狭窄难行，有些地段甚至仅容一人通过，犹如线穿针眼；中段是洞体天地，后段为全程的出口峡道。徒步漫游全程，一路尽是千山鸟飞绝的悬崖绝壁、怒潮飞射的瀑布以及密布各种繁花绿草的通幽曲径，让游人的心情不时随着淙淙流水进入柳暗花明的境地，而咏叹造物者的神奇奥妙。身处高崖远眺群峰是"振衣千仞岗"的雄迈；贴近溪流倾听潺潺水声，则生"濯足万里流"的心境。

与仙女山区遥相对望的是白马山区，它比照5A级景区和国家级旅游度假区的发展指标，是融旅游、休闲及度假为一体的绿色生态产业区，白马生态产业新城以及羊角乌江古镇文化休闲驿站不久即将耀眼问世。

现在，武隆喀斯特旅游景区已成为同时被认证拥有"世界自然遗产""国家5A级旅游景区"以及"国家级旅游度假区"三块金字招牌的观光与避暑胜地。所以说，武隆融合了天地人并汇结文化及生态休闲为一体的度假乐园，赋予观光旅游多面向与多功能的特性。

物语

此处我借用"物语"这个日本词汇来述说仙女山的古今传奇和佳话。

重庆坐拥好山好水，人杰出自地灵。德语文学译坛大师、"巴蜀译翁"杨武能老前辈的故事，本身便是一部当代物语活传奇。

杨老前辈的父祖之辈出生于穷乡僻壤的贫困山村（武隆江口镇谭家村），都是勤奋求知，笃奉以厚道为人处世之理。译翁自幼深受庭训，也身体力行，奋进向上，一路坚持走来，终成大师。在他译笔挥洒之下，浮士德经世致用与出卖灵魂的挣扎，少年维特的烦恼，魔山的思想混乱堕落纠结，格林兄弟和故事永远讲不尽的童幻天地，便像幻化不停的声光布景，不断扩展我们知性与感性的空间。我们由一个世界进入另外一个世界，是需要一座坚固的好桥来跨度，译翁大师不但是位造桥工程师，更是一名领人过桥之后续予美化，接继向前行进之路的艺术家，把桥头桥尾两端的天地做完美无缝的接合。武隆区政府为他在天衢公园建造一座"巴蜀译翁亭"以表彰其一生投入德语文学研究与翻译之贡献，已成地方口碑传颂、津津乐道的雅事。如今老而弥坚的译翁，更是雄心万丈要把重庆杂技艺术团精湛的表演节目结合德国童话"灰姑娘"的故事情节，以融汇中西文化元素为出发点，将中华杂技艺术崭新的面貌推向国际，这是一桩了不起的文艺创意及武隆盛事！

说起武隆，当然少不了千颂万唱的仙女与白马"天尺情缘"相恋之神话传说。

故事是这么说的：相传东海龙王敖广有一天带着英俊帅气的三太子敖嘲风去天庭，太子与美丽的紫衣仙子张天阳一见钟情，相约私到凡间百花谷嬉戏，被王母娘娘撞见而怒以戒尺打入凡间，以乌江为界，硬将一对恋人拆散，两岸隔绝，相聚无期，只能遥遥对望，后来太子敖嘲风化为白马山，仙子张天阳化作仙女山，留下这么一段凄美的爱情神话。如今白马山也开发成为观光景区，以爱情文化及茶道文化为主题，山上辟有与仙女山遥相对望的望仙崖（或称喊仙台、思仙台）景点，高崖绝壁，隔着绿澄澄的乌江，散发出爱情浪漫的"缺陷美"气息。

还有一张代表武隆的亮丽名片，便是自2012年4月23日起以实人演实事的大型实地实景歌舞剧秀《印象·武隆》。该剧是由张艺谋担任艺术顾问，王潮歌及樊跃为总导演。剧场位于距离仙女山镇约9公里的武隆桃园大峡谷。演出的时间一概定于晚上，以便呈现夺人耳目的激光绚丽闪现以及峡谷山壁回荡音响的最佳效果。该剧的主题是在阐述面对传统"消失"的无奈，讲述川江沿岸机动船只取代了人工的拉纤劳动，以濒临消失的"号子"为主要内容，溶入了川俗"纤夫"与"哭嫁"等民间文化元素，是大型山水实景演出印象系列的作品之一（其他尚有在全中国各地配合当地实景打造的"印象·刘三姐""印象·丽江""印象·西湖""印象·海南岛""印象大红袍"以及"印象普陀"等），观众从撼人心弦的声光歌舞剧中深刻体会巴渝传统文化的精华。

行笔至此，我最后要说的是，在中国台湾出生与成长、旅居瑞士迄已44个年头的我，之于中国大陆，原应只能算是一名海外过客，除了文化认同的情感之外，是不该或不会有所谓什么乡愁的。但如今，经我亲手揭开了重庆武隆仙女山的面纱之后，终于开始自问：谁说我没有乡愁？——我现在便已预先注入了未来一股浓浓的乡愁！

所以我说：不来仙女山终身遗憾；来过仙女山终身震撼！

也因如此，我便透过如下四首诗歌组曲来描述这次采风行的感受——

之一（仙女山）
天生丽质的恋歌

大自然用笔

写意你的韵姿

那份典雅

为容颜添上雍华的倩妆

这也怪不得

好好的龙三太子不当

与你有约打造了一见钟情的喜悦

双双掉进王母娘娘责罚的苦海

版本另类的牛郎织女

在隔离审查的地牢

变身凡间两座山峦

隔着绿澄澄的乌江流水

遥遥对望绑在一起的命运

这出情缘戏曲

千年万代谱颂仙女白马的传奇

之二（仙女山）
仙气

闭起眼睛张开嘴巴

我们呼着吸的都是同一口气

阿尔卑斯山野来客与武隆邂逅

填满我们胸臆的

正是那同一口灵飘飘的仙气

因为有你

刘禹锡便又活在我们眼前①

之三（武隆）
瑞士远客与主人的山歌对唱

我们阿尔卑斯山有吆得乐②

你们黄土地有仙女谣

我们有少女峰碧湖与冰川

你们有天坑地缝和溶洞

我们愿意用世外桃源的无争与忘忧

换取你们峰岭的俊秀和幽丽

你操你的南腔北调

我讲我的异国外语

你我说话纵然音韵有别

声气却是天地同源

山野花草的交谈无需翻译

景观里的人文自有灵犀相通

我们一则又一则的古老民间故事

呼应你们空山灵雨的仙女白马传奇

瑞士的风景明信卡

---

①刘禹锡《陋室铭》：山不在高,有仙则名,水不在深,有龙则灵……
②"吆得乐"是瑞士的一种山歌,叫做Jodel,歌者称为Jodler。

这下便与武隆的名片

有了会心的交集

之四（川江剧）

印象武隆

汗水血水回应滚滚江水

一寸步履搭伴一声吆喝

究竟哪门催促着哪门

纤夫和出嫁的姑娘

上演遗世又世遗的川江名剧

传来阵阵挑战命运的呐喊

演技

成了画笔之下的蛇足

逝去的传奇必须嘶声力吼

连灵带魂招唤回来

朱文辉，中德双语作家。曾任欧洲华文作家协会秘书长及会长。现为欧华作协理事、世界华文微型小说研究会副秘书长。创作犯罪推理文学及微型小说。发表了德语著作《字海捕语趣》，长篇推理小说《不同视景的谋杀》等。

游武隆山水，览仙女风情

〔德国〕高关中/高平原

今年，我们合力写作《我们自驾游中国》，正在接近杀青的时候，接到武隆仙女山采风的邀请。这一采风活动使我们收获良多。现将采风所见写出来，已经补充到该书之中付印。

2019年10月金秋，我们哥俩应邀参加"2019世界华裔文艺家中国重庆武隆仙女山采风"活动。通过来自12个国家和地区20多位嘉宾赠书及采风活动后组稿出版《仙女山·武隆·重庆》，力求通过不同视角的文艺作品，开启一个"武隆走向世界、世界认识武隆"的窗口，展示武隆开拓创新、开放融合的绿色发展的城市形象！

武隆是直辖市重庆所属的一区，面积2901平方公里，总人口41万。它位于重庆东南130多公里，与贵州交界，有"渝黔门屏"之称。汽车驶出重庆，飞驰在包茂高速（G65，从包头到茂名）上，不到两小时，就来到县城巷口镇，迎面一座马踏飞燕的高大雕塑标志着武隆是旅游业重镇（甘肃武威出土的汉代马踏飞燕铜塑是中国旅游业的图形标志）。全域依山傍水，历史悠久，物产丰富，江媚瀑奇，峭壁奇特，森林茂密，野趣迷人，尤以喀斯特地貌为特色。武隆是全国同时拥有"世界自然遗产""国家5A级旅游景区"和"国家级旅游度假区"三个金字招牌的地区之一。旅游设施完善，是中国著名的旅游大县（区）。当晚我们入住仙女山隆鑫琥珀酒店。

落在凡间的伊甸园——仙女山

仙女山在武隆县北部，据说有一峰酷似翩翩起舞的仙女而得名。海拔最高超过2000米。这一带拥有茂密的森林，奇秀的山峰，南国的牧原，凉爽宜人的气候，接待设施颇具规模。形成国家级旅游度假区，被誉为"落在凡间的伊甸园"。中心地仙女山镇，已建成欧式风格的城镇，旅馆成群，堪称山中瑞士。仙女山旅游度假区管理委员会的领导告诉我们，仙女山旅游，四季皆宜，特别是每逢夏季，避暑者蜂拥而来。冬天还有冰雪运动的旅游项目。目前阳光童年公司正在开发一个宏大的旅游设施，包括中国驿站、瑞士驿站、荷兰驿站、日本驿站等7个游乐园，为游客、特别是亲子游，提供更多的游乐项目。仙女山飞机场已基本竣工，明年将试运行，可以预料，将会带来更多的游客。

近年来，仙女山盖起大片别墅区，分为30多个小区。别墅区海拔1200多米。一般来说，海拔升高1000米，气温就降低6摄氏度。也就是说，仙女山的气温至少要比重庆主城低五六度。加之空气好，出门看天，就是蓝天白云。深受重庆人喜爱，这里成了重庆的后花园、避暑区，堪称"重庆的庐山"。

世界之最——天生桥群

我们考察了武隆县北部的天生三桥（或写作硚）。这是岩溶深切型峡谷的典型代表，是反映地球演化历史的范例。入口处的巨大变形金刚告诉人们，电影《变形金刚4》以此地作为外景拍摄地，导演迈克尔·贝曾赞叹这里是"一个地球上最美丽的地方"。

据《大明一统志》载："龙桥山逶迤如龙，下有空洞，即五龙山。"武隆县（原名五龙县）因此而得名。天生三桥景区在不足1.2公里范围内，云集了三座天然石拱桥和两个天坑，是世界上最大的天生桥群。天生三桥的形成，也是喀斯特岩溶的结果。由于地壳上升，地表河变成伏流，以今日天生桥下的通道作为它的流路，继续不断侵蚀，形成洞穴通道，造就天生三桥。伏流通道发生崩塌，又形成两座天坑。残留下来的未塌落的顶板便成为天生三桥的桥面。

我们先沿着陡峭的数千级台阶下到天坑底部，仰视天生桥雄姿。

天龙桥是天生桥群中的第一座，又名头道桥，以雄壮称奇，其形状酷似人工桥：由一墩两孔而构成，我们看到的是北穿洞。桥高235米，桥厚150米，宽147米，平均拱高96米，平均跨度34米，桥顶恢宏壮观，令人惊叹不已。

青龙桥在天生三桥中最为高大险峻，桥高281米，桥厚168米，宽124米，平均拱高103米，平均跨度31米，桥洞高大险峻，犹如飞龙在天。桥的高度和厚度均排名世界天生桥第一位。据说，形如洞开的天门，在雨后阳光下，瀑布飞洒如烟如雾，常会出现彩虹。桥身映入彩虹之中，隐约可见飞龙在天，青龙桥因此而得名。

黑龙桥，桥高223米，桥厚107米，宽193米，平均拱高116米，平均跨度28米，桥洞幽深黑暗，像一条黑龙盘旋洞顶，因而得名。这里瀑泉纷洒，信步其中，恍若隔世。桥宽居世界第一。

天生三桥不仅是中国也是世界上最大的前三名天生桥之一。试比较，法国Bous del Biel天生桥在欧洲著称，但桥高仅100米，桥厚30米，拱高约70米，平均跨度60米，与武隆的天生三桥相比则是小巫见大巫。

天龙桥和青龙桥与周边的山壁围成天龙天坑，口部直径522米，面积10万平方米，最大深度276米。而青龙桥和黑龙桥与四周石崖也构成一个口字形天坑，其高空悬崖边一山岩酷似展翅欲飞的老鹰俯视坑底，故名神鹰天坑，最大口部直径300米，口部面积5万多平方米，最大深度285米。属塌陷型天坑。天坑是口部直径和垂直深度均大于100米，四壁陡峭的大型岩溶漏斗。武隆县是世界上天坑数量和类型最多的地区。

三桥夹两坑的景观称奇于世。景区集山、水、瀑、泉、峡、桥，和遍山的翠绿，构成了一幅规模宏大、气势磅礴、逶迤不绝的自然山水画长卷。

就像在天然美景中画龙点睛一样，2005年在天龙天坑中复建了一座天福官驿（唐代始建驿站，后毁于兵燹），为幽静的四合院。该驿站古朴神秘，环境幽绝，被张艺谋导演的电影《满城尽带黄金甲》遴选为唯一的外景拍摄地而名扬天下。成为天生三桥景区的重要景点之一。

距离天生三桥景区3公里。在仙女山镇白果村，还有一个龙水峡地缝。整个峡谷高差达350米，两岸最窄处仅1米，全程游道4公里，主要为栈道式设计。该景区由入口地缝、中途穿洞、出口地峡三段组成，内有峡深壁立、原始植被、飞瀑流泉、急流深潭交相辉映，是武隆境内又一岩溶地质奇观，也是武隆国家岩溶地质公园的重要组成部分。

地下宫殿——芙蓉洞

"喀斯特地貌"必然孕育大量的溶洞，我们乘缆车上山参观的芙蓉洞，就是最美最奇的一个，距江口镇4公里。武隆喀斯特旅游区为国家5A级旅游景区，就包括芙蓉洞、天生三桥和仙女山。芙蓉洞口的木牌上介绍说，岩溶洞穴是岩溶作用所形成的地下洞穴。芙蓉洞全长2700米，游览道长1860米，宽高多在三五十米之间，1993年5月26日被当地村民发现，次年就对外开放。芙蓉洞之美，闻名海内外，尤其是巨幕飞瀑，生命之源，珊瑚瑶池，石花之王，犬牙晶花等景观堪称洞穴瑰宝，被誉为"芙蓉洞五绝"。在各色灯光的辉映下，石笋、石钟乳等呈现出千姿百态，万种风情。这时你可以充分发挥想象力为各种各样的景致命名，甚至编故事。听听，松柏会仙、芙蓉睡佛、八仙过海、万箭挂壁、九天银柱、银丝玉缕、火箭待发、擎天玉柱、金銮宝殿、贵妃浴池等，就是人们看到洞穴各处美景的想象。当然这样的想象并不唯一，例如说，两根石笋一大一小，写着大小雁塔，也可以想象为夫妻柱啊，说不定更吸引游人拍照呢！

出了芙蓉洞，遥望芙蓉江（乌江支流），江中筑起大坝，建成了30万千瓦的芙蓉江江口电站。武隆县还建有一座60万千瓦的乌江银盘电站，这可是清洁能源啊！本县用不完，还向重庆市区输电呢！

有美景，也有美食，武隆江口鱼，乃是流传于巴渝山区久负盛名的一种传统饮食。每当民族盛节、婚嫁喜庆，丰收之时，当地山民们驾驭木舟，从芙蓉江中捞出肥鲜的野生鲢鱼、黄腊丁鱼、青鱼、鲤鱼、鲫鱼等，载歌载舞，款待宾客。我们在江口镇上的悦来饭店品尝了著名的黄腊丁鱼，果然肉质细嫩，鲜美无比。

配合自然景观，也要开发人文历史，提升旅游的知识含量，就像饭菜中加点盐，味道更鲜美。途中我们在乌江边看到了大船形状的无忌风帆，增长了历史知识。无忌风帆是纪念唐朝开国元勋长孙无忌（约597—659）而建的。看了标牌上的说明才知道，他是唐太宗李世民的大臣，名列凌烟阁24功臣之首。后因反对唐高宗立武则天为皇后，而流徙黔州（今彭水），行至武隆县江口镇被逼自缢而死，葬于乌江畔令旗山下，墓址至今保存完好。

我们还参观了李进士石刻，李进士名李铭熙，曾任清光绪年间的户部尚书。

全域旅游开新篇

武隆县的旅游业不仅设施良好，而且在项目方面向纵深发展，发展全域旅游，以"国际知名旅游胜地"为目标。

晚上，我们观看了"印象·武隆大型实景演艺"。"印象·武隆"是张艺谋印象系列的收官之作，也是印象系列中最为"草根"、最具精神力量、最能体现巴渝民间文化的大型实景演出。整场演出以真实山景为舞台背景，以非物质文化遗产"川江号子"为主线，穿插号子、哭嫁等传统民俗和"棒棒""滑竿""麻辣火锅"等巴渝人文元素，成为现代技术与传统文化完美融合的大型实景演出。"印象·武隆"演出场地紧邻天生三桥景区，峡谷呈"U"形，落差180米，占地300亩，座位3000席，演出时间约70分钟，场景十分震撼，令人感受巴渝文化的魅力。

我们参观了四眼坪风力发电场（原名寺院坪）。它坐落在乌江西岸的和顺镇山巅之上。远看风车，成排巍然耸立，整齐雄壮，撼人眼帘。站在威武山公园高处，目睹巍峨群山、险峻乌江、幽深大溪河，云雾缭绕的山河美景尽收眼底。

白马山地处乌江之南，与仙女山遥相呼应，也是风景优美的自然保护区。以爱情为主题的天池缘景区吸引来无数情侣佳偶。

火炉镇与仙女山毗邻。这里有万峰林海，并以龙溪古渡著称。龙溪古渡是大唐古驿站的水码头，周围生态良好，植被茂密，河对面悬崖上有溶洞。侧面有一建于清道光年间的石拱桥，两侧有龙头和龙尾，这是历史留下来的珍贵遗产。

10月16日，仙女山景区天衢公园举行"巴蜀译翁亭"揭牌仪式。楹联为"浮士德格林童话魔山 永远讲不完的故事"和"翻译家歌德学者作家 一世书不尽的传奇"。匾额和楹联均由湖南书法家涂光明所题写。祖籍武隆的杨武能教授，号巴蜀译翁。他是我国著名的学者和翻译家。半个多世纪以来，他孜孜不倦，持之以恒，以非凡的毅力和精力，译介德语文学，迄今出版各种版本的译著100余种。去年，杨教授荣获中国翻译界的最高奖项——中国翻译文化终身成就奖。武隆为杨教授而自豪，在仙女山专门修建了"巴蜀译翁亭"。

高关中，欧华作协理事。总计问世著述600多万字。出书28本，其中包括世界风土大观一套11本（当代世界出版社）。著有《在欧洲呼唤世界——三十位欧华作家的生命记事》和《德语文学翻译大家·巴蜀译翁杨武能》等传记作品。新近出版《高关中文集》。

高平原，喜爱旅游和摄影，30多年来游遍祖国大陆除西藏以外的所有省市自治区，并拍摄了大量珍贵照片，搜集到许多第一手资料，现已出版《我们自驾游中国》。全书30多万字，叙述近500个县市，其中全国所有34个省会城市，无一缺漏。

在仙女山写诗

鲁鱼

仙女山的雾

来仙女山这几天

每天都看见雾

有时飘在不远处的山顶

有时缠绕在半山腰

有时我们乘坐的中巴车

正在盘山公路上行驶

开着开着突然

就闯进一大片雾里

也可以说这几天

我们每天都生活在雾里

有时雾在我们上面

有时雾在我们下面

有时我们就在雾里面

四面八方全都是雾

在仙女山

我指给你看

对面山上的云

和山下

民居上面的红屋顶

你背倚栏杆

要我给你拍照

山雾潮湿了的头发

贴在脸上

山的外面

是另一座山

更高,更大

我们只能看见

从云端

露出来的部分

仙女镇

我们来到一座山上

来到一座天空之城

山的周围是更高的山

在云背后隐现

城的四周依然是城

像仙女放牧的羊群

散落在半山

谷底,和云雾之间

我们来到一座山上

那些随处可见的树木

花草,飘荡的白云
虽然我们素不相识
却并不妨碍我混迹其中
并最终成为它们一员

行摄
——寻觅仙女山美景

易然

重庆武隆仙女山,坐落于乌江江畔神奇沃土之上的世外桃源。2019年10月,我幸随来自世界各地的20多位文艺家,踏入这个世界自然遗产、国家5A级旅游景区、国家级旅游度假区,一睹仙女山的风采。

生态之城——仙女山国家旅游度假区

初秋时节,树叶渐黄,斑彩错落地散在山野、林间,别有一番韵味。我们漫步银杏大道,落叶被踩得吱嘎作响。昨夜的那一场秋雨,把路沁润得泛出丝丝微光,空气中传来些泥土的气息,混杂着青草的芳香。举目远眺,一抹斜阳撒在葱茏苍翠的山脊之上、如影似幻的迷雾轻灵地萦系山腰,蜿蜒的山脉线恰似青龙盘踞,大有"乘龙兮辚辚,高驰兮冲天"的意境。

仙管委旅游局副局长艳子告诉大家"这里称为龙脊,要有缘人才能看到"。我们便是这有缘之人,大伙都惊呼"龙的传人看到龙脊啦"!

这初秋的仙女山,不似春的妩媚、夏的狂放、深秋的华丽、冬的凄凉,它含蓄、温润却又不失磅礴、大气。

登高才能望远,当我气喘吁吁地爬上金鼎山公园的868级台阶，仙女山国家旅游度假区的美景尽收眼底。一座生态环保的现代之城坐落于海拔1200米的高山上。错落有致的欧式洋房群，整洁有序的城镇街道，镶嵌在迷雾茫茫、跌宕起伏的林海中，寥廓茫远。

度假区坚持"显山、露林、隐城"的规划建设原则，原生态山脊线和原生态植被得到有力的保护。完整的配套，便捷的交通，宜人的气候，清新的空气使它成为首批国家级旅游度假区，人们向往的旅游胜地和梦想的家园。

不仅如此，度假区还注重文化兴旅，建巴蜀译翁亭，打造"阳光童年"等5大文化主题项目。它正成为"全域旅游、全民兴旅、山水结合、文旅融合"的国际品牌，吸引来自世界各地的目光。

峰峦碧水——乌江画廊

从度假区往山下行驶二十多公里，便来到令人向往的"乌江画廊"。这里是典型的中国南方喀斯特地貌，裸露的石灰岩从乌江两岸突兀而起，险峻的山体显露出岩层扭曲的纹理。层峦叠嶂的山峰，静静流淌的乌江水，在雾气笼罩的茫茫氛围之中深幽微妙。岁月对大自然古朴简略的雕凿，恰如北宋山水画大师郭熙曾在《林泉高致》中写道："山以水为血脉，以草木为毛发，以烟云为神彩。故山得水而活，得草木而华，得烟云而秀媚。"

乌江江畔山势巍峨、林木葱郁、山似斧劈、水如碧玉。地壳运动，岩层褶曲，巨大的岩石从山脉中间高高隆起又伏下，犹如巨龙升腾。迷雾中若隐若现的风车傲然挺立山顶。此情此景，烟瘴云雾、远近有序、大小交叠，是宏观与微观的双重表现，是光与影，虚与实的交响曲。

千里乌江画廊，山峰蜿蜒的曲线，似笔走龙蛇；静静流淌的乌江碧水，似中锋行笔；峭壁的皱褶，似墨色的线条。这是绿水青山的视觉盛宴，更是大自然的水墨画卷。正如唐代诗人王维所写："夫画道之中，水墨最上。肇自然之性，成造化之功。"

天尺情缘——白马山

刚听到"白马、情缘"的时候，我不禁觉得这里一定有浪漫的故事。后经导游介绍，还真有一个凄美动人的爱情传说。相传，替西王母掌管仙草园的紫衣仙子，与龙王三太子一见钟情。龙王三太子便化作白龙马，驮着紫衣仙子在云雾缭绕的仙界奔腾驰骋，不巧冲撞了西王母的銮驾。西王母盛怒之下，用乌金天尺将两人打落凡尘，化为仙女、白马两座仙山；并用乌金天尺在两座山之间划出乌江，让两座山从此只能隔江遥望不得团圆。

天尺情缘风景区依托这个爱情传说打造，主要景点有望仙台、飞天之吻、爱同心桥、贡茶园等。站在望仙崖观景台，俯瞰千里乌江碧波蜿蜒，对面仙山奇峰妙笔，看云卷云舒，感受这无限的苍茫。

早在3000年前，白马山已是产茶胜地。据东晋史学家常璩撰《华阳国志·巴志》记载："周武王伐纣，实得巴蜀之师，南极黔涪。上植五谷，牲具六畜，桑蚕麻等，鱼盐铜铁，丹漆茶蜜……皆纳贡之"。高山茶树因常年生长在昼夜温差大、空气清新的环境中，被云雾滋养，所以口感极其甘醇、鲜甜。遥望云雾缭绕的万亩茶山，在云上品茶，在雾里看花，竟分不清这究竟是仙境还是人间。

如梦仙境——仙女山大草原

从度假区沿景区公路往山上行驶，来到素有"东方瑞士"之称的仙女山大草原，但略有一丝遗憾。没有盼望中的艳阳，只有淅淅沥沥的细雨相伴。大雾弥漫，天地浑然一体。漫步雾中，享受大山的静谧。一阵微风拂面而过，我聆听大山深长的呼吸，凝望时光留下的印迹。起伏的地平线，是灵动多变的线条；低矮的灌木，成群的马匹，在雾的掩映下，幻化为笔笔墨迹，带着浓浓的禅意，这是大自然的水墨丹青。

氤氲馥郁的云雾在迤逦舒缓的山峰之间绕旋、虚实相生。云雾、风雨、光影，交相辉映。我仿佛已离开喧闹的尘世，来到红尘之外，畅神冥想。我惊讶于天地的广阔，我的灵魂被纯化，所有的忧虑、劳顿、欲望随着这云烟飘散。我的内心是如此的平静，我深深地沉入宁静之中，欣赏这静谧的美感。

"无丝竹之乱耳，无案牍之劳形"，这一刻属于我，这是我梦想的世外桃源。

奇观异景——芙蓉洞

从度假区下山往江口镇方向行驶，我们与乌江短暂相遇，遂即分开，进入乌江的支流芙蓉江。

1993年，六个富有探险精神的当地农民，在芙蓉江畔意外发现一个罕见的大型溶洞，芙蓉洞由此得名。

洞穴形成于第四纪更新世，大约100多万年前，发育在古老的寒武系白云质灰岩中。它和美国的猛犸洞（Mammoth Cave）、法国的克拉姆斯洞（Clamouse）并称"世界三大洞穴"，也是中国唯一被列为世界自然遗产保护地的洞穴。

景区观光索道载着我们穿过层层迷雾，越过一座小山坡，便来到了芙蓉洞洞口。踏入幽暗的洞穴，只见五颜六色的灯光映射着形态各异、玲珑剔透的钟乳石，令人目不暇接。有的形如睡佛、有的似玉柱擎天，有的仿佛巨幕飞瀑，有的宛如海底龙宫。它是一座"地下艺术宫殿和洞穴科学博物馆"。光洁如玉的棕榈状石笋，粲然如繁星的卷曲石、生长旺盛的石花之王。面对眼前这些世界洞穴景观的稀世珍品，不得不为之震撼。我不停地按动相机快门，想留住这永远也记录不完的奇观异景。

鬼斧神工——天生三桥

天生三桥位于仙女山国家度假区境内，它是世界上规模最大、最高的串珠式天生桥群。来到景区，天公似乎有些不作美，细雨仍如影随形。山道原本崎岖，细雨更增加湿滑，我们不得不穿上雨衣、鞋套，艰难前行。耳旁传来导游阵阵温馨的提醒"观景不走路，走路不观景"。但面对这美景，导游的话俨然成了耳旁风。

透过山道旁的灌木林，我看到峭壁上老树藤萝盘绕，倔强地生长；云雾在刀劈似的绝壁上盘旋、升腾；山路在犬牙交错的陡峭崖壁之间斗折蛇行，最终定格成一幅隽永的自然山水画卷。

景区由"青龙桥、天龙桥、黑龙桥"三座规模庞大、气势磅礴的天然石拱桥组成，三座桥之间又形成"青龙天坑、神鹰天坑"两个天坑，形成了"三桥夹两坑"的奇特景观。

据导游介绍，青龙桥因雨后飞瀑自桥面倾泻成雾，桥身因日光的照射而变成了暗绿色，远观似青龙欲冲天而得名；天龙桥顶天立地，桥高200米，跨度300米，因位居三桥第二，犹如飞龙在天，故而得名"天龙"。黑龙桥位居最后，因其拱洞幽深黑暗，似一条青龙蜿蜒于此而得名。

这里是隐匿于地平面下的艺术宝库,谦逊内敛而不失遒劲豪壮。

地心秘境——龙水峡地缝

在距离天生三桥不远的地方,便是龙水峡地缝风景区。景区全长4公里。流泉飞瀑、怪石峥嵘、险峻幽深,行走于狭缝之间宛如一次惊心动魄的地心探秘。

穿过一条怪石嶙峋的狭长地缝,再乘坐电梯直下几百米深的谷底,眼前豁然开朗。对面的崖壁之上,植被茂密,溪流在林间穿行,峡谷两边悬崖千仞、峭壁绝险。地缝的栈道极其狭窄,有的地方仅容一人通行。

沿着逶迤迂岖的栈道向前行走,渐渐听到远处传来潺潺流水声。继续向前,声音越来越大,突见一股巨大的水流沿着陡峭的石壁倾泻而下,发出如地裂般的怒吼,震耳欲聋。穿行于峭壁之间,溪水长流,飞瀑四溅,幽幻无穷;仰头望天,一线天光,这是大自然的鬼斧神工。

大唐驿站——龙溪古渡

龙溪古渡位于火炉镇东部,于龙溪与乌江交汇处。因为修路的原因,到龙溪古渡的路未完全硬化,行车有些不太方便。

听镇上的人介绍,这里曾经是"大唐古驿站"的水码头,是旧时的水路交通要道,是大山里的人们与外界连接的商旅纽带。古渡的石板长街门庭若市,街道两旁开满了商铺,有卖桐油的,卖山药的,卖铁器的,卖剪纸的,卖酒的……

时光荏苒,如今的龙溪码头已不见当年的繁华与喧嚣,只余枯藤老树昏鸦，小桥流水人家。江水是那样地绿，那样地静。阵阵微风吹过，江面泛起丝丝涟漪。一艘小木船停泊江面，四周的山峦、树林倒映水中；一座古桥横亘在龙溪河口上，桥头的青龙，静静地守望着这片古老的土地；凝视着草枯草荣，花谢花开，人来人往。

这是一次令人难忘的采风之旅，这是一场奇妙的视觉盛宴。仙女山的美，需要用眼观察、用耳聆听、用心感受、用脚步丈量。

"摄影是瞬间凝固的永恒"，我用镜头寻觅这一路的美景。文化和自然风光和谐共生。那一声声川江号子，那热情洋溢的苗族舞蹈，那美味可口的山珍野味，那源远流长的山区文化，构成了一幅浓郁的风土人情画卷。

何须寻蓬莱，觅昆仑？仙女山，一个你来了就不想走，走了还会再来的人间天堂！

易然，毕业于四川美术学院艺术设计专业。国际摄影家联盟（IUP）会员，巴蜀译翁杨武能教授助理。摄影作品《渝中半岛的夜》获第二届"天府之国"国际摄影巡回赛银牌；《海边日落》获2020澳大利亚SPRING国际摄影巡回赛银牌；摄影作品《拾荒者》获第11届IUP国际摄影家联盟国际摄影展览彩色组荣誉丝带奖等。

雨中赏游天生三桥

倪立秋

在我下笔写作这篇文字的时候，屋外正下着大雨。此时的澳洲墨尔本正是春夏之交，天气时阳时雨，时冷时热。而远在万里之遥的中国，此时已是深秋，有时也会秋雨绵绵。屋外的大雨让我想起不久前的那趟武隆之行，想起我在雨中醉心观赏过的、那藏在武隆大山深处的天生三桥，和默默与之相守相随千年万年的巨大天坑。

记得那是2019年10月14日下午两点多钟，正是午餐过后，我随华裔文艺家重庆武隆仙女山采风团一行人，乘坐仙女山旅游度假区管理委员会安排的大客车，来到久负盛名的天然胜景天生三桥参观游览。

自从包括我本人在内、来自十余个国家和地区的华裔文艺家们于10月10日在重庆集结成团前往武隆采风，武隆区就一直是阴雨天气，每天雨水绵绵，仙女山仙雾缭绕，让我深深感受到这座以"仙女"命名的秀美之山那浓浓的仙气。那些白雾轻盈地萦绕于巍巍高耸的山腰之上，飘荡在深黛墨色的山脊之间，如白衣仙女般妖娆多姿，让我深深为之着迷。

14日这天我们一行人去天生三桥游览，雨依然在下，丝毫没有要停的意思。到了天生三桥景点入口，我身穿雨衣，手举大伞，脚蹬防水防滑鞋套，耳戴导游分发的解说耳机，真可谓全副武装，感觉自己简直就是要在雨中隆重登场。一切准备就绪之后，我随着导游和采风团其他成员一起进入景区大门,开始了我们的雨中天生三桥游览之旅。

虽然雨水淅沥,但我们的游兴丝毫不受影响。在导游的带领下,大家个个看上去都兴致勃勃。女导游发音标准,嗓音柔美,讲解清晰,让我们跟她保持在100米的距离范围里,以确保人人都能听到她的清楚讲解。伴随着导游动听的讲解声,我在两旁夹道欢迎的翠林修竹中走完1400多级石阶,终于从入口下到谷底。途中偶尔停下脚步,选择满意的角度拍几张风景照,但是每到一处都不敢停留太久,生怕超出导游说的100米距离范围,听不到她对景点的详细讲解。果真如此的话,那就是我的损失,会留下遗憾的。而我,肯定不想让自己的这趟旅程留下这样的遗憾,所以快速拍照后,赶紧追上导游,尽量避免脱离大部队。

我们所游览的天生三桥,顾名思义,就是借老天之力自然生成的三座大桥。与这三座天然桥同时存在的,是其下面的巨大天坑,前文所说的"下到谷底",其实就是下到这个天坑的底部。到了天坑底部,只见四周全是峭壁,壁立高耸,从地面到坑底,最大垂直落差据说达600米。可以想象,为了造就这个神奇的天然景观,亿万年前,上苍一定曾经使出了令人难以想象的洪荒神力,它或许振臂一挥,或许狠跺双脚,让我们这些自然之子在亿万年后,有缘深入其中,寻微探幽,一边震撼于大自然的鬼斧神工,一边慨叹着人世间的沧海桑田。

昂首望天,只见雨蒙蒙的天空被三座天然大桥分割成各种不规则的形状,我因此深感天外有天,山外有山,造化神奇。游客从每一个角度都能看到不同的景致,有的地方只露出一孔天,让人有一窥天外的冲动与好奇。四周的峭壁上有些地方全是裸露的灰白岩石，可谓不毛之地；有些地方则长了不少各色草木，植被郁郁葱葱，生机盎然。坑底显然已经得到人类的充分开发，景区管理部门早已把这里规划整齐，方便游客观赏玩乐。游客们来到坑底，一边对这个巨大的天然景观惊叹连连，一边很快就沉迷于眼前的各种神奇景色，忙着四处拍照，恨不得把每一处奇景都悉数收入自己的摄影镜头之中。

坑底除了天然造化之外，还有两处人工景致。最吸睛之处莫过于一栋青砖灰瓦的四合院。它有自己的正式名字，叫"天福官驿"，看上去非常古老，让人瞬间便有穿越之感。我站在门前，面对这座外观古老的驿站，感觉自己仿佛穿越到了一两千年前的汉唐时代。这栋四合院位于三桥之中的天龙桥坑底，据说耗资约两千万元人民币打造。张艺谋曾用它拍摄电影《满城尽带黄金甲》，创造了巨大的票房价值。这个天坑是这部电影唯一的外景地，其独特的地形景观造就了电影的与众不同，吸引了无数观众争睹为快。电影的巨大成功也为天生三桥这个世界第二大天坑群赢得了更大的知名度。电影拍摄结束之后，这座四合院被永久保留在坑底，成为天生三桥景区整个景点的一部分，已成功吸引无数游客前来探访，重温电影中与之有关的各种情节与场景。

天福官驿四合院背靠巨崖，正门左前侧有一个巨大的山体断裂口，那应该是天龙桥的桥孔，形似巨大的天窗，让处在四周巨崖环抱中的我等游人不由得生出一种好奇和欲望，很想把脑袋伸出这扇天窗，一探窗外未曾一见的雄奇景色。天窗上挂着一道薄薄的雨帘，水珠飞溅，水雾弥漫，在深暗色的崖壁背景衬托下，这道雨帘也给天龙桥的桥孔带来些许仙气。天窗旁边有一巨高飞瀑，瀑布出口位置接近天窗顶部，二者离地面高度相差无几。可能是由于景区一连几日绵绵阴雨，山上水源充足，水量充沛，因此飞瀑水柱粗大，劲道十足，水流从数百米高的崖壁上奋勇冲出，奔泻而下，毫不拖泥带水，也不旁溢斜出，看上去干脆利落，颇有气势。我等游人今日到此一游，可能曾与老天结下善缘，因而能有机会见此绝景，应该算得上很有眼福了吧。那悬崖，那飞瀑，那院落，让我感觉自己仿佛瞬间就已置身于千百年前的世外桃源。

四合院左后侧有一高80米的垂直电梯，让游人可以从天然桥顶部直接下到崖壁中部，再经过无数台阶步行400米左右下到坑底。从四合院往上看，那些台阶宛如天梯，天梯上的游人就像无数仙人正在走向凡尘。我在雨中静静站在坑底，仰望那些蜿蜒曲折的无数天梯，内心有着无尽的好奇和联想。

院门前有一巨石，上刻有"天福官驿"四个绿色大字。门口高挂着也写有"天福官驿"字样的大红灯笼。这盏灯笼宛如一团火苗在风雨中飘荡，在青砖灰瓦的驿站外看上去格外显眼。驿站外还设有拴马桩和高悬的大红色驿站标旗。包括正门在内，四合院每扇门的门楣两侧各挂着一盏黄色灯笼。正门的两盏灯笼上也用黑色墨汁写有驿站的名字，左边灯笼上写的是"天福"，右边的则写着"官驿"二字。整座建筑看上去古早味十足，不光能把今人带回到数百上千年以前，让游人有强烈的穿越感，还散发着浓重的肃杀之气，营造出一种厚重的武侠氛围。这种氛围应该能赢得武林中人的青睐，或许还能让他们有兴趣把天坑和四合院变成绝佳的武功修炼场所，说不定将来还不断会有武侠片来此取外景呢。

走进古色古香的四合院，电影《满城尽带黄金甲》中的场景尽在眼前。院内所有建筑均为木质结构，风格古朴典雅。看上去这不是单一建筑，而是一个建筑群，好像是由两个四合院连接而成的矩形方阵。每座厢房的小青瓦屋顶上都置有翅角飞檐，琉璃瓦当，还有精美的雕梁和古旧的木墙。驿站内有很多房间，正房、庭院、厢房、会客厅、马厩等样样都有，这栋建筑在古代应该算得上是功能十分齐全了吧。如今的驿站内还保留着当时电影《满城尽带黄金甲》在此取景拍摄时用作道具的马车、盔甲、刀剑等。我看到在院子一角有辆停放着的木质马车，那应该就是电影中曾经用过的道具吧。

站在四合院天井的任何一角，游人都能看到院外的天然景致，包括周围的峭壁、天龙桥和它桥孔下的那道巨高果决、气势不凡的飞瀑。这栋因拍电影而仿制的汉唐驿站坐落于这个巨大的天然桥梁之侧和深深的天坑之中，看上去与周围的自然景致非常和谐，仿佛浑然天成，毫无违和之感。

天坑其实是两片悬崖间的峡谷。坑底实行单向游览，青龙桥和四合院应该是坑底游览的第一站。从四合院出来，我沿着游客步道随采风团往下一站游玩。离四合院不远处，有一条现代感十足的金属龙造型矗立于一片草地的中央，从这条金属龙的一侧可以看到天龙桥的巨大桥拱。这是坑底的第二处人工景致，在天坑这块天然古朴之地，这条人造金属大龙显得尤为抢眼。我当时正心生好奇：为何此等现代之物会被安放于此？听了导游的讲解后，我才知道原来美国派拉蒙影业公司也曾为其电影《变形金刚4：绝迹重生》到这里取外景，这条金属龙就是电影中那头远古恐龙的造型。

跟金属龙合完影之后，我很快又看到前方不远处的另一处山体裂口，那道裂口形状颇似三国大将关云长曾经手握的那把令他显得威风凛凛的青龙偃月大刀。颇有生意头脑的摄影师选择了一处极佳地点和角度，立了一根刀柄状的木桩，看上去好似为那把天然大刀装上了一副刀柄。这一奇思妙想显然颇受游客欢迎，许多人纷纷上前手握刀柄，跟那把天然偃月大刀合影，似乎也想感受一下当年关云长舞动其青龙偃月大刀的神武之力。

听导游说，那道形似大刀的裂口处就是天生三桥的第二座桥——"青龙桥"的桥孔。不过，根据景点的文字说明，青龙桥的得名似乎跟关云长的青龙偃月大刀没有直接关系。据说它是因为这里雨后飞瀑自桥面倾泻成雾，因日照而成彩虹，雾气似青龙扶摇直上而得名。由于我是雨中游青龙桥，游览时雨水淅淅沥沥，天上完全没有太阳，无法看到"日照成彩虹，雾气似青龙"的美丽奇景，所以心生遗憾，就更愿意把这座桥的得名与关公的青龙偃月刀联系在一起了。

游客步道的右侧有一条小河，河面不算宽阔，但步道沿小河而建，这条小河为阳刚、雄奇、陡直峭壁下的天坑平添了不少柔美之感。那把天然"偃月大刀"倒映在清清的河面，立刻得到完美复制，在静静的水面上完美显现出其卓尔不群的清晰倒影，为天坑更添景致。两把"大刀"一实一虚，一上一下，组合成一个动感十足的"八"字，横着看这个"八"字，它仿佛关公额头上那两道浓厚的剑眉，让青龙桥的桥孔更具威武和震慑之感。

河的左侧是蜿蜒的游客步道，右侧则是高耸数百米的悬崖峭壁。雨水沿着峭壁顺势而下，形成许多大大小小、宽窄不一的小型瀑布。我缓缓走在步道之上，眼观周围奇绝的山势，耳闻瀑布溪流之声，欣赏奇妙的雨中美景，醉心享受上苍的慷慨馈赠，不觉浑然忘我，乐而忘返。

置身于这个巨大的神奇天坑之中，游客们可以随时移步换景。随着他们身体和脚步的不断移动，看青龙桥角度的不断改变，青龙桥桥孔的形状也随之不断变化。它一会儿状如三角，一会儿状如圆锤，有时像把大砍刀，有时则像一线天，有时又像一条正在跳跃龙门的大鲤鱼。青龙桥桥孔多变的形状让我不觉有种魔幻之感，无数游客纷纷举起相机不停地为它拍照，那魔幻独特的桥孔让我印象深刻，相信也会在其他游客心中留下深深记忆。

从青龙桥桥孔下穿过，我发现河水好像没有前面那段河道的水深，但河道变宽了，小河似乎变成了小溪。雨这时还在继续下个不停。缘溪行，我看到有段步道缩进山体之下，游客头顶往外伸展的山体立刻为其形成一道天然屏障，自动为游客遮风挡雨。雨水在顺着山体往下流进小溪时，形成了一道宽阔密实的雨帘。站在突出的山体之下，望着眼前的雨帘和小溪，我就像《西游记》中的孙悟空，藏身于遗世独立的水帘洞中，在兴奋激动的同时也拥有很强的安全感，觉得自己躲在雨帘之内，既可以安全舒适地躲避风雨，又可以惬意无限地欣赏帘外雨中的溪景山色。

耳机中导游的声音时有时无，我意识到自己离采风团大部队越来越远。此处虽好，能令游客流连忘返，可我不能久留，只好有点依依不舍地离开"水帘洞"，追随着导游的讲解声来到了下一处景点"神鹰天坑"。这处景点的得名跟天坑的形状有关。根据景点文字介绍，青龙桥与四周的石崖构成了一个"口"字形天坑。该天坑高空悬崖边有一片山岩，其形状酷似一只振翅飞翔、正在俯视坑底的老鹰，"神鹰天坑"故有其名。

驻足举头远望，只见对面崖顶的那只"老鹰"正展开其巨大的翅膀，头微微侧向一旁，表情严肃，眼神犀利，仿佛在搜索猎物，又好像在观察敌情，看上去警惕性极高，有着强大的战斗力和威慑感。它那两只充分张开的翅膀仿佛展示着无穷的力量，让它既能无限自由地搏击长空，翱翔苍穹，又能满含深情地拥抱世界，拯救苍生。它浑身上下都散发着阳刚雄性之美，看上去又仿佛是力量和正义的化身。

欣赏完神鹰天坑的"神鹰"造型之后，我随导游来到了天生三桥的第三座桥——"黑龙桥"。其得名据说是因其拱洞幽深暗黑，似有一条黑龙蜿蜒于洞顶。有数据显示它是三桥中宽度最大的一座。这座桥跟天龙桥和青龙桥相比没有那么高大雄伟，其独特之处在于它的洞道侧壁及顶部呈现出普遍的窝穴、溶孔、天锅、流痕等地质溶蚀形态，反映出古伏流的水流特征。洞壁北侧发育有雾泉、珍珠泉、一线泉、三迭泉等四处悬挂飞泉，因此其风格迥异于前面提到的天龙桥和青龙桥。那四眼泉水因水量不大，没有天龙桥下的飞瀑那般有气势，但它们则胜在轻灵，低调轻盈地飘挂在崖壁一侧，好像完全无意招摇，看上去仿佛道士手上挥动的道道拂尘，超凡脱俗，飘然尘外，又仿佛披在新娘头上的缕缕白纱，如诗如梦，干净圣洁。

相较于前面的两座桥，黑龙桥的桥洞光线确实是明显偏暗，不像天龙桥和青龙桥的桥洞那么通透明亮。由于桥下的净空较低，加上桥面较宽，洞底面积相对较大，因此外面的天然光不能透过整个洞底，桥洞内因无法充分采光而稍显晦暗。那条小河流到这个较宽的桥洞后，河面变得更加宽阔，但河水却显得稍浅，因而游客可以看到部分裸露的河床与其中的鹅卵石。桥洞内飞泉如珠，流水淙淙，别有一番景致。时间充裕的游客还可以在此玩些亲水游戏，增添游兴，应该能够收获更多乐趣。

拍了不少照片之后，我走出黑龙桥，来到一片敞亮的所在。这里水道更宽，溪流更急，瀑布更多，各种水流在低处汇集成一个水面广大的池塘。池塘远处的尽头，一栋建筑物悄悄坐落在水边。它静静依偎在山崖之下，半隐半藏在葱翠的树林草丛之中，似乎完全不想引起游客的注意，透着些许神秘之感。屋前撑起几把巨大的红顶遮阳伞，屋檐下橘黄色的灯光带给雨中的游人温暖的感觉，在这个如诗如画、似梦似仙、远离尘世的地方传递着人间烟火的信息和暖意。

从黑龙桥到景区出口的这段路并不长，步道两边的悬崖也没有游客们前面所经过的路段那么高不可攀，崖壁上不再有不毛之地，全都覆盖着浓绿苍翠的植被，而且沿路还有更多的瀑布与游客相伴相随，让我们既能眼观雄伟的山景，灵动的水景，还能耳听飞瀑流泉的天籁之声。这些瀑布虽然没有前面三座天然桥那边的瀑布高，但都纷纷各展风情。有的瀑布较宽，有点像微缩版的贵州黄果树；有的瀑布顺山势岩石成形，蜿蜒曲折，时隐时现；有的瀑布一半悬空一半贴着山崖，状如白练；有的瀑布把自己大半个身子藏在翠林修竹丛中，只露出其中一部分身段，半遮半掩，更能勾人眼球；而龙泉洞瀑布的水从洞中漫溢流出之后，则立刻遍布洞口巨石，马上幻化成一幅动感十足的实景山水画。这些瀑布把天然桥和其下的大天坑装点得生机盎然，增添了无限灵气，为这个阳刚气息十足的亘古旷野带来不少柔美和飘逸色彩。

下午四点多钟，我们一行人在经过两个多小时的游览后，终于来到了天生三桥景区的出口。在出口附近，我们发现有条古老的栈道隐藏在池塘旁边的崖壁之上。相信在如今的游客步道开辟或修建之前，当地人曾使用这条栈道在天坑穿行。这个发现让我们更加相信天坑的历史古老而久远，深感这趟天坑之行绝对是一趟超值之旅。

雨依然在下个不停，但我们没有人抱怨这一直下个不停的绵绵阴雨，反而每个人脸上都充满了兴奋震撼之情，流露着享受满足之色。因为这个景区的天然奇景在别处无法看到，异常独特，而且这里深藏地下，远离尘嚣，没有工业污染，空气中负离子爆棚，因此这趟旅行又是一趟从内到外、从身体到心灵的洁净之旅。坑底走一遭，我仿佛已然吸纳千年灵气，从内到外也似乎焕然一新，俨然变成一个全新的自己。周遭雨水飞洒，我则沐浴其中，享受雨中赏游之乐，感觉自己仿佛与天地相连，与远古相连，俨然已与上下古今融为一体。这是一种多么奇特的感受啊！迄今为止，只有天生三桥给予我这种独特体验。幸哉如斯！

倪立秋，文学博士，翻译硕士，出版《新移民小说研究》《神州内外东走西瞧》《中文阅读与鉴赏》《中文写作》和《东西文化的交汇点》（*When East Meets West*）等多部作品。曾在墨尔本《大洋时报》开设"读诗增智学英文"翻译专栏，发表译诗143首。

"路",游天生三桥和龙水峡地缝有感

老木

游览武隆的世界自然遗产景点,国家5A级旅游景区——天生三桥那天,在出口前不远处的道路右侧崖壁上,我发现了隐藏在悬崖上被林木几乎完全遮掩也未知年代的古栈道。

那是一条完全"卧"在山崖上树丛中,大约只一米高矮、宽度不等、窄处相向行走难以侧身通过的"路"。那路的上方大致成内低外高的圆弧形,就像圆的四分之一部分。道路过窄的地方,古人就用大大小小的石块从可以支撑的地方垒起,尽量把小路修得走起来容易些。宽宽窄窄的小路下方,便是一眼看不到底的悬崖。可以想见,行走在这样的路上,稍不留神或者偶尔发生一些什么小意外,都真的会成为"一失足而成千古恨"的终生憾事。严峻艰险的场景,立刻让人切实体验到古人那"蜀道难,难于上青天"的著名诗句里所蕴含的感慨。

什么样的神,能够沿着长江大大小小的主流支流,建造这样"倔强不屈"的"路"呢?那分明是祖祖辈辈生活在这艰苦自然环境中的巴人,为了生存,为了生儿育女繁衍族群,付出一代又一代无数生命的代价,在坚硬的石头上一凿一斧,生生开出来的生命之路啊!它彰显着人们坚韧的求生拼劲和走出大山与人交流的不可遏制的强烈愿望。

回看新中国70年来的发展道路，我们的国家不正是走在这样一条自己一斧一凿开辟出来的、万分凶险的山路上，迎着各种大大小小的困难和凶险艰难前行的吗？

这条不靠殖民掠夺，不靠战争流血，而通过亿万人的辛勤劳动，让自己的国家奇迹般壮大起来的"中国道路"，既是艰苦卓绝、不可复制的，又是成就显著、令他国羡慕甚至嫉妒的，也是值得每一个中国人骄傲的。

新中国所走过的70年道路向世界证明了，除了西方200多年前开始建立在资产私有、自由竞争的三权分立社会制度那条发展道路以外，如今起码还有东方的另一条中国式发展道路的样板，可供其他发展中国家借鉴。

沿着绿树掩映的无数台阶，从天坑高处一步步小心地顺着陡峭的台阶来到相对平整的天坑底部观景"天井"的时候，人们才可以完整地看清这个一路上时隐时现的世界自然遗产的完整面目。天坑的四面，都是直上直下的石灰石绝壁。从天坑底部向上，最高380米左右三座天生的巨大"石桥"，以难以形容的震撼力展现在人们面前。那种豁然开朗、震撼人心、别开洞天的感觉令人终生难忘。就像人们观察世界，必须深入社会历史和人性的更深层面，才能看清事物来龙去脉。

说是天坑还真是名副其实。平整的坑底大概是开发的时候经过填补沟壑的处理后弄平的。最大的坑场直径也不过100米的样子。而环顾四周，都是刀削斧劈般的断崖，这些断崖大部分是青灰色为主的裸露的岩壁，其间掺杂着一些淡赭黄色和灰白色，一些不大的小树、杂草和悬垂植物顽强地从岩缝里长出来，让绝壁多了一些生动的色彩。崖壁上又有许多大大小小的瀑布垂落下来,落水之处会响起哗哗的水声,给本来无比严肃的岩壁添加一点动感的温柔,让它显得不再那么狰狞。

大概是水土不够丰厚的原因,又或许是周边的参照物太巨大了,天坑里似乎看不见参天大树。站在坑底部抬头看去,从坑顶沿着破损的那部分岩壁盘旋而下的阶梯、栈道几乎完全隐藏在绿树丛中。只有穿着彩色衣服,戴着彩色帽子的女人走过,才能在绿叶丛中偶尔闪现一下她们彩色的身影。

据导游介绍,天坑先是由地下河流千百万年来的冲刷所造成的巨大溶洞,后来地下河顶部的石块,次第脱落形成了巨大坑穴。最后部分洞顶发生暴露性的塌陷,才形成了高达数百米的天坑。洞顶未塌陷的部分则像巨人把被鬼斧神工劈开的石洞尽兴毁坏后,随意留下的三段互相不相连的大号石洞,让它们像桥一样雄伟地伫立在天坑两侧,被称为武隆的天生三桥——天龙桥、青龙桥、黑龙桥。三座天然石桥底部相近而贯通,是世界罕见的串珠式大规模岩溶塌陷式景观。

大概是出于人们对大自然神奇力量的崇拜,人们发挥令人惊叹的想象力,特意把不可能靠古代人类人力完成的残存石头洞穴说成桥。似乎是要把这等美丽的自然景观与力大无比的神仙联系起来,通过人为的命名与联想,让令人惊奇的壮丽自然景观由实入虚、仙气缭绕。以抒发人们敬重、羡慕神仙,依傍和崇拜神仙,盼望获得神仙大力佑护的心理诉求。

毫无疑问,当人们面对大自然的宏伟胸怀时,会毫不意外地感到人类自己的渺小。当人们遇到难以抵抗的强大对手,无论是来自自然界的灾害,还是来自人类的苦难,自觉无法战胜和克服的时候，基本上会选择屈服。就像20世纪80年代打开国门看世界以后，许多中国人面对西方强大的经济实力和富裕的生活，自惭形秽、诚心拜服并毫不甄别地向往和追求，同时，把西方的资本主义民主自由理念当作神圣经条来盲目崇拜一样。

人们对强者的依附和崇拜，对富裕生活的羡慕和追求，都是来自人们避苦求乐的人性基本需要，是符合规律的人性诉求。不应该受到什么谴责。应该受到疑问和批评的是，一些人出于对资本主义自由民主理念的盲目迷信，在中国的经济、社会和文化取得了空前长足进步的今天，在中国道路越来越宽阔，前途越来越明朗的今天，依然拿着自以为"救世"的西方理念和制度做标尺，来否定当今中国的发展道路和成就。这不但与中国社会发展的现实和方向背道而驰，而且与中国广大人民群众的感受和意愿相违背。

在天坑一角的青龙桥下，是近些年复建的古色古香的古驿站，听导游介绍说这里曾经是张艺谋《满城尽带黄金甲》和美国《变形金刚4》的外景拍摄地。大概许多人把中外两部大片在同一外景地拍摄的"偶遇"看成是碰巧撞上的。细究却有着耐人寻味的意义：中国大片和美国大片这两种文化背景迥然不同的文化表达形式，会选同一个外景地拍摄这件事告诉人们，在文学艺术通过人性表达而超越意识形态的现象之外，还蕴含着哲学意义上的规律性——任何看上去对立的不同事物，必然能够在另一个高度或者另一个层面找到相互关联的同一性。当今人类不同的价值观，在人性的平等、友善、正义诉求的层面上，就完全可以达成人性基本诉求的同一。

去天坑的第二天，我们又游览了"龙水峡地缝"——一个奇特的喀斯特地貌幽深峡谷。这里的"水路"再一次引起了我的联想……

山溪开始的时候水流细而柔弱。一路上它不断包容地接纳新的水源加入，同时也不断遇到一重重阻碍。根本没办法按照它的"现成"经验，或想象中的"普适"道路发展。所以，它只有面对现实努力向前，婉转曲折地寻找与众不同的、自己独特的发展道路。即便这样曲折的路，仍然会受到山势的制约，地势的规制和一路加入的大小溪流、高低瀑布、涌泉的影响，还有水道中大小落石的砥砺。但是，任何干扰都阻碍不了山溪在行进中不断壮大自己，滚滚向前的脚步。

比越来越壮大的山溪更令人震撼的，是架设在山溪两侧蜿蜒曲折、上上下下的人工栈道。它的小部分是凹凿入山体绝壁上的，另外的大部分路段，是以人工在几乎垂直的峭壁上把水泥桩深深嵌入石壁，形成一排三角形的支架，而后铺上水泥板，凭空在山溪上建起可以让人行走、又感到十分"悬乎"的道路。它展现的那份顽强、那份中国人不可动摇的意志力，像极了山溪上面决绝而孤单地扎根在石缝里不断长大的树，无可置疑地凌驾在只有一线明亮的绝壁之间，给人以巨大的震撼的同时，又让人感到那悬空的危险中所蕴含的不屈不挠前进的力量。

在龙水峡地缝的尽头，水流量更大了，而水面渐渐趋缓。再也听不见山溪被囚禁的压抑和愤怒呼啸声，面对已经甩在身后曾经重重阻拦自己的高山峡谷，山溪变成了缓慢流动的湖泊，变得越来越坦然从容，波澜不惊了。就像贸易战中"轻舟已过万重山"的中国，突破了一重重关卡，进入了稳定而不可遏制的发展坦途。

在武隆仙女山常见的一百八十度回转的狭窄盘山路上乘车，许多人会感到晕晕的。本地人也不例外。但目标是可以预期的。在天坑、地缝、溶洞那狭隘、陡峭、湿滑的石板台阶上走过百丈峡谷，免不了心惊胆战、小心翼翼。上了重庆那世界著名的五层巨大立交桥,虽然任何预定的地图都可能出错,但是它最终还是被不可阻止的前进意志踩在脚下……

  前人说:"世间本来是没有路的,走得人多了,也就成了路"。如今似乎有了新的说法:世界上的路都是人走出来的。符合历史规律走对了的,能够越走越宽、越远。不合历史规律走错了的,会越走越窄,越走越没落。

古渡怀古

徐崇德

对于古渡，我有着特殊的感情，可能是自小生长在水边的原因，或内心深处藏有一种怀旧的情结吧！

大约在二十多年前，我曾跟随一位徒步走黄河者采访，到过黄河三大古渡之一的茅津古渡，古渡南岸是河南三门峡，北岸是山西平陆县，望着滔滔不尽的黄河水，这古渡给我留下了深刻的记忆，也从中联想到很多很多……前些年到过长江南岸的江苏镇江采访，又专程去了西津古渡。与黄河茅津古渡相比，西津古渡遗留下不少的历史古迹，有唐宋时的青石街道、元明时的石塔、晚清时的楼阁，这些别具风情的建筑，是镇江悠久历史的见证，现已开发成为镇江的一个旅游景点。

2019年10月17日，我来到了位于重庆市武隆区的火炉镇采访，满怀着一颗好奇之心，有幸踏上了一条建于唐代的"大唐路"，目睹了传说中的大唐驿站——龙溪古渡。

据相关资料：唐代武德年间武隆置县后，州、郡为发展地方商业贸易，就在乌江天险的航道上开辟了贯穿全境的大唐驿道，龙溪水码头就是其中的一个中转站，成为唐代"大唐路"涪州通往黔州、酉州、东出湖广的"一楼九铺"中最为繁华的一铺。

车刚刚停靠在龙溪古渡的上方，我就急不可耐地跳下车来，沿着一条碎石道独自朝着江边走了下去。行至半道，先映入眼帘的是一座石拱桥横亘在龙溪的河口上，还有一座历经风雨侵蚀已经残败的木板小房子，歪歪扭扭地孤立在石拱桥另一端。

我走到乌江的水边，停住脚步举目远望，远处青山如黛，近处江水如碧。环绕四周，仔细寻找大唐古码头的遗留踪迹，可惜历经千年风雨的洗涤，古码头的遗迹已荡然无存，只有从江边的旅游标牌上，用中、英、韩三种文字标出"龙溪古渡"的字样中，或许可以想象出古渡旧时的繁忙与喧闹。

龙溪古渡位于龙溪与乌江交汇处，与百里乌江画廊相连接，上通彭水下连黄草，地处乌江天险中一段较为平缓的"U"形水域，也正是江面水流平缓的原因，唐代的某位官员经过考察之后就相中了这块地方，在这里建立了一所大唐驿站。如今的龙溪古渡周边生态良好，植被茂密，参天的古木依江岸而立，青苔斑斑的老树干上，上上下下藤萝缠绕。透过重重叠叠的绿影空隙，可以看到龙溪对面的一处白色悬崖，白色的崖壁上有一个山洞，黑洞与白崖的对比色调，格外抢眼。据资料介绍，这个山洞是个溶洞，内有若干钟乳石，而且形态各异，时常有黑叶猴等珍稀动物在洞口出没。这洞有黑叶猴？我站在江边，端着相机对着这个洞口望了很久很久，期待能有黑叶猴出现，用相机捕捉到黑叶猴的踪影，其结果是毫无结果，白白地浪费了半个多小时。当我把这个情况告诉一位随行的镇干部时，他却回答我：只有早晚间能看到猴子，这个时间它们正在洞里睡大觉呢！

我从原路返回登上了桥头的石阶，静静地注视着眼前的这座石拱桥。古桥横跨龙溪之上，桥长20余米，宽5米，高40米以上。据说，桥身下面原悬挂一把重约70公斤的铜剑，不知在什么年间被什么人偷走了，现如今只留得桥身两侧的石雕龙头与石雕龙尾，至今保存完好。当年的桥梁设计者将龙头与龙尾寓意为蛟龙飞越水面，用龙身托起这座石拱桥。如今漫步在这座石拱桥上，用手指轻轻抚摸着青石护栏，似乎就能从这千年历史的遗痕中，触摸到武隆古老的文化脉络和历史底蕴。

采风活动宣传资料显示，该桥建于清代道光年间。大唐时期的古驿站，为什么当时没有建桥，相隔三个朝代直到清代才把石桥建起来？带着疑惑与不解，我向当地人咨询，其中一位镇干部回答我：这座石拱桥初建于唐代，到了清代又进行了翻建，原先桥头上立有一座石碑，就记载这桥的原建年代与重建年代。也就是说，驿站、渡口、石拱桥都是同时期的产物。这个回答一下子就解开了我的疑惑，按现在的语言表述，既然设立驿站，渡口、石桥及道路都属于驿站的配套工程，应该是同一个时期一步到位建成的！

在人类发展进程中，所有的文明几乎都是沿着江河水流滋生而发展的。江水河流除了带给人类生存充足的水源与可以耕种的土地之外，还为经济发展提供了便捷的通航运输能力。

在过去的千百年间，龙溪码头与乌江相连接，又是涪陵、彭水、黔江、渝东南地区的物资集散地，龙溪码头承担着连接水路、陆路交通的重要职责。我站在桥头的石阶上，望着碧绿如玉的溪水，陷入了无限的遐思中，仿佛一下子穿越了千百年，走进了恍如隔世的梦境：龙溪岸边挤满了装卸货物的船只，码头上下尽是船工与搬运工，日日群声喧腾，夜夜川流不息。卸下船的货物有粮食、盐巴、布匹等日用百货，从这里搬运上岸，再用马帮远送到周边山区。而装船运出的货物有木材、桐油、烟叶、草药、山货等当地土特产，顺江而下运往乌江下游的城市。卸货，装货，天天如此，年年如此，这同一个内容的情景剧在这同一个地方不断地重复上演着,连续演出了一千多年这才落下帷幕。

此时此刻,一缕清凉的秋风抚过我的脸颊,将我从遐思中拉回了现实:没了货船的影子,没了堆积的货物,没了船工与搬运工,龙溪也就没了往日的喧哗,只是抱有初始的一片澄碧,悄然无声地流入乌江,平静而无波,寂静而无奈……

我缓步走下石阶,踏上了石桥,从石桥上俯视龙溪四周,眼前群山环绕,绿树成荫,两岸翠竹夹一片绿水,绿水中点缀着一叶轻舟,无需使用任何笔墨渲染,一幅水彩小景就在这里天然生成。这番景象正应和了唐代诗人韦应物的那首诗:"独怜幽草涧边生,上有黄鹂深树鸣。春潮带雨晚来急,野渡无人舟自横。"早已失去昔日辉煌的龙溪古渡已沦落成为一处野渡。

龙溪两岸满山遍野的林木毛竹,生长茂密,郁郁葱葱,现已全部禁伐,封山育林。而在过去,这些毛竹与树木是当地山民祖祖辈辈赖以生存的重要资源,年轻力壮的男人们把山上的毛竹、树木砍伐之后,顺着山坡推至山下,肩扛人拉拖到水边,用竹篾纤绳把竹干或圆木捆绑在一起,扎成一个个木筏子,连一个个木排,运用原始漂流放排的方式,把木排沿着乌江顺流漂放到下游,漂到下游的城市大码头靠岸,再把木排一个个拆卸,然后再把竹竿、圆木一根一根地搬运上岸,出售给木材经销商,以此交易换得生活的补贴,这是龙溪沿岸山民们延续了千百年的经济来源与生存方式。

过了石拱桥后,一条石阶路蜿蜒上山,直通悬崖峭壁之巅。回到石拱桥这头,就是一条碎石路。听当地人讲,旧时的碎石路上还有一条长长的商业街,街两边竖立的木板房子里,有卖桐油的,卖山药的,卖铁器的,卖苞谷酒的,还有剃头的,每当货船靠上码头,这长街上的人群熙熙攘攘,摩肩接踵……街头还有一家铁铺,整天叮叮当当地打个不停,打出来的铁制品主要是货船上的用具,还有农用的镰刀、锄头及家用的菜刀、剪刀等工具。街的另一头还有一家裁缝铺,货柜上摆放着一捆捆花里胡哨的各色布匹,引得一些船工上岸就扯上几块新花样,捎回家给老婆孩子做过年的新衣裳。还有住在附近的姑娘媳妇们也常常光顾这里,选购新花布匹现场制作新衣裳,有时可能无钱购买,也过来看上几眼凑个热闹。大唐驿站水码头上的旧时商铺,林林总总地热闹了千百年。

正是乌江这段水流平稳的显著地理优势,造就了龙溪渡口的千年繁盛。上世纪中叶,四通八达的公路运输开始逼退水路运输,地处险峻山谷间的龙溪码头也失去了航运的功能,在历史的洪流与经济发展中逐渐地走向衰落,一步一步地退出了历史舞台,消失在远古隧道的时光记忆里,只留着层层的石阶路与一座古老的石拱桥还在诉说着曾经的繁忙与喧闹……

如今的龙溪古渡,好似停留在衰落后的年轮和维度里,失落得是那么地彻底与绝望,那条破碎的石阶路和那座古老的石拱桥,像一个垂暮的老人在秋日下无精无采地打着瞌睡,等待自己慢慢地变老直至消亡。还有孕育了这个大唐驿站的龙溪与乌江,仍在痴情地坚守这条破旧的石阶路和这座古老的石拱桥,同时也在坚强地维持着龙溪古渡这个承载着历史传脉和文化底蕴的新名称……

两条河流,一个古码头,一座石拱桥,一段大唐驿站史,几个朝代的繁华与兴隆,这就是龙溪古渡的历史与现实。它在重庆武隆的大山深处繁荣了一千多年,失落了半个多世纪,直至最近几年才被当地人发现它的文化旅游价值,开始逐渐进入人们的视线,受到了外地旅游者的青睐。

我坐在返程的汽车里,隔着车窗玻璃,回头望着远远退去的龙溪古渡，心中一直在思索着这个问题："什么是龙溪古渡？"

"镶嵌在乌江画廊的山清水秀间，隐藏在幽深蜿蜒的千仞峡壁中，消失在亘古隧道的时光记忆里。"

这就是我眼中的龙溪古渡！

仙山火炉追忆似水年华

〔德国〕黄雨欣

如果说成都的夏天美在著名的青城山,那么,重庆的夏天就应该美在武隆的仙女山。这次有幸作为"2019世界华裔文艺家重庆·武隆·仙女山采风之旅"的成员,和来自世界各地十二个国家的文学艺术家们一起,踏着歌声、踩着祥云来到仙女山时已是十月中旬,虽然错过了武隆仙女山盛夏的清凉,可那漫山遍野的金黄翠绿在迷蒙的雨雾中时隐时现。映入眼中的画面,忽而像重笔水彩,忽而又似淡雅的水墨丹青,这斑斓又飘逸的秋日,让常年生活在一览无余大平原地区的我恍如置身在如梦如幻仙境中,正如那首连日来一直萦绕在耳畔的歌声:"我从红尘中,来到红尘外,来到仙女山呀,仙女在不在?白云谁家客呦,白马何所待?还有一支歌呦,穿过春天来……"我们来到了远离红尘的仙女山,每天穿行在崇山峻岭之巅的云雾中,被一团团祥云包围着、裹挟着,任清凉的雨丝洗涤着心灵,某些藏在内心深处的记忆,任仙女山清澈的溪流和奔腾的瀑布冲刷着,越发显得清晰可见。

此时,引发我万端感慨的就是隐藏在仙女山脚下的另一处世外桃源——火炉镇。在这里是不能"顾名思义"的,因为此处非但和炎热毫不沾边,而且还因为四周高寒、中间地暖,形似一个"烤火炉"而得名。所以,"火炉"堪称是炎热的名称下隐藏着的一处清凉仙境。古时候的"火炉"交通位置非常重要,它不仅是川渝至湘、鄂、赣、黔的必经之地，还是"大唐路"上的重要驿站。当我们置身在万峰林海，遥望千年古渡，体会龙溪翡翠般的幽深静美时，不禁感叹：好一片青山绿水啊！就在这样一个物华天宝、人杰地灵的地方，我和来自美国的作家周励、陈瑞琳小憩在古驿站廊桥边，一阵湿漉漉的云雾飘过，耳畔似乎传来大唐商队的马蹄声。前方那一条蜿蜒的盘山石阶似乎一直通向云端，我们感叹着故国山河的壮美和时代的变迁，我的思绪信马由缰地沿着时空隧道，穿梭回多年前远离故土漂泊他乡的时候。

时光如白驹过隙，倏忽间，二十七年过去，弹指一挥间。面对着眼前和我共话桑麻的周励姐，我一时有些恍惚……我的目光透过层层叠叠的云雾，穿过仙山林海，穿过梦冲塘的飞瀑，落到蔚蓝色的海洋古国——希腊克里特岛上。

二十七年前，岛上居住着八位来自遥远的东方古国的留学人员，其中就有我和我先生。当年，血气方刚的夫君博士刚毕业，就因参加一个欧共体设在克里特大学的科研项目，从德国的莱茵河畔挈妇将雏来到了这个美丽而陌生的海岛上。在通信资源高度发达的今天，是很难设想20世纪90年代初的我们在海外是如何度过艰难的精神断奶期的：在当地看不到一个中文字不说，面对满街的"ζΨβΣ"等天书一般的文字，大学里积攒的英文底子根本派不上用场，对希腊语的电视节目又一窍不通，我带出去的几本中文书很快就翻烂了……就在我苦于无书可读的时候，某一天，中国驻希腊雅典大使馆的两名外交官上岛来看望我们，令我惊喜的是，还给我们带来了近期的中文报纸和书籍，其中一本就是《曼哈顿的中国女人》。一时间，大家争相传阅，几乎每天晚上都会不约而同地聚在一起交流着读书心得，品评着书中跌宕起伏的精彩内容的同时，也透过生动形象的文字品味着作者周励——这个历经"文革"洗礼、开垦过北大荒和驰骋在纽约曼哈顿商界的传奇女人的传奇人生……大家认为,这并不是周励一个人的传奇,而是时代造就的整整一代人的传奇,在这些人中,就有你、有他、还有我、我们!此时的我们和初到美国的周励一样,如蛟龙伏海,等我们学有所成了,我们的国家也强大了,这条巨龙就会带着我们一飞冲天!

我是熬夜一口气读完的,不禁深深折服于作者在大时代背景下对大机遇的把握能力,读后久久掩卷深思。那一年,我26岁,不久便发表了我的处女作《馋猫在国外》,从此一发不可收,回到德国后,笔耕不辍,直到写成了旅德女作家兼华文媒体记者。

二十五年后的一个春天,在欧洲华文作家协会的波兰会议上,迎来了一位特殊的嘉宾——《曼哈顿的中国女人》一书的作者周励。当时,她一进门,我一眼就认出来了,美丽、干练、热情奔放,就是书中照片上的样子!我像见到了久别重逢的老朋友,迎上去与她紧紧拥抱在一起……此时,我已经是欧洲华文作家协会的副会长了。

两年后的今天,我和周励姐又相会在美丽的武隆仙女山。整整一个星期,我们姐妹相称,推心置腹,我们手挽手一起观裂谷飞瀑,赏三桥仙境,叹祖国大江南北的巨变。在火炉镇神奇的百年枫香树下,我们不约而同地手抚着沧桑粗粝的树干,心中默默祈祷:任沧海桑田世事变迁,唯愿祖国越来越强大,愿同胞生活越来越美好!在路过荷塘旁边的秋千架时,我们像两个小女孩儿一样兴高采烈地互相推摇着,攀比谁更有力气,哪个荡得更高。在武隆仙女山这片充满美丽传说的神奇之地,飘飘欲仙的我们开怀地放声大笑着,笑声随着秋千高高扬起,回荡在万峰林海间,回荡在古渡龙溪畔，回荡在仙女山的云雾里……

黄雨欣，欧洲华文作家协会副会长。著有散文集《三百六十五分多面人》、影视文学评论集《欧风雅韵》、小说集《天涯丽人》、中国青年出版社出版发行美文专辑《菩提雨》，该书荣获年度中国图书设计金奖，并被德国自由大学汉学系图书馆收藏。

散落大山的明珠拾遗
——和顺江口

〔美国〕青平

来到仙女山，穿过半烟半雨万重山，走过映杏映桂羊肠道，跨过宛若玉带的乌江，追过如梦如幻的云雾。借秦观的《浣溪沙》："漠漠轻寒上仙山，淡烟流水画屏幽。自在飞花轻似梦，无边丝雨细如愁。"

如画的风景，热情似火的武隆人，不期而遇的风情交织在一起，就是一首诗。

那一低头的温柔——和顺

和顺取"士和民顺"之意，位于乌江、大溪河两河交汇处、踞弹子山巅，与涪陵隔乌江相望。今天，一个以风车、竹海、石林为特色的原生态度假区，初见雏形。

一路细雨薄雾，山路蜿蜒曲折，登上海拔一千二百米的弹子山。停车净心广场，我们正揣测广场来历，主人揭出谜底，净心湖就在对面。云雾弥漫，竟无人注意到咫尺之隔的湖面。走到湖畔，冉冉升起的水气和云雾融为一体，湖对岸的松柏在虚无缥缈间，若隐若现，恍若梦境。忽然雾薄了，对岸高低错落的树清晰起来，抢拍，一阵风，又隐去了。

沿盘山公路继续向上，目标——四眼坪风力发电场。四眼坪原名"寺院坪",在当地人口口相传的故事里,也曾香火鼎盛,暮鼓晨钟。时至今日,每逢农历六月十九"佛诞日"(观音菩萨成道日),远近的乡民仍会聚集于此,祈祷来年风调雨顺,家人平安健康。

四面都是崇山峻岭,电场为什么选址四眼坪?一般而言风力充裕的地方都处于地势陡峭的山顶或谷口,建设难度大。而四眼坪是典型的高山草原区,其风口位于地势平缓的山谷之间,利于机组的布置,是理想的风力发电场。电场共有五十八台风车,沿山脊每公里一台,整个电场占地六点六平方公里。风电场年发电量达九千万千瓦,接近整个武隆县城的用电量。

少顷,来到海拔近一千八百米的"风车观景台",雾更浓了。观景台旁陈列着风车叶片实物,长二十七米,风车全高八十米。可惜没能见到几十台风车一起转动的壮观场景,待天晴,云蒸霞蔚,观风车直捣云海,想必又是一番景象。矗立山巅之上,风车之下,听着云雾里叶片徐徐转动的声音,竟有"大鹏一日同风起,扶摇直上九万里"之感。古人梦想中的大鹏正为点亮今人的城市乡村振翅高飞。

风车点缀在"万亩竹海"中,莽莽的冷竹随风摇曳,竹浪如海。在观景台上居高俯瞰,云飞雾聚,竹浪起伏,旋转的风车若隐若现,俨然画境。

想起一首歌词:

这蜿蜒的微笑拥抱山丘溪流跟风唱起歌
这整座山谷都是风笛手
我在垭口聆听传说跟着童话故事走
远方的风车　远距离诉说

那幸福在深秋 满满地被收割

是的，走下弹子山带走的是满满的幸福。

下山，九曲十八弯，来到了农家自建的威武山公园。公园在弹子山腰，俯视乌江，与涪陵金子山、角邦寨一水之隔。公园依着山势，有翠竹环绕的吊桥，有让人心惊肉跳的玻璃观景台，倒也别具匠心。乌江蜿蜒如玉带，从弹子山和金子山之间穿流而过。我们到时，正赶上雾渐渐散去，对岸金子山顶的风车一览无余，真是失之东隅收之桑榆。终于看到了，"江作青罗带，山如碧玉簪"，再加上或浓或淡的云雾在白色风车间千变万化，江山如此多娇。

当地人用打糍粑来招待贵客，我们得幸一尝。糍粑是以糯米浸泡后蒸熟，再放在石臼里舂至绵软柔韧，趁热制成米团，搁炒黄豆粉拌白砂糖的盘里滚动，即可食用。说话间，两个伙计抬着一屉热气腾腾的蒸糯米出来，随即把糯米放进整块青石凿出来的石臼。两个人一人一根碗口粗的竹舂棍，你来我往，彼唱此和。糍粑渐渐成形了，这时他们邀请我们接手，我和良辰小试牛刀，知易行难啊。糊状的糯米死死缠住舂棍，真是进退两难，我们更谈不上什么配合、节奏，只一会儿，就满头大汗。幸好，同行的老木和孙博接了过去。糍粑打好了，新鲜糯米的清香混合着竹香、石香，在黄豆粉里滚一滚，一入口，热乎乎的香甜软糯，又不失嚼劲，齿颊留香。

弹子山脚是有"天险乌江，千里画廊"之美誉的乌江画廊，当地人对"两岸夹一江"的地段统称为乌江画廊。乌江，古称黔江、涪水，源于贵州高原，自西南向东北奔腾于大娄山系和武陵山脉之间，横贯武隆全境。两岸翠绿葱郁，层峦叠嶂，奇峰对峙，一里一景，和桂林漓江有异曲同工之妙。乌江小家碧玉般的灵秀和两岸绝壁奇峰的险峻雄威，刚柔相济，正是"山在云中飘，人在画中游"。

或许是和顺这个名字，或许是挥之不去的云雾，亦或许是秀丽的山水，这里总给人一种温柔的感觉，温柔后面是藏不住的风情。

柳暗花明又一村——江口

隔日，游芙蓉洞，"天下第一洞"自无庸赘言，其入口处的洞庭山庄却让我拍案惊奇。这是一家门脸不大，两层楼的农家饭庄。上楼时我不禁腹诽，这楼道漆黑、潮湿，怎么和山洞似的。甫一落座，当地人智新就一脸神秘地问我们，想不想看看这儿的地下室。禁不住诱惑，我们几个下到楼道转角处，瞬间石化：这里刚好可以看见地下室全貌，整个地下室竟是个天然溶洞，密密麻麻地放着几百坛泡菜。下到洞底，深处没光，深邃漆黑的溶洞不知通向何方，兴奋不已的我们纷纷打开手机电筒，摸索前行。溶洞蜿蜒向前，幽暗，凉风阵阵，水滴顺着钟乳滑下，这是活的溶洞。往前一百多米，脚边有个方盆，里面养着一条硕大的娃娃鱼，颇有几分魔幻感。再往前的溶洞狭窄，我们的探险止步于此。回程，一路用手电照射着溶洞的顶部，竟让我们找到了一条"神龙"，龙头，龙身，龙尾，一应俱全，飞龙盘旋在洞顶，几欲破壁而出。没想到，一个农家饭庄教人有"众里寻他千百度"的感觉。

江口镇是进出芙蓉洞的必经之地，俗话说"地鲜莫过于笋，河鲜莫过于鱼"，尝过了武隆竹笋，江口镇的江口鱼更是不容错过。"江口鱼"选用的是产自乌江和芙蓉江的野生鱼。清澈碧绿的江水携裹了大量山果形成的营养物，是鱼的天堂。而在众多的野生鱼里尤以黄辣丁、鲢鱼、江团肉质最为细腻鲜嫩。为了保证食材新鲜，主打江口鱼的餐馆都有固定渔船，停靠在码头，随烹随取。慕名去悦来饭店品尝了他们的招牌"清汤鱼",白色细瓷大盆里满盛着热腾腾的鱼汤,汤色白如乳,浓而不腻。夹起一片雪白的鱼肉,鱼片颤颤悠悠,滑嫩如豆腐,好像随时都会断成几截,送入口中,轻轻一抿,鲜香在味蕾上爆开,而鱼肉已滑入腹中。再佐以一勺鱼汤,酸中带鲜,鲜中透辣,泡菜和鱼肉碰撞出的酸辣鲜香就是江口鱼的秘密吧。从临江的窗户看出去,远山如黛,近水含烟,此景,此味,足矣。

路上行人争指处,桥边遗迹尚依然——龙溪古渡

采风行的最后一天,我们来到了传说中的火炉镇龙溪古渡,龙溪古渡位于龙溪河与乌江交汇处,始于唐代的驿站码头。当年是货品集散地,商贩南来北往。历经岁月风霜的龙溪码头已不复当年的繁华与喧嚣。一座清道光年间的石桥横跨龙溪河,桥那边是一栋荒废的吊脚楼,穿透时光,仿佛能看见桐油贩子,挑着山药赶集的山民,经营铁器农具的老板,卖抄手的挑子聚集于此,吆喝声此起彼伏,这集市就像《印象·武隆》中川江号子唱的"没得喽,消失喽",越来越远,只存留在记忆里,传说中了。

青山如黛,碧水如玉,透过重重竹叶,可见河中央一艘乌篷船,波澜不惊,任凭风吹雨打,今天的静寂,当年的喧嚣,历史如同这龙溪河蜿蜒曲折,一刻不停地向前流淌。

抚今忆昔,"神女应无恙,当惊世界殊"。

武隆之行结束了,但武隆的诗篇才刚刚开始。仙女山常在,乌江水长流,我们后会有期。

泪洒望仙崖

徐崇德

望仙崖,不是凡人盼望成仙的山崖,而是青年男女期望相会的山崖,是一个有着凄美爱情故事的山崖,也是一个洒满情爱泪水的山崖。它位于重庆市武隆区白马山天尺情缘景区,是白马山临近乌江的一个绝壁峭崖,也是景区中的一个核心景点。

2019年10月13日,我因参加重庆武隆采风活动,与来自海外的华裔作家们一起,来到了白马山天尺情缘景区参观,我登上了传说中的望仙崖,只因为遇见一个人,勾起了一段伤心事,泪洒望仙崖。

我们乘坐的大巴车直接开上了白马山山顶,下车即是望仙崖。当车门打开后,我第一个跳下车来,一位女工作人员款款地迎了过来,对我轻声细语地说了声:"欢迎!欢迎!欢迎来自世界各地的作家们!"我抬头一看,大吃一惊!是她?就是她!不可能吧?绝对不可能!虽然不可能,但你长得太像她啦!太像三十年前的那个她啦!太像三十年前我失去的那个她啦!

我心头一惊,鼻子一酸,眼圈一红,禁不住地流出了泪水……《有缘人》的歌声似乎也从远方随之飘来:"可能是你的前世啊,可能是我的前世,千万遍的擦肩而过,遇见了你……"没想到的是,在千里之外的白马山,遇见了你,你就是我魂牵梦绕的那个她。其实,仅仅是你的形象像她,就引发了我内心深处的痛楚,触动了我眼睛中的泪腺，泪洒望仙崖。

我至今也没回想起来，也不知说了句什么把你搪塞了过去，急忙溜到车后，掏出手绢，偷偷地把眼睛擦了擦……擦干泪水之后，我艰难地从三十年前的回忆中拉回了自己，重新回到了身在白马山望仙崖的现实世界中。

我快步跟上参观的人群，走上木栈道，只见你站在木栈道的护栏边，凭栏临风，认真地向采风团的作家们讲着什么。我想，你在望仙崖上讲述的肯定是白马与仙女的爱情故事，我害怕这个凄美的故事再次伤及我的心灵，再次触动我的泪腺，就悄悄地躲开你与他们，独自一人登上了望仙崖的观景台。

望仙崖地处白马山山顶，横卧乌江南岸，悬崖峭壁，绝壁长空，俯视乌江，清流如练，源远流长。千百年来，这个神秘的望仙崖，在如尘如梦的岁月里，深深地掩藏着一段古老的爱情传说。

凡是看过黄梅戏《天仙配》的人们都知道，玉皇大帝七个女儿尤其是七仙女的故事，但在《封神演义》中的玉皇大帝却出现了九个女儿，九女儿名叫龙吉，因思凡被贬下界。在白马山一带，也有玉皇大帝九女儿的民间传说，九女儿的名字不是龙吉，而叫张天阳，为青衣仙女，不知这九女儿是否为玉皇大帝与王母娘娘所生？不知与《封神演义》中的龙吉是否同一人？如果同为一人，这可能是乳名与学名之分吧！

根据武隆民间传说，玉皇大帝九女儿青衣仙女张天阳，是专门负责天庭仙草园的守护神，也是兼管世间所有奇花异草和鲜果的花仙子。年轻貌美的青衣仙女天天与仙草相伴，与鲜花为伍，十分喜爱美丽的花朵。爱美的青衣仙女很想摘下几朵佩戴在身上，又担心仙草鲜花受到伤害，她就用天女纺织的绸缎编出一个个花瓣的形状，再用一个个花瓣组合成一个美丽的花绣球，用花绣球替代鲜花。青衣仙女十分喜爱这个花绣球，天天把它佩戴在身上，花绣球成了青衣仙女的一个美丽标识。后来，这个花绣球又成了青衣仙女张天阳与东海龙王敖广的三太子敖嘲风二人相识、相爱的一个媒介。

有一天，青衣仙女张天阳在天河边游玩，一不小心把花绣球弄丢了，她正在焦急地四处寻找时，巧遇龙三太子敖嘲风。没想到，这花绣球正好被敖嘲风捡到，敖嘲风就将花绣球送还给了青衣仙女，两人交接花绣球时，四目对视，一见钟情。一段凄美动人的爱情故事也就由此展开了！

龙三太子敖嘲风与青衣仙女张天阳相识之后，两人就经常偷偷地在仙草园里幽会。有一天，处在热恋之中的敖嘲风化作白龙马，驮着青衣仙女在云雾间奔腾嬉戏，正在兴奋中的白龙马一时忘乎所以，一不小心冲撞了王母娘娘出行的銮驾，也由此暴露了两人之间的私情。王母娘娘盛怒之下，掏出乌金天尺，把白龙马与青衣仙女双双打落凡间，将一对挚爱的情侣化为一座白马山，一座仙女山，并用乌金天尺在两山之间划出一条长长的乌江，让两座大山永远不得相连。

对于恋人来说，生死离别并不是最大的痛苦，最为痛苦的、也是最为残忍的就是可望不可即！这条乌江不仅是一道屏障，隔开了一对热恋的人。这条乌江更像是一把利剑，刺伤了两颗热恋的心！多情的白龙马只能望江长叹，泪洒望仙崖！

是为了终生的相约，是为了山海般的誓言，还是为了刻骨铭心的承诺？白龙马与青衣仙女把青春和爱情守望成了两座大山。从此以后，白马山与仙女山就成了人们心中的情侣山，白龙马也就成为少女们心中的白马王子，而青衣仙女也就成为少男们心中的美丽仙女。

化为白马山的白龙马站在望仙崖上，隔江遥望仙女山，天天泪洒望仙崖。哭干了泪水的白龙马猛然想起，青衣仙女喜爱仙草仙花，他就忍受着乌金天尺鞭打的剧烈疼痛，在白马山上用四只蹄子奋力地刨下一块块土地，开垦出一片片花园，众多的仙草、仙花见状也随之降落到此落地生根，从此以后，原本是荒山野岭的白马山就变成了一个山花烂漫、草药盈谷、鲜果飘香的美丽世界，其美丽景象可与仙草园相媲美。而青衣仙女哭干了泪水后，就天天在山顶上开荒种草，一年又一年地开荒不断，日积月累，竟然在仙女山顶上开垦、种植出一片辽阔的大草原，其辽阔程度如同北方大草原，实为南国之罕见。青衣仙女张天阳期待有朝一日，龙三太子敖嘲风能再次化作白龙马，越过乌江天险，与她一起在这美丽的大草原上恣意奔腾。

据说，青衣仙女坠落人间时将随身佩戴的花绣球抛向了白龙马，花绣球也随着白龙马在白马山上落地生根，开出了美丽动人、硕大无比的朵朵花团，人们便将此花命名为绣球花。从此以后，人间就有了抛绣球定终身的婚嫁风俗。民间传说虽然不可全信，但抛绣球选新郎的民间婚俗在中国古代确实存在，这种婚俗是否源于白马山、兴于白马山就不得而知了。

在白马山还有这样一个民间传说，住在白马山下的山民们，每当到了夜深人静时，就能听到从望仙崖上传来的踢踢踏踏的马蹄声。山民们说，那就是白龙马在山间开垦土地，为仙女种植仙草仙花。也有人说，白马山附近的青年男女，如果在月圆之夜约会时，也会听到从望仙崖上传来的踢踢踏踏的马蹄声。恋人们说，那就是白龙马在为乌江对岸唱情歌的仙女而敲打出的音乐节拍。后来，重庆的民间艺人根据这一传说就创作出了巴渝情歌。也有学者认为，唐代诗人刘禹锡《竹枝词》："杨柳青青江水平，闻郎江上踏歌声。东边日出西边雨，道是无晴却有晴。"其中的"踏歌声"就是借鉴了白马山的民间传说与巴渝情歌的人文元素。

从地质学讲，白马山属大娄山系，而仙女山则属武陵山系。白马山与仙女山虽然咫尺相望，却分属两条不同的山系。或许因为山系不同，再加上乌江的阻隔，这就造成了白马与仙女无法结合的千古遗憾吧？

白马啊，仙女啊！你俩的爱情故事惊天地、泣鬼神、动人心，一代又一代地传诵下来，不知感动了多少情窦初开的青年男女而伤心流泪！其实，你们的爱情悲剧在人世间何不是这样世世代代地轮回上演？

也许每个人的心中，都有一段过不去的情，就如白马与仙女！也许每个人的心里都有一个放不下的人，就如三十年前我的她……

三十年前的我与她，因性格投缘走到一起。处在热恋时的某天晚上，她在值夜班时擅自离岗与我见面，本想与我打个招呼就离开，谁知，情人之间话题多，说着说着都忘了时间，领导查岗时发现她人不在，调查得知她在与我谈恋爱，领导严厉地批评了她，还把这事通告给她的父母。在那个刚刚实行改革开放、人的大脑还未开化的年代，发生这样的事那还了得！她父母得知我俩的恋情后，一气之下逼她与我分离，从此我与她天各一方，泪洒三十年。

那个时期，正处在人生低谷的我，在《收获》上看到了一篇署名为路遥的中篇小说《人生》，当时还不知路遥为何许人也，但小说中的人物故事一下子就把我吸引住了，我一次又一次地阅读《人生》,一次又一次地流出泪水……高加林与同乡刘巧珍和同学黄亚萍之间的爱情悲剧,深深地刺痛了我那颗受伤的心。高加林所具备的,正是刘巧珍所没有的;而刘巧珍所有的,又正是黄亚萍所不具备的。这是一个合理与不合理紧密交织在一起的矛盾,这是一场极为复杂又令人思索的人生悲剧。我每读一遍《人生》,就会想起那段刻骨铭心的恋情,只要想到她,眼就会流泪,心就在滴血……

后来,以路遥同名小说改编的电影《人生》上映了,我又去看了这部电影,当冯健雪演唱的主题曲"叫一声哥哥你快回来……"撕心裂肺般地响起来时,我再也控制不住自己了,我强含着两眼泪水,急忙离开了座位,跑出了电影院,躲在一个黑暗的角落里哭了个稀里哗啦……三十多年了,每当听到电影《人生》主题曲,无论是以前冯健雪演唱的,还是现在王二妮演唱的"叫一声哥哥你快回来……"就会情不自禁地流下泪水,至今依然如此!

没有想到的是,三十年后的今天,在白马山的望仙崖上,竟然遇见了极为像她的你!是巧合,还是穿越?注定不是穿越,那肯定就是巧合,巧合在这样一个令人生悲的地方?你把我三十年还没完全愈合的心灵创伤又一次撕裂开来,我忍受着剧烈疼痛,泪洒望仙崖!

白马啊,仙女啊!我不知,你俩是否也为人世间不幸的恋人们而伤过心?是否也为我的不幸而流过泪?

或许是经历了痛苦的分离才知道相思的痛苦。参观白马山从望仙崖开始,去爱情魔方,过同心桥,再到浪漫天街……这些标有爱情符号的景点,是白马山的灵魂所在,更是刺痛我内心的利剑。我在恍惚中忘掉了自己,魂不守舍地走完了全程,一路上几乎都是你的目光,满脑子似乎都有她的身影,我糊里糊涂地熬到活动结束,悄悄地躲开你与送行告别的人群，然后又早早地登上了大巴车。其原因是害怕见到你，看到你就会想起她，如同歌曲《有缘人》中唱到的："可能是你的前世啊，可能是我的前世，千万遍的擦肩而过，遇见了你……"

无论是三十年前曾经的她，还是三十年后遇见的像她的你，我们不要再遇见了，无论是邂逅，还是偶遇，还是在不经意间。因为我前半生受的痛苦实在太多了！因为我前半生流的眼泪实在太多了！只是因为那段过不去的情，只是因为那段失去的爱！

三十年前失去了她，三十年后遇见了你，把你当作她，泪洒望仙崖！

世界武隆

情深义重　人杰地灵

令旗山下
——一代名相的穷途末路

庞惊涛

汽车开出江口镇，眼前的山水气象一下就阔大起来。

乌江和芙蓉江在这里交汇。薄刀岭山如其名，险峻如刀，巍耸两岸。秋雨绵绵，云雾萦绕，这山水景观便凭空多了点仙气。或是武隆仙女山和江口"沾亲带故"，所以风味蔓延至此，又像是天帝人间布景时，尚未跳出上半段的构思，干脆一笔顺势作出了看上去风格相近的点化。

天帝显然忽略了一点：世上永无完全相同的风景。薄刀岭和仙女山，就像一胎生下的两个女儿，虽然样子看上去相似，但她们却有着各自不同的心性和禀赋。具体到江口这一段来，便是此山此水自己生成的别样境界。

江水交汇处，必是人文荟萃地。我在这个秋雨绵绵的下午，舍弃了武隆天生三桥的壮美自然之景，而奔向长孙无忌墓这个历史人文遗迹，就是想实地探访一代名相、凌烟阁上排第一的唐帝国功臣最后的埋骨之地。

车过银盘电站，顺江一条蜿蜒的村道，通向长孙无忌墓。当地人称为"天子坟"，也有人叫"皇坟"。沿途四五公里，没有任何路牌指引，搞得我"疑神疑鬼"，一见路边规制略大的坟便要停下来上去探望一二，生怕就此错过。

好不容易遇到一个放羊的老人，在他的指引下，终于顺着一条荒草丛生的小径，找到了长孙无忌墓。

自古名臣多横死，令旗山下有冤魂。生于帝京洛阳的一代名相长孙无忌，生前绝不会想到，他会葬身于这个远离京城的蛮荒边地。历史的演进总是这样出人意表，在唐诗宋词里几乎很难看到任何记录的武隆江口镇，却意外地迎来了这样一个在唐初权势熏天而又声望盈朝的大人物。

这是长孙无忌的人生不幸，却无意中造就了江口镇的地望之幸。

祸起"废王立武"

历史回溯。1364年前，即公元655年，唐高宗显庆四年，武昭仪圣眷日隆，高宗渐生废后之心。某日，高宗召长孙无忌、李勣、于志宁、褚遂良等重臣入内殿商议废王皇后立武昭仪之事。聪明的李勣自知此事敏感，乃称病未去。而于志宁呢，在高宗和武昭仪的联合威压之下，虽明知废后不妥，但终是噤不敢言。倒是褚遂良这个太宗遗命的顾命大臣敢于直谏，提出各种理由激烈反对高宗"废王立武"。

一个不来，一个不说，一个反对，高宗和武昭仪显然很需要一个支持者，这样他们就可以借坡下驴了。为了做支持者的工作，两个人也没少操心。上一年，他们就一起到长孙无忌家饮宴，名义上是一次普通的"家庭聚会"，实际上是有所宏图。当然，两人上门也没空手，高宗出手大方：不仅赏赐了金宝缯锦十车，又任命长孙无忌的三个庶子为朝散大夫。宴饮间，高宗以皇后无子频频暗示长孙无忌。长孙无忌却装聋作哑，"顾左右而言他"，弄得高宗和武昭仪很不愉快。

"家庭聚会"后，高宗和武昭仪没有放弃，继续做长孙无忌的工作。先是派武昭仪的母亲杨氏上门陈情，再是让礼部尚书许敬宗上门劝说，但长孙无忌还是一口拒绝了。

贵为皇帝而不能如愿，这让高宗很窝火。而前进路上出现的这个绊脚石，更让还是昭仪的武则天暗自怀恨在心。两个人一合计，决定不给这些顾命大臣面子，软的不行就"硬上"。于是便有了"内殿商议"这出戏：这相当于高宗和未来武后的"最后通牒"。

尽管此前两三个回合中，高宗和武则天早已经知道了长孙无忌的态度，但他们还是希望在这最后关头，得到这个既是国舅，又是顾命大臣的重量级人物的支持，这样两全其美、皆大欢喜的事，他们以为长孙无忌会愿意去做。他们显然判断错了这个凌烟阁上排第一的人物的气性，长孙无忌在这关键的时间节点上，虽然明知反对有政治风险，还是坚定地站在了褚遂良这一边。

高宗的脸黑了下来，武昭仪大约拂袖而去。一段血腥的政敌清洗历史就要开启了。如果说"家庭聚会"时的反对尚是皇族内部矛盾的话，那么，"内殿商议"上的公开反对便已是利害攸关的权力斗争了。为相半生的长孙无忌不会不明白这次反对的危险性，但他显然更重视唐太宗的遗命。"不负先帝"，比起"不识时务"来，在长孙无忌看来更为重要，这便是这些"谋国重于谋生"的骨鲠之臣的致命短板。

冷清的"皇坟"

尽管秋已渐深，但长孙无忌墓周边的荒草仍然长势甚欢，它们几乎掩埋了那条本就不易发现的路。

走过不长的路，便看到墓主体。墓高约5米、直径30米，为圆形黄土冢。墓正中有四块石碑，最右的石碑，是重庆市人民政府于2011年4月所立，石碑正中是楷体的"长孙无忌墓"五个大字。"长孙无忌墓"上面，标明此墓为"重庆市文物保护单位"。其余三块石碑依次是明万历年间彭水知县吴元凤所立"唐太傅长孙公无忌之墓"碑，此碑高1.58米，宽0.73米；其次是清乾隆十一年彭水知县立"长孙无忌之墓"石碑，此碑高1.4米，宽0.49米，厚0.11米；还有一通碑是清咸丰十年彭水邑令所建诗碑，高1.55米，宽0.7米，厚0.1米，诗文32句，224字。由于年深日久，三碑上的字俱已漫漶不清，最后一个诗文碑上，依稀能认出几句："叹旧怀贤此地过，风徽邈矣望山河。已悲埋骨同心少，空怨孤忠血泪多。"诗人在褒奖和赞颂长孙无忌开国之功的同时，更多的是对他穷途末路、葬身蛮荒之地的悲悯。

顺着墓右行数步，即见一木石结构的亭子。五角两层结构，一层建有护栏，一、二层间留有一个供人上下的小洞。借助亭中预留的铁环，我登上二层平台。举目四望，令旗山虽不高大险峻，却已绵邈多姿，远处的薄刀岭被云雾遮住，时隐时现。乌江能看到一线际涯，正是半实景半想象的妙处。山环水抱，想来当年选址的人还是颇费了一番心思才寻得此佳处的。

亭边尚有两块石碑。一是1984年6月由四川省武隆县人民政府（重庆未直辖前，武隆为四川省辖县，下同）所立的"唐赵国公长孙无忌之墓"。碑上除简要介绍长孙无忌生平外，特别说明："公元674年，（长孙无忌）获昭雪，迁葬陕西昭陵，此为衣冠冢。"另一块石碑为四川省武隆县人民政府于1982年所立，因石碑通体被丝瓜藤遮蔽，上面的文字已难以全部辨识，但"长孙无忌"几个隶字还是能一眼认出。

我绕墓一周,再未看到任何石碑。墓侧有三户人家,但都空室无人,最边上的一家木石所建的老宅许是多年未住人,主体已然倾颓,边上贴着一个提示路人注意危房的告示。没有鸡鸣狗叫,几树柚子,熟了也没人采摘,就任由其落地腐烂。

埋骨黔州

登上皇后宝座的武则天,是不会放过褚遂良和长孙无忌的。

遭政治清算的先是褚遂良。武则天显然还记得他反对"废王立武"的坚决态度,那近乎一种政治表演:他将官笏放在台阶上,同时也把官帽摘下,向高宗不停叩头以至于流血。你既然不要命,我也不给你好命。武则天先是将褚遂良赶出朝廷,贬他到潭州(长沙)任都督。不久,又调褚遂良到离京师更远的桂州(今广西桂林)任都督。为打击褚遂良,武则天和许敬宗、李义府一起,诬告中书令来济、门下侍中韩瑗与在广西的褚遂良共谋反叛。以此为借口,很快又将褚遂良贬到了更远的爱州(今越南清化)。

绝望之中,褚遂良向高宗上了一封陈情书,诉说自己曾长期为高祖与太宗效劳,是高宗继位的坚决支持者。他希望凭此让高宗收回成命。但他没有料到,武则天此时已全面参与帝国政务。即便高宗有那么一丝犹豫和反悔,他也禁不住武则天的游说。

公元658年,褚遂良在爱州带着遗憾离世,享年六十三岁。

褚遂良之后,接着就该是长孙无忌了。

注意许敬宗这个人物,他在武则天打击褚遂良和长孙无忌这两个重臣的政治斗争中扮演着非常重要的角色,很难说他仅仅是对武则天的无条件服从,更多,也是借此建立和巩固自己的威权,打压一度在自己前面的褚遂良和长孙无忌。按理，他应该和褚遂良与长孙无忌一起都是太宗李世民的政治班底，李世民为秦王时，他是秦府十八学士之一。权授检校中书侍郎后，因起草诏书得体，也深得李世民欣赏。贞观二十一年（647），许敬宗加银青光禄大夫衔。虽然也算颇受重用，但相较褚遂良和长孙无忌在太宗朝的政治地位，许敬宗还是差得太远。在"废王立武"的政治斗争中，许敬宗善揣上意，支持高宗"废王立武"，由此官运亨通，很快便代于志宁为礼部尚书，兼任太子宾客。

许敬宗对太宗李世民离心离德，缘于国丧失礼事件。公元638年7月28日，长孙皇后去世，帝国按照国丧的程序为长孙皇后送行。按仪礼，文武百官全部都要穿着孝服参加。当时欧阳询也到了国丧现场。欧阳询因长相丑陋，许敬宗看到欧阳询穿着孝服的样子，居然没忍住在长孙皇后的葬礼上笑出了声。李世民大怒，以国丧失礼将其贬为洪州司马。此后尽管不断得到重用，但器量狭小的许敬宗心里，对李世民和长孙家已经有了怨恨。

现在，长孙无忌居然反对"废王立武"，许敬宗怎能放过这个机会。"意图谋反"这样的手段既然可以用在褚遂良身上，那么，现在也可以用在长孙无忌身上了。

据《新唐书·长孙无忌传》载，许敬宗"揣后指，阴使洛阳人李奉节上无忌变事，与侍中辛茂将临按，傅致反状"，意思是说：许敬宗猜到武后的心思，暗中指使洛阳人李奉节向高宗诬告长孙无忌谋反，与侍中辛茂将办理此案，教他编造长孙无忌谋反的情由。但高宗还不算昏聩，认为长孙无忌谋反是"妄人构间，殆不其然"。但许敬宗坚持认为长孙无忌"反迹已露，陛下不忍，非社稷之福"。

高宗最后的态度颇堪玩味："帝终不质问"。意思是：高宗对长孙无忌谋反这件事，始终没有和长孙无忌这个当事人对质审问，这就给许敬宗留下了"默许"的操作空间。最后"遂下诏削官爵封户，以扬州都督一品俸置于黔州"。高宗顾全国舅的面子，虽然下令削去官爵封地，但还是让长孙无忌以扬州都督一品官的俸禄流放到黔州。

自唐武德元年（618），改黔安郡为黔州以来，长孙无忌是第一个贬到此地的帝国重臣。想来，长孙无忌奔赴贬所的路途不是顺利的，翻越秦岭已是困苦不堪，还要山水兼程，穿巴山、渡蜀水，进入黔州这样的蛮荒之所。

然而，更坏的结果还在等着他。据传长孙无忌在路上走了近三个月，还未到贬所，武则天的密令就追了过来。同样，执行这个密令的还是许敬宗。

公元659年7月，长孙无忌行进到今天的江口镇。闷热的天气，加上眼前的荒凉，让他一定心生悲苦。他似乎并没有给高宗和武则天写什么反悔或者认错的陈情书，他比褚遂良更彻底。或许他已经听到了褚遂良的死讯，并已经做好了就死的准备。

许敬宗的追杀令，看起来更像是对他的成全。

在长孙无忌山水兼程赶往贬所的同时，在武则天的积极"推动"下，高宗启动了长孙无忌谋反案的重审，主持重审的，自然是许敬宗。随后，许敬宗命中书舍人袁公瑜到黔州审讯无忌谋反罪状。袁公瑜一到黔州，便逼令长孙无忌自缢。

袁公瑜也是一个小人。此前，他就向武则天母亲密告裴行俭反对立武则天为后。这次，充当重审长孙无忌谋反案的主审，并秘密领取了许敬宗和武则天"置长孙无忌于死地"的命令。据传，他对长孙无忌进行了血腥的"暴力审讯"，但长孙无忌并没有死，不得已,他才逼令长孙无忌自缢。

一尺白绫,而非屠刀带血,这是武则天留给长孙无忌最后的体面。高宗最后听闻到的死因,是许敬宗认真"编辑审查"过的"水土不服"。即便高宗有所怀疑,那又怎样呢?从他"终不质问"开始,这个悲剧结局就已经写定了。

长孙无忌死后,家产被抄没,近支亲属都被流放岭南为奴婢。被逼死的长孙无忌就近埋于信宁县(今武隆江口镇,当时属黔州所辖,宋代废县设镇,后长期为彭水县所辖,1950年划归武隆县)。

迁葬昭陵

正在我准备离开墓地时,家住墓边的陆大爷回来了。

他告诉我,他们家在这里已经住了70年了。墓地规模原来占地三亩,他们家和邻近几家人的房屋都是墓地的一部分。20世纪60年代扩耕,将原来的墓地一部分平了,一部分作为自留地,一部分用于修建房屋。随扩耕一起毁掉的,还有墓前的石碑、石狮、石兔、石马。"据说这些石材都是当时的官衙从外地请工匠打好后,长途运到这里来的,所以我们就拿来建地基用了。"

一千多年风雨沧桑,长孙无忌墓当年遗留的楼亭阁碑,早已经随风而化,即使留下来的,也换了模样,倒是墓上正中生长的砂仁一如既往的茂盛绵密。陆大爷说,这些砂仁是当地蔡家村家家都爱种的经济作物,因为可以用于制作香料,且产量较高,也成土地收入的重要来源。"我们不忌讳,墓上长的砂仁同样要收,他是皇家的人,肯定要照顾我们这些后人嘛。"

上元元年(674),高宗恢复了长孙无忌的官职爵位,让他的孙子长孙无翼继承封爵。此时,距长孙无忌自缢已经15年了。昭雪后的长孙无忌墓，获准迁葬唐太宗与长孙皇后的合葬陵墓昭陵。

15年，长孙无忌埋在江口镇薄刀岭令旗山下的忠骨或许早已经化为尘土，迁葬昭陵，不过是高宗给长孙家族一个"政治补偿"。

开成三年（838），唐帝国已到风烛残年的晚景。唐文宗下诏："每览国史至太尉无忌事，未尝不废卷而叹。"

为长孙无忌之命运终局而叹息的，又何尝唐文宗一人呢。清代黔江县令、诗人翁若梅在《过彭阳怀长孙丞相》中，留下了这样一句，对长孙无忌的冤死唏嘘不已："三潮水涌孤臣泪，九曲溪回迁客肠。"清代诗人舒同珍在《题长孙无忌墓》中更是悲悯不已："千古沉冤谁与雪，一朝功大尚凌烟。"

据说唐太宗临崩时曾托付褚遂良："我有天下，无忌力也。尔辅政，勿令谗毁者害之。"他显然对长孙无忌可能被人谗毁有所预见，但他无法预见的，是褚遂良会比长孙无忌更早遭到"谗毁者害之"。所以，唐太宗的托付，不过是他自己的一个心理安慰。

早在2018年8月，重庆市就作出了"依托长孙无忌墓穴，建设大唐宰相城"的规划。按照规划，重庆武隆区将以唐朝文化为主题，建设江口乌江大桥、石牌坊、唐风步行街及建筑物群、长孙无忌纪念馆、大唐风韵馆，打造大唐宰相城文旅项目。率先启动的，将是长孙无忌墓的整体修缮工作。

相比已经立于乌江旁的唐朝海鹘军船和长孙无忌像，长孙无忌墓一如既往的冷清。"大唐宰相城"的规划尚未有实质性的推进。对于那些欲凭吊一代名相埋骨之地的旅人而言，"长孙无忌墓"的难找和顺江村道的难行或许并不算麻烦，真正麻烦的，是乌江对岸令旗山下蔡家村那些村民。他们要到江口镇，或者武隆城区，一座乌江大桥已经显得迫在眉睫了。

车回银盘电站。转盘中央一块巨石上，刻着一个巨大的篆体"唐"字。巨石背后，是蜿蜒流过的乌江，令旗山已然被群山遮住。雨停了，云雾却并没有散去。天色向晚，我要走上漫长的归途，那是一条高速连着一条高速的坦途，不是长孙无忌走向黔江贬所的曲折山水险途。

我想象将来一座乌江大桥横跨两岸的样子，人们来来往往，除了来凭吊一代名相的旅人，更多的，是世代居住在乌江两岸的人。

这，或许便是陆大爷所谓长孙无忌对后人"最大的照顾"。

贞观之治，凌烟阁功臣与长孙无忌

高平原

在重庆武隆探秘地下溶洞芙蓉洞之后，我们来到江口镇。在江口镇附近的乌江边，我们看到了大船形状的无忌风帆。登船游览，才知道无忌风帆是纪念唐朝开国元勋长孙无忌（约597—659）而建的。船上耸立着长孙无忌的塑像，一副忧国忧民的形象，他是唐太宗李世民的大臣，名列凌烟阁二十四功臣之首。后因反对唐高宗立武则天为皇后，而流徙黔州（今彭水），行至武隆县江口镇被逼自缢而死，葬于乌江畔令旗山下，墓址至今保存完好。

这让我们想起参观过的昭陵，想起唐太宗和贞观之治，想起凌烟阁功臣们的功绩，特别是长孙无忌的贡献。

唐太宗和贞观之治

要了解长孙无忌的历史贡献，首先要说一说唐太宗。一年多以前，我们弟兄俩参观了昭陵，它是唐太宗李世民的陵墓，位于礼泉县东北20多公里的九嵕山上，南距西安约80公里。还参观了昭陵博物馆，对唐太宗的情况有了较详细的了解。

唐太宗李世民是唐高祖李渊的次子，生于599年。自幼玄鉴深远，临机果断，好尚武略，素习骑射。李渊为隋朝镇守一方的重臣，任太原留守。隋末农民起义席卷全国，隋帝国陷于土崩瓦解。李世民等人再三说服李渊，举兵反隋。617年，李渊攻入长安，立隋炀帝的孙子为帝。第二年，也就是公元618年，自立为皇帝，国号唐，庙号高祖。唐高祖才是唐朝第一位皇帝。但其立国之初，仅据守关中一带。四周强敌环伺，全国群雄割据。《说唐》里用"十八路反王，六十四路烟尘"形容其多。

唐建国后，李世民被封为秦王。在统一战争中，他统兵东征西讨，削平群雄，如薛举、薛仁杲、刘武周、王世充、窦建德，成为统一战争中的主要统帅。李渊称赞说"秦王有克定天下之功"。但其功勋引起了太子李建成和齐王李元吉的嫉妒，准备加害于他。626年，李世民先发制人，发动"玄武门之变"，杀死这二人，迫使李渊传让皇位。次年（627），改元贞观，是为唐太宗，唐朝的第二位皇帝。他在位23年，649年病逝，终年50岁。

唐太宗在位期间，推行均田制，府兵制（寓兵于农），轻徭薄赋，百姓安居乐业，国力日渐强盛。他还是少见的"开明之君"，能耐心接受臣僚意见，广开言路，"从谏如流"，发展科举制度，不拘一格选拔人才，政治清明，国家进入兴盛时期，空前繁荣，史称"贞观之治"。

唐太宗贯彻"中国既安，四夷自服"的方针，不轻率发动战争，但却坚决抵抗外族的侵扰。大唐击灭盘踞蒙古高原的东突厥，击败青海的吐谷浑，灭高昌（今吐鲁番），打通西域门户，设置安西都护府，辖安西四镇（龟兹、于阗、疏勒、碎叶），疆土远及中亚，保障了丝绸之路的畅通。唐太宗威加四海，被周边民族尊为"天可汗"。至于他派文成公主进藏，与松赞干布成婚的事，早已被传为历史的佳话。唐太宗开阔的胸怀，泱泱大国的风度，有利于大唐帝国成为中外文化交流的中心。玄奘西天取经到印度，也发生在这个时代。

唐太宗被公认为垂范千秋的皇帝楷模。贞观之治是中国历史上最辉煌的黄金年代，太平盛世。

唐太宗取得这样的功绩，与他善用人才是分不开的。唐太宗不像汉高祖刘邦、明太祖朱元璋那样诛灭功臣，而是善待功臣，他的陵墓昭陵就有很多跟随唐太宗打天下治理国家的文臣武将陪葬。早在汉代已兴起让功臣为皇帝陪葬的恩典。唐太宗继承了这个传统。他不滥杀功臣，而是保全功臣，与刘邦、朱元璋挨个儿收拾谋臣良将的做法大不相同，他甚至为功臣在自己的陵区预留墓地。

我们来到昭陵，下车后迎面首先是三门石牌坊，过后依次竖立着今人所雕刻的唐太宗塑像，以及旧日所留下的唐太宗昭陵碑。宽阔的参拜道步步升高，两边立着一块块石屏，黑底阴刻，镌刻着凌烟阁24功臣的画像和简介。其中不少人如今都已确认陪葬在昭陵。

凌烟阁二十四功臣

凌烟阁是唐代宫内一楼阁，唐太宗"驱驾英材，推心待士"，为怀念当初一同打天下的、治理天下的诸多功臣，公元643年，命大画家阎立本在凌烟阁内描绘了二十四位功臣的画像，画像的比例都是同真人一样大小，此即是"凌烟阁二十四功臣"。昭陵参拜道上所立的石碑，正是纪念这些辅佐唐太宗的功臣良将。

"凌烟阁二十四功臣"名单如下：长孙无忌、李孝恭、杜如晦、魏征、房玄龄、高士廉、尉迟敬德（尉迟恭）、李靖、萧瑀、段志玄、刘弘基、屈突通、殷开山、柴绍、长孙顺德、张亮、侯君集、张公谨、程知节（程咬金）、虞世南、刘政会、唐俭、李勣、秦琼。

这份名单里很多文臣武将都广为人知，比如魏征、李靖、李勣、秦琼、尉迟恭、程知节等人，都已发现在昭陵有陪葬墓。

魏征（580—643）是有名的良相，敢于向唐太宗犯颜直谏。他反复以隋亡为鉴戒提醒太宗，强调"君，舟也，人（民），水也。水能载舟，亦能覆舟"。他死后，唐太宗曾慨叹："以铜为镜，可以正衣冠；以古为镜，可以见兴替；以人为镜，可以知得失。魏征殁，朕亡一镜矣！"魏征墓碑是唐太宗亲自书写的。

李靖（571—649），字药师，三原人，是唐初著名的军事家，统兵夺取江汉流域，招抚岭南96州，灭东突厥（630），平定吐谷浑（635）。他的墓形状像阴山、积石山（在青海），凸显其卓著战功。他被后世神化，尊为战无不胜的天神——托塔李天王。

李勣（594—669）亦为唐初大将，三朝元老。其实他就是《说唐》中的"智多星"徐茂公，而且文武双全。他本姓徐，名世勣，字懋功。隋末曾参加瓦岗寨聚义，归唐后，屡建战功。唐高祖李渊赐其姓李，后避唐太宗李世民讳改名为李勣。他曾与李靖密切配合击灭东突厥，后来又率薛仁贵等将士勇克高句丽（668）。唐设安东都护府，保障了东方的安全。如今以李勣墓为中心，环墓建起了昭陵博物馆，

秦琼（约571—638），字叔宝，山东济南人，唐朝开国将领，凌烟阁二十四功臣之一，得以陪葬昭陵，墓在袁家村。他更因章回小说《说唐》而家喻户晓。侯宝林相声《关公战秦琼》说的就是他。秦琼曾追随唐高祖李渊父子为大唐王朝的稳固南北征战，立下了汗马功劳。据说，出征时，为了保证唐太宗的安全。他和另一员虎将尉迟恭常守卫在大帐门外，最后演变成了传统的门神，保护家家平安，岁岁平安。年画上常常可以看到二人威风凛凛的形象。

尉迟恭（585—658），字敬德，亦为凌烟阁功臣，受封鄂国公。他是山西朔州人，朔州还新建了一座尉迟敬德庙。后世他和秦琼一样，被尊为门神。

程知节，就是《说唐》里大名鼎鼎的程咬金，也是一员虎将。

还有一些功臣不被人熟知，这里接着介绍。

与李渊有直接关系的包括：李渊的堂侄李孝恭，女婿柴绍，表姐夫萧瑀（李渊同萧瑀的妻子是表兄妹关系）。李孝恭、柴绍自李渊起兵反隋就受到了高祖李渊的重用，尤其是李孝恭，带兵出蜀，在长江流域东征西讨，消灭了在荆州称梁帝的萧铣，为大唐打下半壁江山，战功卓著。柴绍不但自己统兵打仗，累立战功，而且他的夫人平阳公主，也自组军队，号娘子军，她曾率军驻守山西东部，著名关隘娘子关即因此得名。萧瑀曾任唐初宰相，李世民称赞他"疾风知劲草，板荡识诚臣"。

高士廉是李世民妻舅，官至尚书右仆射。史臣曰"社稷之臣，功亦隆矣"。

长孙顺德是李世民妻叔，晋阳起兵后，拜为统军，平霍邑、破临汾，屡立战功。

刘弘基（进攻长安时的先锋）、刘政会（曾留守太原）、唐俭（平叛有功，曾任礼部尚书）属于两朝元老。前二人均为李渊的旧部，后跟随李渊父子起兵，南征北战，功勋卓著；唐俭虽非李渊旧部，同李世民交情却非同一般，三人都以两朝元老的身份入选凌烟阁。

房玄龄和杜如晦在李世民称帝前已是李的心腹谋士。两人谋划策动"玄武门之变"，助李世民夺得帝位。长期共掌朝政，典章制度，亦多二人商定裁决，史称"玄龄善谋，如晦善断，当世语良相，常称房杜"。房玄龄还监修国史，写成晋、梁、陈、周、齐、隋六朝史书，共327卷，如今均列入《二十四史》。

虞世南为唐太宗身边重臣，与房、杜同属李世民的谋士集团文学馆"十八学士"，也是书法家，在贞观期间治国有功。

张公谨在大唐与东突厥战争中起到了关键性的作用。

侯君集曾带兵进攻吐谷浑、平定高昌（今新疆吐鲁番）。

段志玄是一员勇将，从李世民讨伐薛举、王世充，并参与玄武门之变。

张亮为唐初名将。在李世民争夺帝位的斗争中立功。

屈突通是一员老将，跟从李世民击灭薛仁杲、王世充，战功卓著。

殷开山是二十四人中唯一在李渊称帝时期病逝的，虽然不是两朝元老，但他跟随李渊起兵太原，后期随李世民平定王世充，从资历和威望方面入选也是理所当然。

这些谋臣猛将、文人学士都在贞观之治中贡献了自己的才干智勇。唐太宗也信任贤才，保全功臣。在24位功臣中，除了张亮、侯君集后来以反罪被诛外，其他功臣皆得善终。唯有长孙无忌的情况比较特殊，他栽到了武则天的手中。

长孙无忌为凌烟阁功臣之首

现在专门来谈长孙无忌。长孙无忌在凌烟阁功臣中排首位。他是李世民的妻兄，即长孙皇后的亲哥哥，按照传统称呼，应叫国舅，又极有谋略，是个张良、诸葛亮式的人物，为李世民的心腹。从资历方面，无人能出其右。资历、身份、拥立之功，再加上贞观时期的治理天下劳绩，长孙无忌位列第一无人敢悖。

长孙无忌，字辅机。约597年生于河南洛阳，其祖先出自鲜卑拓跋部贵族。父长孙晟，隋朝名将。长孙无忌虽出于军事世家，却好学，善于谋划。他自年少时就与李世民交好，后成为了李世民的大舅哥，更加坚定追随李世民。太原起兵后，长孙无忌经常随从李世民征伐，参与机密。秦王发动玄武门之变，他和房玄龄是主要策划和组织者，功居首位。贞观一朝，他历任吏部尚书、尚书右仆射、司空，封赵国公，与房玄龄同为宰相。贞观十一年（637），他谏止功臣世袭刺史的错误措施。他还领衔主修《唐律》和《律疏》。现存《唐律疏议》12篇（即名例、卫禁、职制、户婚、厩库、擅兴、贼盗、斗讼、诈伪、杂律、捕亡和断狱）、30卷、502条，它上承秦律，下启大明律，成为我国封建时代最重要的一部法典，唐以后的五代和宋辽金元，都基本上沿用唐律，直到明太祖时，以唐律为基础制定了《大明律》，唐律才不再通行。《唐律疏议》也是东亚著称的古代法典，日本于公元701年编成的《大宝律令》，即是仿照唐律、唐令编制的。

贞观十七年（643），太宗废太子承乾，但在魏王泰、晋王治、吴王恪之间立谁为太子问题上犹豫未定，长孙无忌以母舅和元勋的地位决策立晋王。二十三年（649），太宗病危，长孙无忌和褚遂良受遗命成为辅政大臣。太宗生前曾嘱咐褚遂良说："我有天下，多赖无忌之力。你辅政后，不要让谗毁之徒损害无忌。"足见太宗对长孙无忌的倚重。

高宗李治即位后，长孙无忌以太尉、同中书门下三品（官名，意为与中书令相同，即宰相）为朝廷首相，掌握大权。永徽四年（653），发生了房玄龄的儿子房遗爱（唐太宗女婿）谋反案，长孙无忌主持审案，他借此杀死和流配诸王、公主、主婿等亲贵十余人，进一步巩固了高宗的统治。

唐高宗李治（628—683）是唐太宗的第九子，母亲为长孙皇后，长孙无忌是他舅舅。公元649年，21岁时继位，唐高宗本人体弱多病，但运气还不错。当了34年太平皇帝。在位前期，有长孙无忌、褚遂良等能干的大臣执政，后期则由皇后武则天掌权。

武则天（624—705）祖籍山西文水，父亲武士彟曾官至工部尚书，相当于建设部长。她的出生地无记载，可能是长安，但在四川广元度过了童年，因其父曾任利州（即广元）总督，如今在广元嘉陵江畔皇泽寺，还保存着武则天的坐像。武则天出身于官宦人家，才敏捷，性倔强，善权谋，通文史，胆略过人。14岁被选为唐太宗才人，为中下级嫔妃兼机要秘书。虽然唐太宗对武则天并不感冒，但时为太子的李治却对她情有所钟，记住了这位美女兼才女。唐太宗去世后，武则天和后宫没有子女的嫔妃一样被送入寺院削发为尼。一个偶然的机会给了她出头之日。当时，唐高宗的王皇后与高宗宠爱的萧淑妃争风吃醋，于是怂恿高宗接武则天进宫。三个女人，一台宫斗戏。武则天一加入后宫争斗便身手不凡，不但弄倒了萧淑妃，还鼓动高宗废掉王皇后，自己当上了皇后。32岁的武则天，成功地踏上了她一生中最关键的一个阶梯。

长孙无忌这位顾命老臣，高宗的母舅，没想到最后却撞在武则天手里。永徽六年（655），他和褚遂良反对立武则天为皇后，未果，但得罪了武则天，使之怀恨在心。656年，武则天当上皇后以后，便开始剪除政敌。显庆四年（659）大臣许敬宗迎合武后意旨，使人诬告长孙无忌谋反。长孙无忌被削去官爵，发配黔州，途中被迫自缢，死在重庆附近的武隆江口镇。褚遂良被贬为边陲爱州（今越南清化）刺史，死在那里。

从此大唐进入了武则天当政的时代。

仙女山上的朋友们

西楠

在十天的采风过程中,除去壮丽美好的山河风景,我当然不能不提及那些与我朝夕相处的朋友。他们中的每一个人都是独一无二的。尽管有时话语不多,但我仍然记住了他们的面庞、性情、我们所曾共有的欢声笑语,以及我从大家身上所学习到的阅历与人生。

杨武能: 著名德语翻译家、歌德研究者杨武能老教授(巴蜀译翁)是此次采风活动的重要发起者之一。在短短的接触中,我感到杨老是一位重情义、热爱朋友、一生专注、严谨治学的老先生。那天在天衢公园"巴蜀译翁亭"的揭牌仪式上,杨老的发言中并未有多谈及自己的成就,却将讲话主题放在了"感恩"上,感恩一路走来曾帮助他的师友。后来参观重庆图书馆,我们有幸来到位于场馆四层的"杨武能著译文献馆",我叹为观止,心生实在的敬佩——这里果实累累的收藏有杨老毕生的著作和德语译作、珍稀手稿、墨迹、信函、他在海内外获得的勋章、奖状奖牌……林林总总的史料资料。一个人,一生中能将深爱与专注倾注于一件实实在在的事情,已非常不易;法国作家、哲学家西蒙娜·薇依(Simone Weil)说:"专注,从其最高程度上来说,同祈祷是一回事。它意味着信念和爱。"给人生做减法、学习心无旁骛的专注——这是一种毕生的修炼。

杨悦：本次同行的旅德作家、企业家杨悦女士是杨武能教授的女儿，整个采风活动从策划到组织、管理，杨悦女士非常操劳，服务并关照着每一位团友，使人看见她的大家风范和一些很珍贵的品质。我曾对杨悦老师夸赞说，她做事很有决断力，但同时给人以温暖、亲切。这方面我自认逊色，使我照见自己，了解到自己的不足。采风其中一天，因为一个小小的误会，杨悦老师屡次担心我多想、向我做解释，非常善解人意，亦显其为人的谦逊平和。撰写这篇文章时，因为一些疑问向她请教，她耐心细致地解答，言语中仍是流露出谦逊、平和，以及非常难得的对于每一位嘉宾和工作人员的尊重。我称她为"一位榜样的学姐"。

高关中：德国作家、《巴蜀译翁杨武能》作者、现任欧洲华文作家协会理事的荣誉文学博士高关中前辈，在几年前欧华作协的德国柏林年会上，只与我匆匆见过一面，未承想此次采风活动便非亲非故举荐了我，心中很感动。我对高老前辈的了解远不算多，有限的接触中感受到他博学、谦逊、务实，且关爱、提携后辈。高老的博学相信采风团内的很多朋友都有所感，交谈中总是对天文、地理、历史、风俗等如数家珍，并且旁征博引。但高老同时是谦逊低调的，很多时候只是自己默默地坐在车中一席，平和快乐地观赏窗外风景。他亦很务实，尽管已经到了不能说年轻的年纪，仍然与他寡言的兄弟高平原老师二人结伴自驾游、计划、考察、做笔记、整理、成书，包括在此次活动中大力协助杨悦老师邀请嘉宾、积极写稿、组稿……这样出色的一位老前辈仍不忘提携后辈，不仅举荐，还适时对年轻人的作品做出鼓励，一起探讨，提出适当的建议。

刘艳：来自重庆市武隆区仙女山旅游度假区管理委员会的旅游文化局副局长刘艳，她有一个好听的昵称，叫做"艳子"。"艳子"一路陪伴了我们的整个采风活动。在我的印象中，她阳光、热情、善于沟通。一次吃饭，艳子与我同桌，在我和团友们高兴地吃喝之时，艳子吃得很少，她一直在热情地向大家介绍每一道菜，特色的当地做法、当地风俗与民情等。另一次我们同坐一辆小巴，小巴在曲折蜿蜒的盘山公路上爬行，转弯太多，我已有点儿晕车。艳子却还坚持着，热情地陪伴一些想聊天的作家朋友们聊天，她希望尽力让每位朋友在路途上不感到无趣。还有更多一些时候，艳子尽她所能照顾到每位嘉宾的实际状况、感受和心情等，更不用提她在整个采风活动中所起到的重要策划、沟通接洽与实操作用了，可以说非常辛苦。

涂光明，阳光童年：为本次采风活动全程出资的"阳光童年"公司是一支专业、年轻而朝气蓬勃的团队。在与采风作家们的一次联谊活动上，来自阳光童年年轻的朋友们为大家热情地表演了唐诗宋词朗诵、茶艺、唱歌、舞蹈、小品剧等节目，并与嘉宾朋友们一起热闹地互动。虽对阳光童年的涂光明总经理了解并不多，但他当场挥毫写下一小段《爱莲说》，以及后来的欢送晚宴上所展现的书法才能，都使大家印象深刻地记住了这样一位风度翩翩、热心回报社会的儒商。

其余全程陪伴的小伙伴们：包括仙管委的贺禹、阳光童年的王智新、路璐、为大家拍摄许多漂亮照片的易然、各媒体人员在内的等全程陪伴的小伙伴们，也都同样很辛苦。他们总是尽己所能发挥着自己的所长，拿出最为阳光、热情的一面，为大家的整个旅程带来温暖和欢乐，这些都留在了大家温馨的记忆中。

喀斯特旅游集团公司：来自喀斯特旅游集团公司的两位司机师傅技术了得，当然也非常敬业，在我们采风期间起早贪黑地接送，有时在景点外等候。尤其值得一提的，是司机师傅们在乌江画廊九曲十八弯的山路上盘旋而下、平稳驾驶，高效又安全。就像司机师傅自己也开玩笑说："我的技术肯定没得问题！"性格平和而可爱。

重庆市武隆区区委常委、政法委书记马奇柯，原先兼任仙女山旅游度假区管委会党工委书记、主任：据杨悦老师介绍，马奇柯书记一直以来都希望杨武能老教授（巴蜀译翁）积极宣传武隆。于是杨老倡议举办了这次活动，让更多的人了解武隆。马奇柯书记对宣传推广武隆与仙女山特别重视，委派了刘艳副局长与杨悦老师沟通，极力满足了亲和而严苛的杨悦老师提出的诸多标准和要求，力求为作家们提供优质的体验和创作环境，为此次活动的顺利举办保驾护航。"可以说，没有马书记的全力支持与全然信赖，就没有此次活动。"杨悦老师这样说。

采风团内的所有其他伙伴：我已说过，我当然也记住了每一个人，他们独一无二的模样和性情。全程不辞辛劳为重庆武隆仙女山和大家拍摄漂亮照片的徐崇德、张晓晖两位摄影家，歌声优美深沉的老木、卢晓宇，黄雨欣精彩的腰鼓表演，渊博而谦逊的林黛嫚、郭琛、孙小平、庞惊涛，热情而风趣幽默的陈瑞琳大姐、卢青、梁勇，创作果实累累的朵拉、周励，宛若少女般身材曼妙又性格天真的谭绿屏、身轻如燕、走路总是健步如飞的朱文辉,爱玩闹却做事也很认真的赖柏逸、快人快语的何德惠(海娆)、倪立秋等所有老师朋友。感谢他们在采风全程中对于我和鲁鱼的关照、耐心与包容。

感谢所有的遇见和从中产生的情谊、阅历,这些都将成为人生中的宝贵财富。

友谊地久天长
——幸会"阳光童年"

〔法国〕良辰

旅居法国多年,经历颇多,总有写不完的感慨,道不尽的故事。于是留法的"酸甜苦辣"就曾"泛滥"在中英、中法、中文杂志上。在校友群里喜读杨悦校友的文章,共鸣颇多,于是校友晋升为笔友。况且早就闻其父杨武能教授的大名,于是今年4月下旬就兴致勃勃地参加了父女俩在重庆的新书发布会,第一次听说了杨教授的老家武隆,也第一次见到了杨教授的故乡人。

今年8月下旬又一次回国,接二连三地参加了三次中法经济文化交流活动,十月初正准备打道回法国,忽然收到杨悦女士的邮件,邀请我参加武隆采风活动。眼看签证就要到期,我不得不婉言谢绝。

又过了一天,再次回味邀请函上的文字:"我们诚邀您在满载硕果的金秋莅临美丽的仙女山,一起游览、共同吟诵仙女山的自然风光和人文风情。"武隆仙女山终于让我心动了,更准确地说杨武能教授的故乡让我心动了。杨武能教授曾经是四川外国语大学的一个"传奇",能到"传奇"的老家看看,脚踏养育"传奇"的土地,那该是一件多么有意义的事啊。即便无法参加整个采风活动,至少可以参加头几天的活动吧?这样我就改变主意,迈入了"2019世界华裔文艺家中国重庆武隆仙女山采风"的行列中。

原来这次从10月10日—17日的采风活动是由中共重庆市武隆区委宣传部、重庆市武隆区仙女山旅游度假区管委会、重庆市武隆区文学艺术界联合会、重庆武隆喀斯特旅游产业（集团）有限公司联合策划的，而重庆市阳光童年旅游开发有限公司提供了经济支持。

重庆是我读本科的地方，也是我开始工作的地方，七年的重庆时光一晃而过，留下了我的苦读、我的初恋、我的教书育人、我的考研成功的喜悦。1986年金秋，我欢呼雀跃地去了北京，把重庆永远地抛在了脑后。当年在重庆时，我没有听说过武隆，更没有听说过仙女山。

登记参加这次活动时才得知，武隆离重庆还有130多公里，是重庆的一个后花园。原来武隆拥有世界罕见的喀斯特自然景观，包括溶洞、天坑、地缝、峡谷、高山草原等。如今的武隆已经独揽世界自然遗产、国家5A级旅游风景区、国家级度假旅游区三块金字招牌，这也是我这位海外游子没有料想到的武隆奇迹。

重庆，我又一次回到您的怀抱。10月10日下午两点，我兴奋地蹦出了抵达重庆的动车，重新踏上了重庆的土地。车站门口热情洋溢扑面而来。一位年轻女士手拿迎宾牌，对我笑脸相迎，原来是仙女山下凡的美女。会合先期到达的捷克作家老木和澳大利亚作家倪立秋后，我们坐车直奔仙女山。美女一路对我们关心备至，问寒问暖，让我们的心暖洋洋的。细聊后才知道，她是阳光童年旅游开发有限公司的一名员工。她和她的同仁们为了迎接我们的到来，早早就等候在重庆的火车西站、北站及重庆机场。

我从德国华裔作家杨悦女士的微信朋友圈里欣喜地看到两张照片。在一张照片上，几对年轻帅气的青年男女西装革履，列队欢迎正从大巴车上下来的华人作家。

在另外一张照片上，同样的帅哥美女和作家们合影媲美。透过这些年轻人的一举一动，一颦一笑，我感觉到"阳光童年"对海外作家们采风的重视，更感受到企业的组织性、服务性、朝气勃勃性。

作家鲁易的笔直接触及阳光童年的工作人员："武隆车站不大，在出站口，第一眼看见前来接站的阳光童年工作人员，热情寒暄，提醒我们山上山下温差较大，等会儿上山，一定要穿好衣服。我不好意思让两个年轻女孩替我们拿行李，执意自己提着其中最重的一只箱子……两个年轻姑娘说她们都是阳光童年的工作人员，几次询问有没有晕车，提醒司机开慢一点。大约经过半个小时，顺利抵达位于仙女镇的琥珀酒店，陪我们办好入住方才离开……"

10月10日下午，我们采风团的一行25人陆续抵达武隆，入住仙女山度假区隆鑫琥珀酒店。既然下榻在仙女山度假区，那么参观度假区本身自然就被纳入我们第一天的行程之中。

"我们在仙女山国家级旅游度假区参观。正是雨过天晴，放眼望去，远山层峦叠嶂，山间云雾缭绕，半山腰的中式、法式、西班牙式等多种风格的别墅群在云中时隐时现，疑似仙境降至人间。"摄影家徐崇德先生用他的文字和照片记录了11日上午采风团的活动情况。

徐先生浪漫的文字并不能掩饰海外作家在第一天参观行程中的内急。行程中，好几位作家要求下车解决"内急"问题。车终于停在了一排两层楼房的前面。我同样外表安详，内心焦急，直接冲入一楼大厅。厅内排满了年轻人，他们正在接受礼仪培训。他们面带微笑，用手指着前方，随着教务人员标准的普通话齐声重复："往前走,然后右拐,您当心!"我们的从天而降并没有打乱他们的专注。只不过正好给站在一旁的待训人员一次活学活用的机会。他们热情地引路,很快把我们带到我们大家都期盼的地方。可惜解决内急问题的地方太小,他们又很快让我们分流到不同的地方。其态度和蔼可亲,其动作娴熟优雅,给我留下了难以磨灭的印象。回到欧洲询问武隆仙女山管委会的负责人艳子,才发现这些年轻人的真实身份。原来那里正是"阳光童年"的一个培训点,那天遇到的年轻人全是"阳光童年"的员工。

10月12日下午,我们走进仙女山度假区"阳光童年"项目园区。车停在了半山腰,山对面正在修建的一群建筑体映入眼帘。何为"阳光童年"项目?项目的目的是什么?"阳光童年"到底有什么样的企业文化,我心中自问。"阳光童年"的解说员向我们娓娓道来。

原来"阳光童年"是湘隆集团全资打造的自持性文化旅游项目,总占地面积约6500亩,它集生态观光、文化娱乐、休闲度假、康体养生、商务会议等功能为一体。"阳光童年"将倾力营造温馨的家庭氛围,以亲子互动为核心,着力打造高品质、沉浸式、具有特色吸引力的文化旅游项目。融文化、教育和价值观熏陶为一体,为青少年教育积极探索新思路。

"阳光童年"因地制宜打造七国文化主题驿站,分别是聚焦"传统文化"的中国驿站、"童话文化"的丹麦驿站、"冰雪文化"的瑞士驿站、"动漫文化"的日本驿站、"百鸟文化"的巴西驿站、"郁金香文化"的荷兰驿站和"未来文化"的美国驿站。"阳光童年"原创设计以不同年龄段客户的"爱好"为切入点,融合多国顶尖规划设计团队提供的创意支持,提取七大国家的文化资源、风土人情、环境特点、美食元素、色彩要素等，将绿色、科技、健康融入其中，以快乐学习、快乐成长为理念，通过各种游乐方法来激发孩子们无限的创新潜能，在度假之余兼具学习意义。

"阳光童年"秉承高起点、高素质服务理念，待客人如亲人，为客人提供真诚关怀和卓越服务，赋予客人最温馨、最快乐和最有意义的美好时刻。为此，公司选送人才远赴欧洲学习先进服务理念，并且招募300位高素质员工接受国内同行高标准服务培训。

"阳光童年"一期中国、日本、荷兰、瑞士四个驿站正如期推进，集团公司倾全力支持，以期早日对国内外游客开放，为他们提供独特的沉浸式体验和卓越服务。"阳光童年"必将以重庆最靓丽的名片展现在世人面前。

据悉，"阳光童年"还发起了"与美相伴，向美而行"的环保公益活动。为体现企业的社会责任和践行新时代的生态文明建设精神，阳光童年自发组建环保志愿队。通过在游客集聚的区域开展"净路"活动，通过捡烟头、废纸、果皮、塑料瓶等身体力行的"小事"唤起游客的环保"大意识"，增强其文明旅游意识，共同营造一个"水清、天蓝、林绿、路净"、人与自然和谐的美丽武隆。志愿者们通过"净路"而达到"净心"。

"阳光童年"志愿者全身心的投入鼓舞了当地居民和游客，激发了大家环保的积极性，点燃了他们争做"生态文明使者"的激情。良好的环保习惯悄然形成，旅游区内乱扔垃圾的现象明显地减少。原来仙女山景区干净的环境直接与"阳光童年"志愿者们的环保公益活动有关！

当天下午，我们有幸与"阳光童年"的员工进行了诗歌演颂交流会，品尝了"阳光童年"为我们准备的文化盛宴。

"阳光童年"的一位仙女飘然而至，茶艺表演就此开始。在柔美的传统音乐声中，在精心营造的优雅环境氛围中，仙女通过茶叶冲泡技艺的形象演示，艺术地展示泡饮过程，让海外文艺家们得到美的享受和情操的熏陶。

《游山西村》《陋室铭》《将进酒》《观沧海》《龟虽寿》《念奴娇》《破阵子》《满江红》《沁园春》等一篇篇优美的诗词文章从美女帅哥的口中流淌出来，如大江东去，如潺潺流水，把我们带回唐诗宋词的国学时代。

中国风舞蹈"玉生烟"、传统舞蹈"落花"让我们欣赏到美女们优雅飞逸的舞姿。仙女山不仅仅有美丽的山，更有那长袖当歌的仙女。

中国风歌曲合唱让我们时而欣赏到"阳光童年人"的引吭高歌，时而欣赏到"阳光童年人"的低头吟唱。那是一个刚强和柔美声音结合的音乐盛宴。

"孙悟空三打白骨精"的节选表演更是让人忍俊不禁，让老当益壮的海外文艺家返老还童。

唐诗宋词朗诵加书法表演独具匠心，更是声音和形体的完美结合。这一切都无不折射出"阳光童年"企业文化的文艺性。

来而不往非礼也！"阳光童年"文艺骨干的才艺表演感染了海外文艺家们，让其啧啧赞叹，让其才思涌动。有的诗兴大发，有的歌喉发痒，有的画笔出鞘。旅德作家杨悦一马当先，即兴朗诵唐诗《春江花月夜》，让春江流入武隆的秋水之中。

德国另外一位华裔作家小宇一曲老歌唱出海外游子对故乡的思念之情。

来自马来西亚的画家加作家朵拉即兴作画，表现出"一支笔，八条鱼"的画家天赋，此"金鱼戏水图"寓意深远：远方客人来到仙女山，宾至如归，如鱼得水。"阳光童年"依山傍水，欣欣向荣，一"发"不可收拾。

"阳光童年"的总经理涂光明更是临场发挥，挥毫抛字，执笔有声，与朵拉老师的"鱼画"相映成趣。这一系列的集体互动获得了啪啪啪掌声的回应。

是什么样的人在领导这个朝气勃勃、多才多艺的年轻团队？是什么样的人在赞助海外作家的武隆写生活动？我如获至宝地挖掘到领队人的历史。涂光明，墨轩堂主，号松雅居士，湖南省金融书法家协会主席。自幼临摹诸家，渐进钟王颜柳，勤研二王笔墨，主耕"飞白大篆"，自成飞白一体。"浑朴遒劲，雄风磅礴"之金石古气，曾多次入选入展全国书法展览，作品在海内外广为流传。难怪涂总应邀现场献字时显得那样胸有成竹。

我自幼喜欢唱歌，决定在此时此刻为大家献上一首老歌。老妈当年"土改文工团团员"出身，时常演白毛女，也哼唱"天上布满星，月牙亮晶晶。生产队里开大会，诉苦把冤伸"。在老妈肚子里耳濡目染，我熟谙这首老歌。本来想"不鸣则已，一鸣惊人"，也让"阳光童年"的年轻人忆苦思甜，接受历史的洗礼。无奈此歌歌词与曲调都与现场氛围不符，故在杨悦作家的建议下临时更换歌曲，由此电影《上甘岭》里那首脍炙人口的老插曲《我的祖国》响彻大厅："一条大河波浪宽，风吹稻花香两岸，我家就在岸上住，听惯了艄公的号子，看惯了船上的白帆！"声音从单声变复声，从复生变众声："这是美丽的祖国，是我生长的地方，在这片辽阔的土地上，到处都有明媚的风光……"嘹亮的歌声荡涤大厅，掀起了大合唱的高潮。

歌声中能读到海外游子对祖国的眷念之意，还能读到历史的轮回，如今的中美贸易战难道不是又一场新的上甘岭之战？"如果那豺狼来了，迎接它的有猎枪！"合唱声由"抒情""雄壮"变得更具"战斗性"。

"我家就在岸上住，听惯了艄公的号子，看惯了船上的白帆！"我的家到底在哪？其实早在三十多年前，西南师大中文系的翟时雨教授就用标准的普通话向我们宣布了标准答案。当年抗美援朝，志愿军大量来自四川和重庆。而这些志愿军大多居住在长江、嘉陵江、乌江两岸，故才有"听惯了艄公的号子，看惯了船上的白帆"一说。

重庆籍美女作家何德惠（海娆）来自重庆，又于20世纪80年代中期毕业于西南师大中文系，我当年任教西南师大外语系，常去中文系旁听翟时雨教授的现代汉语课，我当时一定和海娆同堂上过课。当年同堂不相识，如今相聚仙女山，一次多么幸运的巧遇。

作为巴山蜀水的女儿，多年后从德国再次返回重庆采风，她激动不已，心潮澎湃。据杨悦作家说，这位多愁善感的女作家为故乡的日新月异，为故乡人的热情好客，而彻夜难眠。

她为家乡人朗诵了自己入住仙女山后从灵魂深处井喷的诗作，她眼睛发红，嗓子梗塞，泪洒舞台。那是海外游子思乡的泪，那是对故乡感激的泪，终于在多年后洒落在重庆仙女山。她的泪水击中了所有海外文艺家的心，在文艺家们的心灵深处溅起了泪水的涟漪。

除了杨悦、小宇、海娆外，高关中先生、老木、雨欣、赖柏逸、倪立秋、良辰等也都纷纷登台，或即席发言，或即兴表演，与"阳光童年"的帅哥美女琴瑟相伴。涂光明总裁在他的结尾发言中道出了结论:"这是一场丰富多彩的文化交流的盛宴!"

"阳光童年"员工们的才艺表演、"阳光童年"陪同者们对海外文艺家们的无微不至的关怀、"阳光童年"环保志愿队的示范行为无不体现着"阳光童年""以人为本、以勤为业、求真务实、开拓创新"的企业文化精神。

太多的乡情,太多的感慨,太多的激动,太多的故事……"仙女山""阳光童年"将永远萦绕于海外文艺家之心。

一曲古老的苏格兰民歌 *Auld Lang Syne* 让海外文艺家们与"阳光童年"友谊地久天长。我们将与"阳光童年"永远手拉手,心连心。

Should auld acquaintance be forgot, and never brought to mind?

Should auldacquaintance be forgot, and auld lang syne?

For auld lang syne, my dear, for auld lang syne,

we'll take a cup of kindness yet, for auld lang syne.

And surely you'll buy your pint cupand surely I'll buy mine!

And we'll take a cup o' kindness yet, for auld lang syne.

We two have run about the slopes, and picked the dasies fine.

But we've wandered man ya weary foot. Since auld lang syne.

We two have paddled in the stream, From morning sun

till dine;

But seas between us broad have roared, since auld lang syne.

And there's a hand my trusty friend! And give us a hand o' thine!

And we'll take aright good-will draught, for auld lang syne.

怎能忘记旧日朋友,心中能不怀想,旧日朋友岂能相忘,友谊地久天长。

我们曾经终日游荡,在故乡的青山上,我们也曾历尽苦辛,到处奔波流浪。

友谊万岁,朋友友谊,万岁举杯痛饮,

同声歌唱友谊地久天长,同声歌唱友谊地久天长。

我们也曾终日逍遥,荡桨在绿波上,但如今却分道扬镳,远隔大海重洋。

让我们亲密挽着手,情谊永不相忘,让我们来举杯畅饮,友谊地久天长。

友谊永存,朋友,友谊永存,举杯痛饮,同声歌唱,友谊地久天长。

良辰,先后毕业于四川外国语大学、北京外交学院、巴黎政治学院、巴黎高等管理学院。用英、法、中三语写作,反映其海外生活的系列故事连载于《海外英语》《英语二十一世纪报》《法语学习》《世界博览》《南方周末》《羊城晚报》等报刊上。

"阳光"风采

小宇

这里说的"阳光",并不是天空里那太阳照射下来的阳光,而是一家从老总到员工个个都有高素质,深厚文化修养的,给人以阳光般温暖的重庆市阳光童年旅游开发有限公司。

这次,他们承办了我们采访团的接待任务,让我飞机一降落,就切切实实感受到了第一缕"阳光"。因为我之前提供了航班到达时间,我刚落地,还在等取行李时,就接到电话,一个彬彬有礼,朴实亲切的男声传来,确认我已经到达,告知我从哪个门出去,有人在出口接机等,让刚到异地的我顿生踏实温暖的感觉。一到出口处,就看到接待牌子,有几个身着藏青色制服的女孩子迎上来,她们都梳着空姐似的发髻,白皙的皮肤,姣好的面容,甜美的微笑,苗条的身材,配上淡妆更显靓丽,她们问候我,这个要帮我拉箱子,那个要帮我背双肩包,搞得我太不好意思了。我说:"谢谢你啊小妹妹,你这么纤弱,背包就我自己背吧。"她们安顿我在机场贵宾室先休息,问寒问暖,送来咖啡热茶,让我觉得这些年轻人的情商好高啊,虽然年纪小,但照顾人很周全。到下午等齐所有机场到达的采访团成员,他们在送我们去武隆仙女山的大巴前排成两排,摆出非常漂亮的标准整齐的迎宾姿势,让我们享受高礼遇的氛围,更看出他们如空乘人员般的训练有素。后来了解到,这些有中专到大学学历的年轻人,虽然才进公司一年,但已经接受了严格的专业的一系列航空礼仪培训、酒店客房服务培训、餐饮服务培训、厨房菜品研发等，虽然他们基本都是公司将来的管理层。

全程陪同我们的该公司两位年轻人路璐和王智新，聪明，能干，勤快，与仙女山旅游度假区管委会年轻有为、多才多艺的旅游文化局刘副局长和工作人员小贺一起，把25个人的团队计划中和计划外的杂事安排得妥妥帖帖，一路上走山路爬台阶的野外采风很多，又几乎每天下雨，他们都要照顾关心着前前后后的人。路上小王用车上的话筒，为大家清唱了那首音乐家专门为武隆量身定制的《武隆行》，他唱得如此声情并茂，虽然话筒音质不如演出用的高级，他唱到高音处也有点紧张沙哑，但丝毫不影响我们第一次听了这首歌后在脑海中留下的独特韵味和深刻记忆。以至于后来播放专业歌手的唱片时我都有点不习惯了，感觉还是车上第一次听到小伙子无伴奏的"原唱"更有味道，直达人心，虽然他的唱功技巧不如专业歌手，但感情朴实真挚。随着他的歌声，我们仿佛又跟着他们走在天坑地缝，芙蓉洞的台阶上，再次被震撼和感动着。而某天跟我同坐的路璐，不仅美丽可爱，也有很多才艺，虽然在车上没有显露，但我们在与他们公司的联欢会上欣赏到她婀娜的舞姿，她透露了还会弹吉他，并且在酒店客房服务比赛中成绩优异，真是能文能武，工作和业余爱好样样强。

我起先以为他们俩是阳光童年里特别挑选出来的优秀员工，是凤毛麟角，没想到那天与"阳光童年"的员工一起联欢后，大概所有采风团的人，尤其是我，都被惊到了！从娴熟优雅的茶道表演，到书卷气浓浓的唐宋诗词朗诵，再到幽默诙谐的穿越小品，和娇媚飘逸的舞蹈，激情澎湃的男女声二重唱等，所有节目表演都像模像样，不输专业演员，特别是每个节目都有大屏幕投影出节目名，表演者，诗词原文，配着图文并茂的优雅画面，还有背景音乐，演出服装，道具等，看起来很完美到位。据悉，几乎所有员工都参加了表演，而且他们并没有专业老师来公司指导，都是他们自己在业余时间集思广益，策划编排的，可见这家公司员工的文学，文艺修养都很高，很均衡。中间还有一个小细节，一直温暖着我，提醒着我要把它写出来。我当时带着自己的保暖杯，趁联欢会开始前，想出去倒掉剩余的咖啡，重新装茶。当我起身时，一位年轻姑娘过来问我，然后说她去吧。我想客随主便吧，就让她代劳了。一会儿她拿来的保暖杯不仅没了剩余的咖啡，还帮我把之前杯口留的茶垢口红印都洗得干干净净，让我觉得很不好意思，我甚至因为眼睛关注着舞台而没有看清是哪位女孩这么勤快细心。这件小事，肯定不是领导关照的，就是说这位工作人员完全是"眼睛里看得见事""帮忙帮得彻底"的素质让她关心着，忙碌着她的分外事。

最后，公司总经理涂光明上台，他一身休闲平常打扮，夹克布裤，裤子还是膝盖边有大口袋的那种，一点不像电影里常见到的总经理形象，而一副眼镜和沉稳的语调让他备显斯文儒雅。他在商不言商，而是秀书法，当场挥毫泼墨，在马来西亚书画家兼作家朵拉老师现场作的绘画边，挥笔题字，中、马画家、书法家合作，相得益彰，让我们大开眼界，一个旅游公司老总，他业余爱好的水准已经达到了专家级别，他曾是湖南省金融书法家协会主席，现在为了工作的需要，离开家乡，来到山清水秀，也有与家乡相似的辣子吃的武隆仙女山，协会主席不担任了，可对书法艺术的热爱和坚持没有半点放弃。

在武隆最后一晚的联欢会上，涂总的书法秀让晚会达到了高潮。这次他现场写下的字不像前次联欢会上写的那么娟秀小巧，而是在一米多长的宣纸上遒劲有力地挥洒，在其他人的表演声中，他可以不受干扰，屏气敛息，依然如行云流水，挥毫疾书，一气呵成！他还告诉大家，没有拿到现场作品的也不必担心，都有礼物！原来他知道晚会现场来不及写那么多，已事先从公司仓库找出自己以前写好裱好的作品。最后25位采访团成员每个人都得到了涂总的墨宝！大家兴奋加钦佩地展开他送的礼物，排在一起照相，顿时浩浩荡荡成了一片字海纸墙，蔚为壮观！

一个旅游发展公司的老总，到处写书法，乍一看好像跟他的公司业务风马牛不相及，但仔细想想，真太有关系了。"阳光童年"不是一个普通的带人游山玩水的旅游公司，而是一个以文化旅游特色来吸引游客的公司，主要投资方武汉湘隆房地产开发有限公司大手笔投入了30亿人民币，应该是非常慎重地选择了合适的总经理。而涂总的文化修养正符合文化旅游项目的开发，否则如何让一个不爱好文学艺术，没有文化修养的人搞文化旅游项目，让投资回收并且盈利呢？

我们去看过"阳光童年"的工地现场，远远眺望山坡对面的山上，只有一幢正在建造的大楼，6500亩的区域内还看不出此项目的其他建筑，还真好奇他们如何能在一年里让七个国家的驿站在世人面前惊艳亮相。但看了他们的宣介资料后，还是非常有信心！那个阳光童年的项目，打造七个特色国家的文化驿站，不是他们自己臆造的，而是前期经过了大量的分析认证，已经准备了四年之久！公司跟驿站主题国专家探讨，还把公司里一些名校招来的高材生送到荷兰，瑞士等国去学习，他们学习了回国再培训公司其他的员工。他们要让进入驿站的游客，如同到了那个所在国，进行了一场特色文化之旅。这个项目特别适合带着孩子的爸爸妈妈、爷爷奶奶们，他们不必费钱买国际机票，费心办护照签证，省去长途飞行的劳顿，在武隆仙女山看过震撼人心的大自然美景，辛苦走了几千级台阶后，放松身体，休闲度假一样再来这里，作一回异国情调浓郁、文化感受强烈的体验。

虽然那七个驿站还在建设之中，但我们从项目所属公司老总到员工总体表现的高素质和方方面面展示的靓丽风采来看，完全相信，不久的仙女山，会多出一个与武隆山水一样响亮的名字和令人流连忘返的地方："阳光童年"！

相约金秋

涂光明

大约十几岁青春萌动的时候，一本薄薄的小册子，几句类似"哪个少年不多情，哪个少女不怀春"直击魂灵的语言，一下子把我和《少年维特的烦恼》这本德译小说紧紧地联系在一起。当时年轻，读这本书，多少有点"扮文学、赶时髦"的味道，也没读那么深刻。但译作者杨武能先生却一下子成了我年轻时文学梦的偶像。

我是相信缘分的，特别是到了仙女山，仙气缭绕，紫气云藏，如此祥瑞之气，一定有"他乡故知"之遇。

果然，一个偶然的机会，马奇柯先生无意间谈起武隆籍著名翻译家巴蜀译翁杨武能老先生到了山上，一下子让我兴奋不已。于是，在武隆文友们的张罗下，我很快在富雅云端见到了仰慕四十余年的文学偶像巴蜀译翁杨武能老先生。

与杨老先生也算是忘年之交吧，可能是由于开发阳光童年文化旅游项目的原因，见面后倒是谈文学不多，谈武隆旅游开发，谈旅游与文化融合比较多。八十多岁的杨老先生思路敏捷、观点前瞻，一点不输年轻人。他的很多观点和想法，为当地和企业的文化旅游提供了很多极具市场意义的思路和点子，也进一步开阔了我们开发文化旅游的视野。

今年春节前，杨老先生特意打电话给我，告诉我世界艺术家采风期间文艺家们创作的文字和摄影作品登上了海内外的许多重要媒体，二十多位艺术家的40多篇文章和照片已经整理编辑出来，准备出一本文集，希望我能代表承办方写个序。

杨老先生的抬爱着实让我为难了一阵子，我是搞书法的，也不曾写过序，何况是为这群"群贤毕至，才高八斗"的秀才写序，这可真真切切是"秀才面前耍诗文"呀。好在采风期间仙女山上几次活动下来，彼此也不陌生了。于是索性麻着胆子写了这段文字凑凑兴。

这次相约金秋的艺术家采风活动，一开始就拟定在10月10日左右，中途不曾有过变动。当时我们还觉得过了山上的旅游旺季，会不会显得清淡了些。但实际效果却淋漓尽致地展现了采风艺术家们不同寻常的视觉和文采，展示出一个连我们都不曾深刻考究的"薄雾冥冥，冷艳神秘"的仙女山新形象。浏览这本集子，给我最直观的印象是又给了我"一个崭新视角下的仙女山"。也许是我们在山上待久了的缘故，真是有些忽视了仙女山的真面目和内涵了。艺术家们陆陆续续在媒体上发表的游记、诗歌，真是令人兴奋不已。

所以，几次到区委遇到石强祯部长等领导同志，谈起这次世界艺术家采风活动，大家都赞叹不已，我也是极力推荐把采风文集编辑出版。

这次"金秋之约"世界艺术家采风活动得以圆满成行，要得益于马奇柯先生，他是一位非常敬业、儒雅的地方官员，具有敏锐的观察力和市场意识，在我们三人多次闲聊的基础上，他很快筛选出了这个宣传"撬动武隆"国际旅游度假村的文化融合和传播的机会。于是，世界艺术家采风活动在杨老和马奇柯先生的精心策划下，相约金秋，于2019年10月10日，来自美国、德国、法国、捷克、瑞士、澳大利亚、马来西亚、中国台湾等12个国家和地区的25位华裔作家、艺术家，如期来到重庆，来到武隆，来到阳光童年，圆满开启了"2019世界华裔文艺家重庆·武隆·仙女山采风活动"。

为搞好这次"金秋之约"的世界艺术家采风活动，阳光童年配合主办方，尽可能以旅游企业的专业素质，以文化旅游企业的文化素养，努力展现武隆国际旅游度假村的文化厚度和武隆现代文化旅游企业的新格局，努力给来自世界各地的艺术家们一个更加丰富多彩的"广角镜头"，并通过他们向世界展示一个不一样的武隆，不一样的阳光童年。

采风期间，艺术家们见多识广、才华横溢，给我留下了十分深刻的印象。看到大家意气风发，文情并茂，油然觉得如此异彩纷呈、激情四射的文化聚会和思想融合，不找机会学习交流一下，实在有些可惜。于是利用休息时间策划安排了两个小活动：一是下午茶音乐会，二是欢送联欢会。

那天下午茶音乐会，我是临时赶过去的，也没作任何准备。当时朵拉老师受邀应众挥毫的墨色金鱼小品，非常地恬静、美丽，让人一眼就爱不释手。正巧朵拉老师又欣然邀请我题写字款。于是，我也顾不得涂鸦会否破坏这幅即兴之作的完美，随手题上了周敦颐《爱莲说》中的一句诗文。且不说水平高低，就这种如约的自然、默契，哪像是刚见面不几天的陌生人，俨然已是相约多年的老朋友了。特别是临别那天晚上的欢送联欢会，真有点"追攀更觉相逢晚，谈笑难忘欲别前"的感怀呀。

还有件不得不提的欣慰之事：10月16日，仙女山景区天衢公园举行"巴蜀译翁亭"揭牌仪式。其中亭额上"巴蜀译翁亭"牌匾和立柱两侧的楹联"浮士德格林童话魔山永远讲不完的故事；翻译家歌德学者作家一世书不尽的传奇"，均由我怀着对杨老先生的崇拜和敬仰，酝酿了几个月才完成。之所以如此慎重，是深感杨老先生孜孜以求几十年，迄今出版各种版本的译著100余种，近年又荣获中国翻译界"中国翻译文化终身成就奖"的最高奖项；且老先生对武隆家乡的发展还丝丝牵挂于怀，这种人格、这种文化、这种厚德，用什么样的书法形式才能更好地体现杨老先生如此厚重的文化贡献？思来想去还是确定用遒劲古朴、字如金石的飞白大篆。在得到杨老先生首肯后，沐手完成了这幅飞白大篆的匾额。可以讲这幅作品也是凝聚了自己多年的功底和沉淀，用心写就的。目前书法界写飞白大篆的不多了，我致力于飞白大篆研学几十年，并得到著名金石书法家李立老师的亲授指点。由此能为自己崇拜的偶像写就这幅牌匾，着实令人欣慰。

这次相约金秋的世界艺术家采风活动虽然已经结束，但艺术家们"广角镜头"里的画面、故事，随着春天的到来，已在世界的广阔春天里开放。待来年我们再次相会武隆，再次相会阳光童年，一定会有如同回味当年"初恋"般的意犹未尽。因此，我们一起期待：待来年阳光童年山花烂漫的时候，我们再聚仙女山，再聚阳光童年。

有一位老人,住在仙女山!

〔美国〕陈瑞琳

这是2019年9月的最后一天,我站在古城西安的朱雀门外,等着漫长的红灯闪绿。都说时间如梭如箭,但这感觉里世界上最慢的时间就是前面那个红绿灯。藏在南大街粉巷里的火车售票点并不远,因为体胖怎么也走不快,空气里混杂着秦砖汉瓦的味道,还有童年时就熟悉的沿街美食,更让我的脚步彳亍缓行。这个秋天,好像有一场大戏将要开演,而我,正在走向那个窗口。

终于到了,顾不上擦一把脑门上的汗,赶紧掏出护照和钱包:"姑娘,我要买一张去武隆的火车票,就是重庆旁边的那个武隆!"卖票的姑娘忽然抬头白了我一眼,意思是我后面的话完全多余。也是,武隆对我很陌生,但是卖票的自然知道。拿到票的那一刻心里竟然有些激动,没人知道我的狂喜,忍不住连说了三声谢谢,那售票的女子又白了我一眼。

手里捂着车票,又穿梭在人流中,任由脑海在时空里穿梭。想起1999年的第一次回国,最大的喜悦是走进一家新华书店。出国七年,"饥饿"的我除了想念家乡的羊肉泡馍,就是新华书店。那一天我不知道在书店里淹留了多久,很多书买不走,就坐在书店的地板上读。最喜欢外国文学的部分,一抬头,竟然看到了安徽文艺出版社1998年出版的《浮士德》,这是被誉为国内最好的《浮士德》版本,这部被歌德写了64年的经典巨著,我捧着书爱不释手,只有走过了千山万水的人，才会读懂《浮士德》，才会知道人类永恒的痛苦情感，无论是理性的科学还是感性的审美都无法满足人类的需要，现实与精神则永远在交战。那一天我走出书店，天上已是星斗，我第一次知道了一个翻译德国文学的中国人，他的名字叫杨武能。我绝对想不到，当年那个印在书上遥远的人在2019年的这个秋天会出现在我的面前。而这一切，正与我手上的这张火车票紧紧相连。

出发的一早非常顺利，坐在去重庆的高铁上，回忆起2019年的神奇。春末的五月，从美国飞去德国参加欧洲华文文学国际研讨会。在歌德的故乡法兰克福，见到了一位可爱的重庆籍女作家杨悦，茶歇闲聊中惊诧地发现她的父亲就是我多年在念想的杨武能教授。杨悦热情地邀我去她的家乡武隆，没想到这个春天的约定在秋天就实现了。更没想到的是，老朋友高关中先生从德国发信给我，告诉我一个大喜讯：就在武隆的仙女山，特别为杨武能教授建造了一个译翁亭，还要我在揭幕盛典上代表海外作家致辞。

窗外是巴蜀山川流动的风景，这竟然是我第一次远下西南。在曾经的记忆里，山城的重庆似乎与烟雨的民国相连，总让我想起革命者的勇敢、特务的密布、大轰炸的惨烈，近年来听说飞速发展，那虎踞龙蟠的多层高架桥，一不留神走岔路就会变成重庆一日游。我在猜想重庆的周边，一定是崇山峻岭，最适合游击队出没。武隆，这个名字很庄严霸气，但也是第一次知道。好在我心里向往的并不是山水，而是渴望去见那位住在武隆山上的老人，他已经在我的心里住了20年，今生今世，我真的能走到他的面前。

因为在重庆转车，到达武隆已是傍晚时分，接我的是一个叫小贺的姑娘，因为接近饭点，她先带着我进了武隆的老城区用餐。看着两旁的街景,我心里有了几分凉意,远处是叠嶂的山影,城里的簇新建筑并不多,莫非武隆的发展还路漫漫其修远兮?小贺看出了我的疑虑,叫我别急。晚餐后司机带我直奔仙女山,走了一段盘山路,我心里更慌了,山上乃陡峭之地,更难建设,莫非今晚要驻扎在寒庙草庵?小贺赶紧说:"我们西南的山很绝妙,反而到了山顶,你会看见大平原!"刚刚过了半个小时,我便睁大了双眼,连嘴巴也张大了:眼前何止是大平原,而是拔地耸起的一座美妙新城!我使劲揉了揉眼睛,这不会是幻觉吧,难道我真的进了仙女魔法的童话世界?小贺一笑:"你今晚就住在童话世界里!"

小贺的话不假,流光溢彩的仙女山,因有一峰酷似翩翩起舞的仙女而得名,海拔超过1200米,正在被一个叫"阳光童年"的旅游开发公司打造出世界七国的文化主题驿站,分别是"传统文化"的中国驿站、"童话文化"的丹麦驿站、"冰雪文化"的瑞士驿站、"动漫文化"的日本驿站、"百鸟文化"的巴西驿站,还有"郁金香文化"的荷兰驿站和"未来文化"的美国驿站。这里的气温因为比重庆低五六度,已成为四季皆宜的避暑及度假胜地,被定为国家级旅游度假区,也被誉为"落在凡间的伊甸园"。

当晚住下的是琥珀酒店,室内豪华宽敞,窗外树影婆娑,整个别墅区弥漫着草木之香。一想到第二天要看的风景,再想到即将见到的杨武能教授,激动得一时难以入眠。夜半的细雨声中,捧读德国华裔作家高关中先生撰写的《德语文学翻译大家 巴蜀译翁杨武能》一书,想象着就在这仙女山上,杨老的家就在不远处,自己一路踏风而来,就是为了赴这一场遥远的忘年约会,强烈的幸福感让我毫无睡意。

在我的文学世界里,早年爱中国文学,成人后更爱外国文学,所以特别感恩和敬佩中外的翻译家。先是爱上俄罗斯文学，迷恋契诃夫和莱蒙托夫，后来爱法国文学，爱上雨果、福楼拜，再后来爱上了歌德，他的深邃与博大，成为人生苦旅的灯塔。曾经翻译俄国文学的草婴，翻译法国文学的傅雷，都早已如彗星闪过，我又怎会想到，在这梦幻般的仙女山上，将会与翻译歌德的德语文学专家杨武能教授相见，这简直就是生命中的一个奇迹。

杨武能，1938年生于重庆，他的祖籍是位于芙蓉江和乌江交汇处的武隆江口镇。他出身贫寒，苦命的奶奶中年丧夫，走投无路的她咬着牙从贫困大山里的江口镇谭家村翻山越岭，走到了长江边的朝天门码头。落脚在重庆一家糖食铺帮佣的她，苦苦挣扎，终于站稳了脚跟，盼来了儿子的团聚，这个小小少年就是杨武能的父亲。

是新中国的改天换地，成就了杨武能的学业，他1962年毕业于南京大学外文系，1978年考入中国社会科学院研究生院，师从冯至教授。拿到学位后先任四川外语学院副院长，再任四川大学教授和博士生导师。又是改革开放的历史机遇，让杨武能大展宏图于德语翻译的学术事业，他先后出版了《浮士德》《少年维特的烦恼》《亲和力》《威廉·迈斯特的学习时代》《歌德诗选》《歌德谈话录》《格林童话全集》《豪夫童话全集》《海涅诗选》《茵梦湖》《特雷庇姑娘》《纳尔齐斯与歌尔德蒙》以及《魔山》等经典译著三十余种，还有论著《走近歌德》《歌德与中国》《三叶集》等六种，编著《歌德文集》（十四卷）等十余种，并有《杨武能译文集》问世。

在2000年的世纪之交，杨武能荣获了德国总统约翰尼斯·劳颁授的"国家功勋奖章"，2001年获得德国学术大奖——洪堡奖金。2013年又在德国获得世界歌德研究领域的最高奖——歌德金质奖章。他成为迄今为止获得这三大奖项的唯一中国学者。2018年11月19日,杨武能又荣获中国翻译界最高奖——翻译文化终身成就奖。

作为中德文化交流的伟大使者,取得了如此卓越成就的杨武能教授,退休后却更加忙碌,继续发光发热。他把自己的根扎在了家乡武隆,还同时担任重庆国际交流研究中心的主任,承担着面向世界的文化使命。正是为了表彰杨武能先生在翻译领域里作出的巨大贡献,武隆区政府特别为他修建了一座"巴蜀译翁亭"。特别幸运的是,我们这批来自海内外的作家将成为这座"巴蜀译翁亭"揭幕典礼的历史见证者。

2019年10月16日,一个令人激动难忘的时刻终于来临。这一早,天上飘着星星的小雨,山川草木仿佛经过了温柔的洗礼,濡香的空气让人神清目爽。等我们走进仙女山镇的天衢公园时,天空却突然放晴,世界安静下来,环视四周,所有的目光顿时充满了凝聚与期待。我回头望去,一位精神矍铄的老人正信步走来,他身材不高,却腰背挺直,面容祥和却神采生动,他,正是来出席"巴蜀译翁亭"剪彩仪式的主角——杨武能教授!那一刻,耳畔似乎响起了仙乐,眼前恍若就是童话的世界,多年仰望的神秘偶像突然现身,这仙女山果然是有仙则灵!

完全记不得见到杨老的第一句话说了什么,感觉自己几乎就是语无伦次,只是用力地与他握手和拥抱。清雅大气的天衢公园,转瞬间来了好多各级的领导,我惊讶地发现,如今中国的乡镇区市负责人,个个都是文化精英,有的写一手好诗,有的写一笔好字,腹有诗书,胸有点墨,不禁感叹:这才是中国的软实力吧!在美妙的音乐舞蹈中,屹立在流水山岩上的巴蜀译翁亭,两条鲜红的绸带缓缓落下，我们一边热烈鼓掌，一面凝视着亭柱上那副留给后人的对联，上联：浮士德格林童话魔山永远讲不完的故事，下联：翻译家歌德学者作者一生书不完的传奇！这34个字可谓完整概括了杨武能教授一生的事业追求。

站在"巴蜀译翁亭"的前面，我代表海外作家向武隆、向仙女山、向译翁杨武能先生表达最深挚的敬意和最热烈的祝贺。原先准备的书面发言太书卷气，我拿着话筒干脆直抒胸臆："这座中国首创的巴蜀译翁亭，不仅是武隆的骄傲，也是中国的骄傲，更是世界文化交流的骄傲。感谢改革开放40多年所取得的伟大成就，让中国打开了国门，面向世界，通过中外文化的广泛交流，我们的精神得以开拓和成长，我们的国家得以飞速地发展。感谢那些伟大的翻译家、文学家、教育家，用他们的笔带给了我们巨大的精神财富和文化启蒙，把世界文化的种子播种在我们的心里。这座巴蜀译翁亭，它将留给子孙后代，未来的人们会想到中国与世界的关系，中国与德国文学的关系。感谢杨武能先生，在巴蜀这块神奇的土地上，矗立起一个永恒的文化丰碑，也成为我们这些后学永远的老师。"说完这段话，我郑重地走到杨老面前，将我从陕西师范大学带来的一个"师宝"古牌敬送给先生，全场响起了共鸣的掌声。

让我没想到的是，作为中国第三代歌德研究专家及翻译家的杰出代表，杨武能教授竟是那样的幽默生动和慈祥可爱。在他身上，依旧洋溢着年轻人火热的情怀，他是那样地喜欢朋友，常称之"学友"，他自己是高山，却常常虚心向晚辈学习。从他发表的大量散文随笔和诗歌中可以知道，他年轻的时候不仅做着文学翻译家之梦，而且做着作家之梦。他在《圆梦初记》的"后记"里这样说：

"我搞文学翻译的目的原本就在最终成为作家。"这种对文学有着宗教般信仰的情怀,深深地感动了我。

曾经看到一个小故事,当年在香港中文大学的一个研讨会上,余光中先生宣读论文,批评那种"的的不休"的"翻译腔"。余先生论文的立意、理据、论断,均引起包括杨武能教授在内的与会者的强烈共鸣。但余光中在结尾时却举了《骆驼祥子》末章末段的文字:"体面的、要强的、好梦想的、利己的、个人的、健壮的、伟大的祥子,不知陪着人送了多少回殡;不知道何时何地会埋起他自己来,埋起这堕落的,自私的,不幸的,社会病胎里的产儿,个人主义的末路鬼!"余先生认为这一连串的"的化语",显得生硬而吃力。话音刚落,"年少气甚"的杨武能从座位上站起来,径直指出:"余先生,你举《骆驼祥子》这个例子不恰当,老舍先生是小说创作,他的'的、的、的'是修辞的需要,和翻译并没有关系。在小说结尾的这些个的、的、的,正是把祥子的人物形象定格了下来,给人留下了难以磨灭的印象!"由此可见,杨武能先生不仅幽默生动、慈祥可爱,他的性格里还有独立思考敢于挑战的精神勇气。这故事的后来,是余光中先生与杨武能先生成了至交的好朋友。

还听到一个故事,杨武能教授在川外任副院长时,得知英语系的一个学生跟德语系的一个外教谈恋爱,他不仅没反对,还亲自去主婚。至今他都记得那婚宴是在烈士墓车站下边的一家路边竹棚小饭店里,出席婚宴的还有川外的京剧名旦张申兰和其丈夫王敦乾。回忆起这些有趣的往事,杨武能幽默地笑说:"这事可否说明,本翁当官的时候挺开明,得到学生的喜爱?"

身为当下"最年轻"的翻译文化终身成就奖的得主,如今的杨武能一年里有很多时间是在全国各地出席学术活动。仅仅在去年的十一月，就在浙大、同济等一流学府及重庆图书馆开了十一次讲座，并接受央视等媒体的专访，跟人民文学出版社等出版机构商谈落实著译的出版计划，还会见了从南到北的各地故交新知，显示出超人的精力和火热的激情。

那日我们去参观重庆图书馆，最难忘里面套着一个馆中馆，就是"杨武能著译文献馆"。作为一位译坛巨擘，杨武能教授多年来收藏了许多著译的众多版本，积累了大量的相关资料，他决定在有生之年把它们捐赠给重庆图书馆。历史悠久名扬天下的重庆图书馆，为此专门建立了一个以文学翻译家命名的"馆中馆"，这也是全国第一家为文学翻译家创办的个人文献馆，在世界上也极为罕见。

站在美轮美奂的重庆图书馆面前，激动的心情难以平复。这里的前身是国立罗斯福图书馆，馆内存有大量全国独一无二的珍贵书刊、手迹等，不仅是重庆主要的文献信息收集保存、服务研究之处，也是中国极为宝贵的有关"二战"资料的展览馆。杨武能著译文献馆坐落于图书馆的第四层，收藏着杨老毕生的著作和德语译作，里面陈列着珍稀的手稿、墨迹、信函等，以及他在海内外获得的勋章和奖状奖牌，可谓硕果累累、叹为观止。这让我想起一个读者调查，指出当今读者最喜欢买的书就是翻译的世界名著。这说明中国的读者是多么渴望世界上最优秀、最经典的外国作家作品，他们从中吸收了大量的精神营养，这些作品最终影响了他们的一生。据说杨武能教授翻译的《少年维特的烦恼》，也是发行了100多万册，真是可喜可贺。

在"2019世界华裔文艺家重庆·武隆·仙女山采风活动"的告

别晚会上，24位来自德、美、澳、马来西亚、法、捷克、瑞士、中国的新朋老友与"武隆之子，华夏之光"的翻译家杨武能教授，武隆区委的领导、仙女山管委会，阳光童年公司欢聚一堂。我的幸福是喜获杨武能教授的宝贵赠书《歌德谈话录》（爱克曼著，杨武能译），不是美酒的微醺，而是捧书的手在微微颤抖。当武隆区委常委、政法委书记的马奇柯和仙女山管委会的刘艳共同朗诵文友们谱写的诗篇时，大家的眼睛都湿润了，不仅仅是感动，更是心扉的不舍。谁也没有想到，八十高龄的杨武能教授有那样好的歌喉，他手持话筒，激情演唱《让我们荡起双桨》，在热烈的掌声中，再唱一曲《莫斯科郊外的晚上》，他的歌声是那样青春不老，顿时吹散了我们心头的离别之伤。晚会结束时，我们每个人都得到了重庆市阳光童年旅游开发有限公司副总经理涂光明先生的墨宝相赠。武隆的仙女山啊，我们要再来，因为这里住着一个永远青春的老人！

告别仙女山的时候，美丽的艳子妹妹告诉我："重庆仙女山机场已基本竣工，明年就可以试运行。等武隆有了飞机场，有了高铁，武隆与仙女山将会迎来一个更加辉煌的时代！"而我相信，无论春夏秋冬，每一个来到武隆的人都会爱上它，爱上仙女山。

都说高处不胜寒，仙女山的高处才是人间的大美与至爱，除了独揽三块世界级国家级金字招牌，这里因为有着中国海拔最高的"译翁亭"而名扬天下，更增加了精神理想的高度。此时此刻，我在猜想着杨武能教授正在天衢公园里散步，他笑称自己已经变成了杨武隆，陪伴他的有崇山峻岭的仙女和王子，还有那座继往开来的译翁亭。他或许不知道天下有多少"粉丝"在想念他，期待着要来仙女山与他约会呢。

陈瑞琳，美国华裔作家、评论家。现任北美中文作家协会副会长，兼任国内多所大学特聘教授。出版散文集《"蜜月"巴黎》《他乡望月》等，及学术专著《北美新移民文学散论》等。多次荣获海内外文学创作及评论界大奖，被誉为当代海外新移民华文文学研究的开拓者。

巴蜀译翁印象记

周励

（一）

从巴蜀到德国，从仙女山到曼哈顿，结识一位走向世界的著名翻译家，是一段珍贵难忘的时光印记。记得不久前重访法兰克福歌德故居和柏林腓特烈大帝忘忧宫，我在一篇散文中谈及作为德国人的媳妇时常伴随丈夫去德国探亲休假，从结婚一开始，我的兴趣就让麦克父母和亲戚朋友常感吃惊，我总喜欢独自去寻找那遥远的"少女记忆"。在一次花园酒窖的家庭聚会中，麦克父母和姑妈微笑着让我把在德国休假期间的个人计划念给大家听：

寻找——（尽可能找到，哪怕一点足迹或遗址）

音乐家：

巴赫、亨德尔、海顿、贝多芬、莫扎特、舒曼、勃拉姆斯、舒伯特、门德尔松、瓦格纳、马勒、约翰·施特劳斯。

文学、宗教、哲学家及其他：

海涅、歌德、托马斯·曼、尼采、弗洛伊德、马丁·路德、斯宾诺莎、黑格尔、腓特烈大帝、约瑟夫二世、路德维希二世、马克思、俾斯麦。

我轻声地一个个念了那些名字,并请他们尽可能提供帮助。麦克的父母亲友几乎一致地惊叫起来:"朱莉亚!"

德国亲友对中国女子感到不可思议。也许他们诧异德国文化洪流究竟是通过什么渠道冲向了遥远神秘的中国。他们当然不会理解,在北大荒少女时代的我已经深深感受着马丁·路德与斯宾诺莎,我曾在黑暗年代的小油灯下痴迷阅读海涅《论德国宗教和哲学的历史》和孟德斯鸠的《法的精神》,怀着失恋之痛阅读歌德的《少年维特的烦恼》,1985留学美国,迷恋上纽约大都会歌剧院歌德的《浮士德》、瓦格纳的《指环》,"洋插队"也不忘熬夜阅读托马斯·曼的《魔山》《魂断威尼斯》。我曾专门坐小艇寻找意大利导演卢齐诺·维斯康蒂的电影《魂断威尼斯》中那令人梦魂萦绕的丽茨Ritz酒店和海滨沙滩……

在十年浩劫中,我和成千上万不甘沉沦的年轻人一样,在"地下读书"运动中寻觅着理想与远方。正是翻译作品,为我们打开了通往广袤世界的窗户。每天干完沉重农活后,我如饥似渴地在黑龙江知青大炕微弱的油灯下翻开上海带来的德、美、法、俄文学作品和人物传记,美妙的文字载着浩瀚星宇,让整天铲大地喝豆腐清汤的我如痴如醉:"蓦然回首,那人却在,灯火阑珊处。""自由的精髓在于我们每个人都能参加决定自己的命运。"后来我把自己的阅读经历写入自传体小说《曼哈顿的中国女人》中《少女的初恋》《北大荒的小屋》这些章节里,没想到出版后发行了160万册,获得《十月》文学奖,被评为20世纪90年代最具影响力的文学作品之一。

从青葱少女直到现在,我依然经常满怀艳羡抚摸着一本又一本外国文学藏书"译者"的名字:傅雷、草婴、陈叙一、杨武能……

好的翻译家都是好的文学家，他们是多么荣耀可敬的播火者！亲历"文革"浩劫的我们这一代人对翻译家都有着无限感恩。亲爱的读者，现在你也许能体验到我与著名德国文学翻译家，歌德学者杨武能教授初次相逢的激动与喜悦了！

（二）

那是万山红遍，层林尽染的2019年10月，重庆市武隆区政府、仙女山管委会盛情邀请我们25位来自德、美、澳、马来西亚、法、捷克、瑞士、台湾和中国大陆的世界华裔艺术家参加重庆·武隆·仙女山采风活动。9月份收到旅居汉堡的德国华裔作家高关中邀请函时，我曾犹豫不决，因为那时我正陷于采访、创作电影剧本《冰冻星球突围记——南极大救援》的漩涡中，有时忙到凌晨四五点才上床休息。但我妹妹讲："武隆天坑非常美，和美国大峡谷异曲同工呢！"我被那神奇的大自然吸引，加上邀请函中提到了"杨武能"的名字，好熟悉，原来那正是我家书架上那本诺贝尔文学奖托马斯·曼《魔山》译者的名字啊！翻译家杨武能教授活泼能干的女儿杨悦很快就建了一个武隆仙女山采风微信群，他们父女情深，才华出众，曾合译过《格林童话》全集。杨悦和父亲一样长着一双炯炯有神的深邃黑眼睛，她是一位诚挚干练的旅德女企业家和女作家，为这次采风活动她已密锣紧鼓筹备了5个月。但我的剧本要改，要申报，时间节点都凑在一块儿了，第一张飞机票不得不取消作废，致歉会务组请假三天。10月13日终于抛下一切登上飞机，不料又遇航班晚点，下午三点多总算降落重庆机场，立即打神州专车飞奔火车站，却差了三分钟，眼睁睁地看着列车启动直奔仙女山，撇下我一人望天长叹。

怎么办？千里走单骑！

我请求那位神州司机把我直接送到200多公里外的武隆仙女山，包括小费和丰富晚餐，年轻司机立即爽快答应了。我这才注意到这位重庆小伙子皮肤白皙，眉清目秀，长得很像正大红大紫的重庆歌星肖战。"小肖战"司机敬业友善；他开玩笑讲重庆人皮肤好都是被山雾免费SPA熏蒸的，他一路热情向我介绍家乡"瑞士"仙女山、神奇芙蓉洞、秀丽芙蓉江以及世界最大"天生三桥"群地质奇观，组合成为重庆"国家5A级旅游景区"，我满怀欣喜不顾疲劳睁大眼睛望着窗外风景，几小时后车开到武隆仙女山小镇上，一眼望去，山脚下漫天漫地的大红灯笼伴着各式各样装潢精致的火锅店，络绎不绝的人群、中心广场雕像与静静闪光的芙蓉江构成了一幅类似雷诺阿笔下《流动夜色》的油画，我不由轻声惊呼：美哉，仙女山！不虚此行！

夜朦胧鸟朦胧，告别敬业的"小肖战"司机，入住阳光童年集团仙女山度假村，这里幽静开阔，宛若欧洲。关上手机美美睡一觉，消除了一个月以来废寝忘食码字奋战的疲劳。令人欣慰的是两个月后《文汇报》等媒体报道我的《冰冻星球突围记——南极大救援》剧本经上海电影集团申报，喜获市委宣传部、电影局、上海文化发展基金会颁发20万孵化基金奖励，且是上影集团申报的十七部剧本中唯一获选者。

第二天，25位新朋老友来到武隆，蒙蒙细雨，郁郁葱葱，处处惊艳。我们来到联合国世界自然遗产蜚声中外的"天生三桥"，"天坑地缝"底部的古驿道曾是张艺谋《满城尽带黄金甲》和美国影片《变形金刚4》的外景地，典型的喀斯特地貌形成一条深至500米的峡谷，高山、峻岭、峡谷、流水构成一幅完美的山水画卷。两边悬崖千仞、岩壁绝险，谷内原始森林茂密，飞瀑溪流不绝、气势磅礴。奇美武隆，鬼斧神工！各国文友谈笑风生，温馨欢喜。在悬崖百丈，壁立千仞的"天龙天坑"石碑旁，我兴高采烈地与采风活动召集人、翻译家杨武能女儿杨悦留下一张合影。我们一个来自德国，一个来自纽约，可谓万里相逢，武隆奇缘！

（三）

当晚，在苗家风餐馆里，可爱的苗族姑娘一个个从舞台跳到台下，壶碗齐下灌酒，武隆仙女山，花间酒醉人不醉，著名翻译家、歌德学者杨武能先生出场了！我们从少年时代起就惠受翻译家的恩泽，此生无缘向傅雷、草婴当面致敬，如今能在武隆仙女山与杨武能老师亲密相处、促膝交谈，真让人激情难抑。从德国作家高关中著的《巴蜀译翁杨武能传》得知，杨武能是继郭沫若和冯至之后中国第三代歌德研究家和翻译家的杰出代表，半个多世纪以来，他孜孜不倦，持之以恒，以非凡的毅力和精力，翻译介绍德语文学，译名著、经典达六七百万字，迄今出版各种版本的译著100余种，其中包括11卷本《杨武能译文集》，使他成为第一位健在时即出版十卷以上大型译文集的文学翻译家。他主编和担任主要译者的14卷精装本《歌德文集》是中国第一套大型歌德文集，杨武能以其辉煌的翻译、研究和创作成就，架起了一座横跨中德两国的文化交流桥梁。

在苗家姑娘载歌载舞中，杨教授在女儿的陪同下入座，他衣着简朴，笑容可掬，性格开朗，目光如炬，根本看不出年逾八十。我挨着杨教授坐下，我们的话题很快转到他翻译的巨作《魔山》，1929年诺贝尔文学奖得主托马斯·曼代表作的讨论中。这部小说描写了欧洲各类贵族没落人物,德国疗养院弥漫着病态垂死的气氛,高山成一座"魔山",主人公汉斯觉得自己在"魔山"上昏睡了七年,最后毅然决定奔赴一战前线。《魔山》归属于德国精神和德国艺术高峰的行列,对当时日趋猖獗的法西斯主义、极端民族主义作了公开揭露,结果德国当局禁止出版托马斯·曼的书籍。从我极喜欢的《魂断威尼斯》《魔山》到《浮士德博士》,死亡、黑暗与厄运是托马斯·曼小说经常出现的主题,他把叔本华、尼采和瓦格纳一并比喻为照亮自己自由思想的三颗明星:"初读叔本华作品,那醍醐灌顶的兴奋只有少年时初识爱情、初尝性爱的快感能比较(托马斯·曼)。"人类的文明都是相同的,我告诉杨教授,他翻译的《魔山》让我爱不释手,与另外两部诺贝尔文学奖作品《古格拉群岛》《齐瓦格医生》如今都是我的案头书。

杨教授的功德,在于他不断地把人类精神宫殿的钻石精雕细刻后搬运到祖国,镶嵌在中国读者心灵壁画的岩洞上。杨教授告诉我们,他出生在重庆十八梯下的厚慈街,父亲是武隆芙蓉江畔山顶上一个农民的儿子。1949年小学毕业父亲领着他跑遍了山城重庆各路中学,因为太贫穷没被接受,失学了。十二岁的杨武能只好白天在大街上卷纸烟儿卖;晚上步行几里路去人民公园的文化馆上夜校,混在一帮胡子拉碴的大叔大伯里刻苦学习,眼看就要跟父亲一样当学徒做工人了,突然喜从天降:天赋聪颖的穷孩子居然考进了重庆唯一一所不收学费还管饭吃的学校——人民教育家陶行知创办的育才学校!1956年又考取了西南俄文专科学校,成绩优异跳班到大二,中苏关系破裂后被迫东出夔门,转学到千里之外的南京大学从头读德语,从此跟德国和德国文化结下不解之缘。

微薄的国家奖学金带来远大理想和希望,杨教授深情回忆他的南大岁月：

南大图书馆藏书楼真个一座敞着大门的知识宝库；我像不经意闯进了童话宝山的傻小子。更神奇的是，这宝山竟然也有一位小矮人充当看守！我几乎每天向看守人请教德国文学。日后才得知，这位其貌不扬、言行谨慎的老先生，竟然就是我国日耳曼学宗师之一的大学者、1921清华大学留美预科班佼佼学子、西南联大教授、大作家陈铨（可惜那时陈铨教授已被打成右派）！

1959年春天，人民日报发表了我第一篇译作非洲民间童话《为什么谁都有一丁点儿聪明？》，巴掌大的译文得了八块钱稿费，给了初试身手的我莫大鼓舞，以致一发不可收拾。在那个物质和精神都极度匮乏的困难年代，我与才华横溢又循循善诱的南大德文教授叶逢植建立起了相濡以沫的深厚情谊。读书改变命运，时代打造舞台，卖纸烟卷儿的巴蜀男孩，真是太幸运了！

1978年杨武能考入中国社会科学院研究生院，师从冯至，主攻歌德研究，1983年调四川外语学院任副院长。2000年杨教授荣获德国总统颁授的德国"国家功勋奖章"，2001年获得终身成就奖性质的洪堡学术奖金，2013年又在德国获得世界歌德研究领域的最高奖——歌德金质奖章。杨教授成为迄今为止获得这三大奖项的唯一中国学者。堪称"武隆之子，华夏之光"。

（四）

次日，我们全体出席了武隆仙女镇天衢公园"巴蜀译翁亭"揭牌仪式，译翁亭依崖而立精雕细刻，如玉宇琼楼朝观日出，暮看晚

霞,飞檐流阁,清幽雅致,藤萝翠竹点缀其间。熠熠的阳光洒落在双侧庭柱绿色牌匾对联上,格外耀眼:

浮士德格林童话魔山永远讲不完的故事
翻译家歌德学者作家一生书不尽的传奇

这是书法家涂总为"巴蜀译翁亭"所题。

当德高望重的杨武能教授和武隆区委宣传部石部长拉下"译翁亭"红绸缎,全场欢呼,人们也把热烈的掌声送给敢于为健在翻译家修亭致敬、富有情怀的重庆市武隆区马书记和宣传部石部长,他们分别毕业于中国人民大学和中国海洋大学,是思路开放、挚爱文学的70后实干创新型干部。杨武能有《浮士德》《少年维特的烦恼》《亲和力》《歌德诗选》《歌德谈话录》《格林童话全集》《海涅诗选》《茵梦湖》以及《魔山》等经典译著三十余种,著有论文集《歌德与中国》《三叶集》,2018年更是荣获了中国翻译界最高奖——翻译文化终身成就奖,如今担任重庆国际交流研究中心主任。"巴蜀译翁"是杨教授自己起的名字,他说:"我曾是一个巴蜀穷孩子,我的一切都是国家和时代给的。"

是的。一个穷孩子走出了山沟,也将广大的读者带出了思想贫瘠的山沟。北美作家协会副会长、好友陈瑞琳代表海外嘉宾发表了精彩演讲。2015年10月金秋,重庆市政府在重庆图书馆专门建立了一个以翻译家杨武能命名的"馆中馆":《杨武能著译文献馆》,收藏展出杨教授译著、论著和创作众多版本书籍,以及他在国内外荣获的勋章、奖章、奖状等,特别是冯至、钱锺书、季羡林、马识途、绿原、王蒙等学界文坛巨擘给杨教授的数十封亲笔信,更引人注目。时隔四年的2019年10月，我们亲历武隆区政府在仙女山修建的"巴蜀译翁亭"隆重揭幕，"文献馆""译翁亭"铸就了巴蜀旅游文化一道亮丽的风景线。美哉巴蜀，地杰人灵，英雄辈出。"弄风骄马跑空立，趁兔苍鹰掠地飞"，古有苏洵、苏轼、苏辙父子三人会考震倒欧阳修，今有从武隆仙女山贫苦人家走出的杨武能教授坦率正直，个性很像另一位巴蜀大师巴金。欢聚在"巴蜀译翁亭"下，我们对哥伦比亚大学教育学博士、杜威的高足、终生致力改善平民教育的陶行知大师满怀感恩怀念之情。

（五）

10月17日"世界华裔文艺家重庆·武隆·仙女山采风活动"告别晚会，马书记和仙女山管委会刘艳副局长把采风团朋友圈美文连串成诗，配贝多芬《致爱丽丝》，深情朗诵。德国总统颁发"国家功勋奖章"荣获者杨武能教授演讲《苏东坡：中国的歌德》，我喜获杨武能教授赠书《歌德谈话录》（爱克曼著，杨武能译），这是我多年前熟读的书籍，遥忆恩泽似海，穿越时光隧道，感慨万千。杨教授激情高唱《让我们荡起双桨》《莫斯科郊外的晚上》，我们跟随高声合唱，幸福欢聚之夜，祝福巴蜀译翁"生命之树常绿（歌德）！"

文化是旅游的灵魂，旅游是文化的载体。我们来到"天下第一洞"——世界自然遗产喀斯特地貌仙女山"芙蓉洞"，其总面积3.7万平方米，形成于100多万年前第四纪冰川新时期，1993年被武隆的6位青年村民发现。这里钟乳巨幕，天降飞瀑，珊瑚瑶池、千年之吻、经书卧佛等皆绚烂辉煌，国际洞穴协会主席安迪赞其为"世界上最好的游览洞穴之一"，相比我去年探访的斯洛维尼亚著名岩溶洞穴，芙蓉洞的空灵和流光溢彩似乎更为震撼。三小时游览爬坡，我一路挽着《巴蜀译翁杨武能传》作者，德国多产作家高关中的胳膊，我们两位老友一直谈着杨武能：传奇的人生，充沛的精力，燃烧的理想，堪称我辈最佳楷模。"巴蜀译翁亭"也反射了人们深爱的傅雷和董乐山的不幸遭遇，他们的译著《约翰·克里斯朵夫》《巨人三传》《傅雷家书》《第三帝国兴亡史》《西行漫记》等是中国翻译文化史的永恒丰碑。

（六）

几天的朝夕相处和促膝倾谈，大家同八旬杨教授建立了深厚感情。回到纽约，我和杨教授依然不时通过微信联系。不久前他发给我一段央视新闻频道录制他的感言：

我处的时代，我生长的国家，我的故乡重庆、成都、以及我的精神家园德国，我侍奉的歌德，我敬仰、追慕的苏东坡，都太伟大，太伟大了……回眸60余载从译之路，始于走投无路，接着一而再再而三"因祸得福"。我之所以如此幸运，是因为虽遭一次次挫折、坎坷，仍对成为文学翻译家的理想坚持不懈，不离不弃。

2020新年伊始，纽约林肯中心大都会歌剧院演出莫扎特生前最后一部歌剧《魔笛》，演出中我忽然想起杨武能先生和他倾其一生研究的歌德。歌德少年时代曾经在法兰克福看过比他年长七岁莫扎特的精湛演出，歌德是世界文学领域最出类拔萃的光辉人物之一，在2005年德国电视台投选最伟大的德国人活动中，歌德排名第七，仅次于伟大的音乐家巴赫。

2013年德国旅居期间杨武能教授获得了世界歌德研究领域的最高奖——歌德金质奖章，2018年更是荣获了中国翻译界最高奖——翻译文化终身成就奖。

1832年3月22日歌德病逝。他的临终遗言是："给我更多的灯吧！"

此时，《魔笛》绚丽的舞美点亮了歌剧院大厅的满堂灯火。莫扎特35岁英年早逝已近230年，歌德83岁去世已近190年，然而全世界每个角落每个国家每天都有人在演奏、欣赏、阅读他们的作品。"艺术之树永恒，生命之树常绿"，而在微信上与我互相祝贺2020新年快乐的这位老人，他谦逊平和，睿智勤奋，质朴热情。他的译著和人生传奇，像张艺谋《印象·武隆》中前辈老纤夫们那悠远不灭的江川号子一样，将世世代代永远回荡在中国千千万万读者的心灵殿堂里。

2020年1月5日·纽约

周励，旅美作家，20世纪80年代赴纽约州立大学研读MBA，1986年创业经商。代表作《曼哈顿的中国女人》，销售160万册，被评为20世纪90年代最具影响力的文学作品之一。著有《曼哈顿情商》《南极追梦》《极光照耀雪龙英雄》《攀登马特洪峰》《生命的奇异恩典》等。

我眼中的德语文学翻译家杨武能

〔德国〕孙小平

大凡涉德学子，恐怕不会有人不知道重庆的杨武能教授。所谓涉德，涵括研究德国、留学德国的学生学者，喜爱德国历史文学艺术的文青，或者喜欢给孩子讲述德国童话故事的母亲和幼教老师们。对他们来讲，武能先生的大量著述是跨越中德文化豁堑的必经桥梁，因此用"涉德必涉杨武能"来形容武能先生在这一文化领域的重要性是不为过的。

武能先生1938年生于重庆十八梯下，祖籍武隆。其父出生于重庆武隆江口镇贫寒人家，少年时千里寻母至重庆讨生活。1949年共和国建制，先生得到了受教育的机会，而后阴差阳错进入德国语言文学领域，以巴蜀人睿敏勤奋坚韧的特质早早就在同辈人中脱颖而出，蒙冯至等众多先贤扶掖指点，更得偕改革开放之天时，终成大业。

武能先生主攻歌德研究，译有《浮士德》《少年维特的烦恼》《歌德谈话录》等，并著有《歌德与中国》以及大量歌德研究专著。先生同时对主要的德国文学大师如托马斯·曼、海涅、赫尔曼·黑塞等多有涉猎，译有《魔山》《海涅诗选》《纳尔齐斯与歌尔德蒙》等重头著作，《格林童话全集》《豪夫童话全集》等德意志文学奇葩也是通过先生与夫人王荫祺,长女杨悦的合作首次完整译介到中国。近年有《杨武能译文集》(11卷)结集问世。先生勤于笔耕,著译总字数1000余万,分类26大卷,译著18卷,论著6卷,散文随笔2卷。2000年武能先生获德国总统颁授德国"国家功勋奖章",2013年获德国颁发的歌德研究全球最高奖——歌德金质奖章,2018年11月获中国翻译协会颁发的"翻译文化终身成就奖",此乃中国翻译界从人所能得到的最高荣誉。先生获得奖项的数量之多,含金量之高,刷新了我国译著界学人中的记录,以致被称作"杨武能现象"。

2019年10月,经武能先生长女杨悦引荐,我们一行二十余人赴渝,参加"世界华裔文艺家重庆·武隆·仙女山"采风活动,活动的重点之一是10月16日在武隆区仙女镇天衢公园举行的"巴蜀译翁亭"揭牌仪式。

武隆人杰地灵,武隆区政府有感于由穷苦山民人家走出的武能先生为家乡带来的荣耀,于武隆仙女山为武能先生建亭勒碑,亭名"巴蜀译翁亭"。据悉,由政府部门为健在的文化人打造纪念碑亭在国内尚属首次,武隆开了文明风气之先。武能先生在答谢发言中透露,操办方主张亭名为"译翁亭",但是被武能先生坚决否定,盖因"译翁亭"与安徽滁县的"醉翁亭"发音相近,而武能先生谦卑地认为自己的成就并不足以与文豪欧阳修相提并论。

其实,大凡尝试或从事过翻译的学子无不有体会,翻译就是一种文学创作,唯与单语文学创作相比较,翻译更见学术功底,语言造诣,心智定力和坚韧不拔的性格。古时科举有十年寒窗辛苦之说,武能先生苦熬过的岂止是十年,而是传薪俸火坚守了整整一个花甲。武能先生用笔聚拢了两个完全陌生的世界,若论成就和贡献决不逊色于欧阳修。

在武隆期间，吾辈有幸得以和武能先生多次零距离接触互动，因此有机会避开萦绕着先生的充满传奇色彩的光环，从另一个角度走近先生，得以另眼相看，欣赏先生的风采。

首先，武能先生无疑是一待人接物极诚恳之人。我们大多数人与武能先生是首次见面，在武隆一家少数民族风味的晚宴上，在特有的山地民族宴饮奔放欢快的氛围中，先生悄悄地选了一张靠边的餐桌入座，几乎没有人注意到先生的到场，经过悦悦的介绍，我们依次向先生致意请安。对我们这些"涉德"晚辈来讲，武能先生是教父级的存在，高山仰止，敬畏可鉴。然而先生却是极随和，若父辈亦若兄长，细声慢气聊起家常。说来有趣，武能先生见我说的第一句话是："我很喜欢你写的德国故事，悦悦说你想要我的书，那你也要送我一本你的书，我们交换！"不知为什么，先生此语使人亦喜亦悲，因为会让人想起那个十年荒蛮时代。尽管是第一次晤面，却全无疏离之感。我注意到，先生与我们交谈时，总是握着我们的手不放，双眼认真地注视着对方，全无想象中大师应有的矜持或长辈的尊严，这是一种智者的风采，因为智者的尊严不是来自占有知识的多寡，更不是来自辈分，而是建立在从容，诚恳，坦然的待人之道之上。

先生十分关心重视我们的采风日程安排，几乎时时刻刻都在遥控指挥。在采风微信群中不断听到先生"悦娃，悦娃"的呼唤，事无巨细，均在督促悦悦不得慢待我们这些客人。因为是群中留言，在我们乘坐的大巴里"悦娃"声此起彼伏，弄得悦悦几近"崩溃"，玩笑说要将先生逐出微信群。在重庆期间，起初因为时间关系没有为我们安排夜游两江（长江、嘉陵江），先生得知后十分着急，认为夜游两江是重庆金牌项目，不体验犹如没有来过重庆，直到组织方重新调整日程,把夜游两江排进了行程结束的前一晚,先生方放下心来。美轮美奂的两江夜景也确实没有辜负先生的一片情意,为我们的2019年巴蜀之行画上了完美的句号。

其次,武能先生无疑是一性情中人。先生痴迷于音乐,在武隆的联欢会上曾为大家演唱俄罗斯歌曲,水平虽然不能与先生翻译的著述同日而语,但是先生极投入和忘情的表演,加之亲友组成的"杨家小乐队"伴奏助阵,乐队中除了传统乐器,甚至有人声口哨参与,使人耳目一新,自然赢得满场喝彩。

痴迷音乐之人必重真性情,巴蜀采风行之后,武能先生建立了一个乐友微信群"爱乐一群",群友多为先生因音乐而结谊的亲友,其中不乏国内的音乐界名人。在群中,先生如鱼得水,真情毕露,从先生对帖子的转发和点评可以看出先生对音乐的知性和修养,更重要的是,先生的乐评总是将自己浸润其中,且不乏这样的句式:"如果我唱的话……""如果时光倒流六十年,我就会跟随着歌声去寻找这位女艺人……""让我们自得其乐,返老还童……"。

说到返老还童,在"巴蜀译翁亭"的揭幕仪式上,最引人注目的是武能先生邀请的重庆杂技团的靓女俊男的杂技表演,看着兴味盎然的武能先生,只道是"老夫聊发少年狂",其实是先生近年来应聘担任了重庆杂技团的艺术顾问,计划把格林童话中的"灰姑娘"搬上杂技舞台,让先生钟爱的家乡杂技艺术更上一个台阶,为年轻的艺术家们打造一个更广阔的发展平台。在和我们的交谈中,童话杂技是先生偏爱的话题,而从中溢发出的信息则具有普世性,少小离家老大回,大师们的晚期倾诉往往是存在经验的初点,铅华洗尽,返璞归真,重拾童年的梦想,这也是重性情的武能先生晚年的下意识的期望。

再次，武能先生无疑是一位有大爱之人。2015年初，与武能先生相濡以沫近半个世纪的王荫祺老师不幸罹患癌症，武能先生夫妇和两个女儿召开了一次严肃的家庭会议。王荫祺老师宣读了遗嘱，其中有对子女的安排，有对工作和学术的后续交待，然而遗嘱的最后一条让家人吃惊，并且在感情上难以接受，王老师决定，身后将遗体无偿捐献给国家，做医学研究之用。"这是我记忆里最特殊的一次家庭会议"，武能先生事后回忆说。王荫祺老师毕业于北外德语系，不仅是家庭的顶梁柱，也是先生的知音，助手和同行。杨武能王荫祺夫妇合译的《豪夫童话全集》《雪山水晶》《小不点和安东》等作品至今仍然脍炙人口。2015年夏，妻子已进入弥留状态，在生离死别的煎熬中，武能先生代替妻子在遗体捐献登记表上签字，妻子去世后，遗体将捐献给重庆医科大学作医学研究之用。王荫祺老师离世后，伤心过度的武能先生也随之病倒，然而，当亲友上门探视问候时，武能先生首先交给他们的是一份空白的遗体捐献登记表，恳请亲友也为他自己办理身后遗体捐赠手续。

20世纪80年代，武能先生的父母去世，根据他们的遗愿，骨灰被撒入长江，其后人在江边的石板上刻下"魂系长江，造福子孙"八个大字。在向亲友们告知武能先生和两个女儿尊重母亲捐赠遗体的决定时，悦悦写道："在生与死的这条河的两岸，用爱建起通往彼此的桥梁。"巴蜀大地多出忠良仁义之士，同样亦不乏武能先生夫妇及其家庭这样的有大爱之人。

武隆采风行毕，有感于武能先生译述歌德的成就，回家翻出了我1968年手抄郭沫若译《浮士德》和《少年维特之烦恼》的本子。那时我14岁，其实并不能读懂歌德，但是确实被其中的高尚，纯洁，追求完美的精神和意境感动。歌德把我们从暗黑的荒蛮中暂时引领到一个宁静的角落休憩，让我们知道什么是真善美，让我们不至于彻底堕入野蛮无知和狂妄。感慨之下，曾经将手抄本的照片寄达武能先生，旨在向先生致敬，感恩先生，感恩新时代。武能先生的劳作，无疑为年轻一代构筑了一道防波堤，用以阻断邪波浊浪的回流和侵袭，这是武能先生对祖国民族所作的最重要最具有时代意义的贡献。

武能先生曾经翻译过德国诗人里克尔的《预感》，吟诵之下，你会被诗句的力量震撼，因为你意识到，这分明就是武能先生的自我写照：

> 我犹如一面旗，在长空的包围中
> 我预感到风来了，我必须承受；
> 然而低处，万物纹丝不动：
> 门还轻灵地开合，烟囱还暗然无声，
> 玻璃窗还没有哆嗦，尘埃也依然凝重。
> 我知道起了风暴，心已如大海翻涌。
> 我尽情地舒卷肢体，
> 然后猛然跃下，孤独地
> 听凭狂风戏弄。

孙小平博士，1954年生人，"文革"中务工六年。"文革"后就读于复旦大学，毕业后就职于中国大百科全书出版社。后就读于德国汉堡大学，1997年获博士学位。先后任教于复旦大学、汉堡大学、金陵协和神学院等。德国《华商报》专栏作者，创办公众号"德国的故事"。

纤夫的恨

海娆

如果你见过中国的纤夫，见过那些在三峡河域的悬崖峭壁和险滩急流中以命相搏的拉船人，那幅享誉世界的俄罗斯油画《伏尔加河上的纤夫》，也许就很难打动你的心了。

2019年秋天，我在重庆武隆仙女山参加世界华裔艺术家采风活动，主办方邀请我们观看了一场《印象·武隆》实景演出，地点在桃园大峡谷。那是一个巨大的"U"形峡谷，三面都是万丈断崖，夜色中像一只巨大的袋子，把我们套进了另一个世界。袋子的出口黑乎乎的，看不清是另一面山壁还是深渊，直到一艘木船在号子声中从那暗处缓缓驶出，我才知道，那是一条通向外面的河谷。

纤夫就这样登场了，浩浩荡荡，如千军万马，气吞山河。他们半裸着身体，背着纤绳，撩起膀子，迈着跨险滩闯激流的豪迈步子，吼着震天动地的川江号子："穿恶浪哟，嘿奏，踏险滩哟，嘿奏，船夫一身哟，嘿奏，都是胆哟……"

大地在颤抖，天空在悲泣。寒凉的烟雨中，我已泪眼蒙眬。老纤夫一声沙哑的呼唤早就让我内心大恸："三娃子，把牛牵出来喽"，仿佛是父亲的声音。我哥哥小名三娃子。那时候的川渝地区，穷人家的男孩排行老三的，都叫这个。

灯光照亮了对面的山壁，像一把大刀当空而立，切断了我们前方的路。然而山壁上有弯曲的山路，山路上走着背篓挑筐抬滑竿的山民。老纤夫望山一声长嚎："大山呐，你好陡哦，山上的路，要用一辈子去走哦……"让全场动容。这么陡峭的高山也有人走？这么险恶的地方也有人住？谁都知道喀斯特地质区奇峰迭出、暗河横流、山多地少、不宜人居，然而他们却居住下来，世世代代繁衍不息，直到今天——因为有河，因为有纤夫。

有河的地方就能活命，就饿不死人。这是父亲的话。所以我们家临河而居。这种对河流的依恋从父亲开始，也被我沿袭。即使告别故乡旅居德国，我也把家安在美茵河畔。父亲早年在岷江边的乡下老家帮人拉船，为躲拉壮丁才逃到重庆，加入了朝天门码头的搬运大军，靠为来来往往的船只装货卸货挣口饭吃，后来赶上好时代，在长江轮船上谋得一份水手的差事，成为正式的长航职员，从此一辈子安安稳稳地靠水吃水。说长江是母亲河养育了我们，于别人也许是文艺腔，于我们家却是活生生的现实。

这些大山沟里的纤夫就不如父亲幸运了，好时代被重重大山挡在了外面。幸亏还有河流，幸亏还有纤夫，好时代的好才被零零星星拉进山里，让远离城市的山野乡民也能沾上文明的气息，不至于完全被时代抛下成为野人；也让离开了乡野的城市居民还能嗅闻到故土的芬芳，不忘自己的根在何方。纤绳是纤夫的活路，也是中国辽阔的疆土上，那些偏远的蛮荒之地走向文明的漫漫长路。

舞台上的老人是乌江上的第九代纤夫。他在回忆，他在倾诉，他在将远去的时光又拉回到现在。细雨如帘，我看见帘子那头站着父亲和童年的我，还有我们见过的纤夫。

对于在长江边出生长大的我，纤夫从来都是我熟悉的风景。小时候喜欢在河滩上玩耍，远远地听到有号子声响起，就知道是他们来了。重庆江北三洞桥到青草坝一带，河滩平缓，就像油画上的伏尔加河岸，宽敞易行。但他们仍然步履沉重，弯着腰身，嘿奏嘿奏地行走艰难。都说少年不识愁滋味，我却一眼看出他们的苦与累。

读书后很喜欢电影《上甘岭》里的插曲，"一条大河波浪宽"，尤其是那句"我家就在岸上住，听惯了艄公的号子，看惯了江上的白帆"，感觉唱的就是我，总是让我暗暗欢喜和得意。虽然我家所在的那片河岸全是破烂的吊脚楼，江上的船帆脏兮兮的一点也不白，艄工的号子呜嗤呐吼也不好听，但都不影响我在歌声中把它们想象得美妙无比。

20世纪70年代中期的某个暑假，我有幸搭乘父亲的轮船去看三峡。第一次在长江上乘风破浪，年少的我激动得像江上自由飞翔的水鸟，在船舷上不知疲倦地走来走去，睁大眼睛看两岸风景，看江水被大船激起的浪花。记不起那是什么地方，只记得是长江北岸，在陡峭的荒山脚下，有一行纤夫拉着木船逆水上行。当我们的大船轰隆隆地与他们相逢，劈开的巨浪像下山猛虎朝他们冲去。小木船剧烈地摇晃起来，随大浪颠簸起伏。岸边的纤夫趔趄着，险些被纤绳拉扯下河。我被吓得失声尖叫，第一次明白了，父亲为什么说纤夫只有半条命。

进出桃园大峡谷，得穿过一条长长的隧道。去时匆匆，也没留意。看完演出往回走时，脚步放慢，才发现两壁是纤夫的影像。这隧道原来是时光画廊，让我们置身于已经消失的纤夫世界，直面他们的险境与不堪：他们赤裸的身躯在恶浪险滩里匍匐，在悬崖峭壁上攀爬，形同走兽，令人骇然。那一块块愤然隆起的肌肉，古铜色背脊上豆大的汗珠，挣扎扭曲到变形的脸，如火焰般熊熊燃烧的目光悲苦而不屈……刺得人心颤、敬佩，感慨万千。

我又想起那幅著名的油画，看见那群震撼过世界的俄罗斯纤夫。宽阔的伏尔加河静流无波,淡蓝的天空下,他们黢黑的身影像一群从地狱爬到人间的鬼魂。然而那毕竟是温暖的人间,头上有阳光,脚下有平滩。他们拉着纤还能直起腰身抽口烟,东张西望看风景,跟眼前这些"脚蹬石头手刨沙,光着身体往上爬"的中国纤夫比起来,他们简直像闲庭信步,各揣心事在河边漫游。虽然也穷,衣衫褴褛,可毕竟还都长衣长裤能遮羞蔽体,我们的纤夫却身无片衣,撅着光屁股在激流险滩和悬崖间攀爬,既要铆足了劲儿齐心拉船,又要协力跟险恶的大自然博弈,命都难保,岂敢抽烟享乐、顾及尊严?"战斗民族"的战斗精神在伏尔加河的纤夫身上无迹可寻,中华民族的英勇无畏和团结精神在长江三峡的纤夫身上淋漓尽现。遗憾的是,我们没有列宾,我们民族的苦难和民族的品格都不为人知。

西方人没见过中国的纤夫,他们为列宾画笔下的纤夫动容,为俄罗斯穷人在生活重压下的悲苦绝望和麻木而震撼。一首《伏尔加河船歌》唱遍全球,唱的也是他们的悲歌。于是全世界都知道,在俄罗斯人的母亲河上,曾经有一群悲苦的纤夫。甚至很多中国人,对自己民族的纤夫一无所知,也对伏尔加河的纤夫印象深刻并心怀悲悯。这是一种怎样的悲哀和黑色幽默?

我们似乎习惯了无视苦难。李白过三峡出川,只留下"两岸猿声啼不住,轻舟已过万重山"的浪漫诗句,好像他乘坐的是飞艇,不用人拉。事实上纤夫最怕放下水,急流中最易船毁人亡。人家不知付出了多少辛苦,才保障了诗人平安驶过万重山。陆游从老家绍兴坐船去夔州(今奉节)做官,逆水而上过三峡,成六卷本日记《入蜀记》,也对纤夫只字不提。写到行船之艰难,过险滩时船底为礁石所破,只轻描淡写:"急遣人往拯之,仅不至沉。"那被"遣"

和"拯之"之人,想来只能是纤夫了,诗人却吝于笔墨,仅用一句"挽舟过滩"作结。好一个"挽"字,好像拉船是件轻松事。连素来关心民生疾苦的杜甫,曾经以船为家,最后甚至死在船上,该是很熟悉纤夫艰辛的诗人,过三峡也只是"白日放歌须纵酒,青春作伴好还乡,即从巴峡穿巫峡,便下襄阳向洛阳",一泻千里,好不畅快。为他保驾护航的纤夫呢?视而不见?不值一提?

倒是务实又心怀慈悲的德国医生阿思米,重庆南山曾经的德国大使馆房主,1906年从宜昌坐木船去重庆,在日记里详细记载了为他拉船的纤夫:"无论老少,皆衣衫破烂,赤脚,身上或疮或伤,胸前斜挂一条麻带,麻带一头系在纤绳上。河沿多乱石,他们攀岩爬壁,在悬崖上凿出的纤道里爬行。纤绳常为岸上峭石钩挂,他们爬上峭石挪开纤绳;纤绳常为水中礁石羁绊,他们解下麻带,游进漩涡急流中去拖开纤绳。他们的工作太辛苦和危险了!"

要说我们从不关注自己的纤夫,也不对。前些年一首《纤夫的爱》唱红全国,让正在悄然退出历史的纤夫第一次受到万众瞩目。不少新新人类甚至心生羡慕,向往那"妹妹坐船头、哥哥岸上走"的纤夫的浪漫。殊不知在现实中,纤夫的船头坐的从来不是妹妹,只是压得他们抬不起头的生活重担;纤绳上荡悠悠的,也从来不是恩恩爱爱,而是船只的安危和纤夫的性命。生活的残酷被美化了,苦难被披上温情的面纱,竟也让人陶醉和向往。只是不知,那些尚在人世的老纤夫,那一辈子讨不上老婆的、被风湿病痛折磨得直不起腰的,以及葬身水底冤魂不散的纤夫亡灵,听了这首歌会有什么感受?

还好有武隆这场盛大的演出和隧道里这些纤夫的影像,让今天的我们也能见识中国纤夫的辛劳和不易,让新新人类终于明白纤夫无关风花雪月,让只知道伏尔加河纤夫的人们,从此对长江纤夫更印象深刻。尽管舞台上的老纤夫最后挥泪向我们告别,一声悲怆的"忘了吧……",是无尽的辛酸和卑微,却恰如重拳击中了我。那是我们民族曾经的苦难,他们是我们血脉相连的父老乡亲,怎能忘了?!

海娆,旅德作家,翻译。出版有长篇小说《远嫁》《台湾情人》《早安重庆》等。其中《早安重庆》获重庆"五个一工程奖"和国家图书版权输出奖,并译成德文在欧洲出版。翻译有《顾彬青春诗集》,小说《半场爱》《重庆十年:德国外交官女儿的童年回忆》等。

川江号子的壮歌
——《印象·武隆》观后感

〔德国〕黄雨欣

实不相瞒,在接到德国华文专栏作家杨悦共赴重庆武隆仙女山采风的邀约时,我对武隆这个地方完全是陌生的。之所以在第一时间回复,决定放下一切工作,欣然赴约,除了对组织者——巴蜀译翁杨武能教授之爱女小悦悦这个才华横溢又性情直爽的重庆妹子充满了欣赏与喜爱之外,还有一个原因就是"武隆"这个地名的发音所引发的遐想,下意识地,我把它当作了陶渊明笔下靠近"桃花源"的"武陵"了。

直到下了飞机,和"2019世界华裔文艺家重庆·武隆·仙女山采风之旅"一行的文友陆续会合后,登上主办单位前来迎接的旅游大巴,听了仙女山负责人艳子的简短介绍,我方意识到这个地方与自己的想当然差距有多遥远。很快,大巴驶离重庆,飞驰在通往武隆的高速公路上,山区公路虽然弯度很大,但路况平坦,并不令人眩晕。当时刚下过雨,空气里都是湿漉漉的雾气。透过雨雾放眼望去,只见四周群山环绕,重庆的高楼大厦和漫山遍野的郁郁葱葱都掩映在蒸腾的雾里了。我们穿行在山上,喧嚣的城市在脚下渐渐向后退去。听做足功课的文友说,武隆地处武陵山脉和大娄山脉腹地,地形险峻山势陡峭,属典型的喀斯特地貌……我一听到"武陵山脉",不禁松了一口气,虽然此武陵山非彼武陵郡,毕竟离我的想象又近了一步。

不到两个小时，大巴就开进了武隆区，我一眼就看见了在路边安放的巨幅广告牌，"印象武隆"四个大字格外醒目，上面还有这台大型实景演出的主创人员的大照片，张艺谋的头像排在第一个。原来，《印象·武隆》实景歌会是由张艺谋任艺术顾问，王潮歌、樊跃任总导演，近200名特色演员倾情合力呈献的，它以濒临消失的"号子"为主要内容，让观众在70分钟的演出中亲身体验武隆壮美的自然景观和巴蜀大地独特的风土人情。《印象·武隆》是当年张艺谋在武隆的世界自然遗产，国家5A级景区号称"天坑"的天生三桥拍摄《满城尽带黄金甲》时的设想，由一部影片的选景到《印象·武隆》大型实景演出的完美呈现，可见张艺谋对武隆这个"遗落在凡间的伊甸园，地平线下的神秘国度"是何等情有独钟。张艺谋对武隆的情怀也令我立刻对这一完全陌生的地方产生了亲切感。作为具有二十年资格的柏林国际电影节的特约记者，我对艺术大师张艺谋并不陌生，说起来，我踏入这一行，还是他间接引导的呢。刚踏进武隆，就能再一次欣赏到张艺谋的印象艺术，犹如他乡遇故知，怎不令我心驰神往！

在我们来到仙女山的第三天晚上，善解人意的主办单位就安排我们采风团一行人从仙女镇驱车至9公里外的武隆桃园大峡谷里，观看《印象·武隆》这场声名远播的大型实景演出。至此，武隆于我已不陌生，它完全吻合了我对它的想象：武隆桃园大峡谷就是我心目中的武陵桃花源！

自从我们来到仙女山，终日云雾缭绕，美得大家都以为自己已是山中仙人，这回要在山涧峡谷里观看实景演出了，才产生了隐隐的担心：观看露天演出，如果下雨怎么办？会不会影响演出效果？

傍晚，我们抵达"印象武隆"的接待站时，果然下起了绵绵细雨，此时，辉煌的灯火把接待站四周的建筑映衬得美轮美奂，宛如仙山中的亭台楼阁。刚刚被雨水打湿的路面也折射出朦朦胧胧的灯光，灯光照在门前宽敞的行人路上，路两旁各有一排造型别致，排列整齐的照明灯，每台照明灯下各挂着两面鲜艳的五星红旗，四排红旗在两排灯光的照耀下，是那么光彩夺目。10月1日是中华人民共和国70周年的生日，这里的喜庆气氛仍在持续。入口处已经如此迷人，让人对里面的演出现场更是充满了期待。

穿过200多米长的彩色灯光铺就的"时光隧道"，隧道旁的墙壁上闪过一幅幅赤身露体的川江纤夫在激流险滩中艰难地匍匐前行的画面。

当我们裹着剧场工作人员发放的塑料雨衣顶着细雨落座后，环顾四周，见细雨蒙蒙中，阶梯形排列的近3000个座位已经坐满了观众。看台往下延伸到谷底，就是天然大舞台。舞台被峡谷呈"U"形环绕，四周矗立在雨雾中的山峰是那样伟岸雄奇，镭射激光投射到对面的悬崖峭壁上，立刻呈现出壮美的天然舞台背景。实景舞台的不远处，散落着几处农家房舍，我猜想，根据剧情需要，这些在演出中肯定会派上用场的。

剧情在第九代老船夫和儿子娓娓道来的述说中展开。父亲的故事以川江号子为主线，一段一段承接着每个场景。川江船夫们之所以离不开号子，是因为千百年来巴渝地区险峻的地形，使交通往来极为艰难，正如李白所叹："危乎高哉！蜀道之难，难于上青天！"在没有机械船的时代，柏木船就是长江上的主要运输工具，当庞大沉重的木船要靠岸时，就得依靠人力拉船，遇到激流险滩，拉船的船夫们丝毫不能懈怠，大家必须劲往一处使，船夫们就是依靠"号子"强烈而又粗犷的节奏感,互相激励着鼓舞着,才能齐心协力把船拉上岸。

一声穿透山谷的"太阳出来喽喂,喜洋洋喽啰喂,挑起扁担浪浪扯上山岗啰啷啰……"这声高亢的呐喊,唤醒了太阳,唤出了缕缕霞光,随着火红的太阳在高高的山岗上冉冉升起,给天边的山巅和山林都披上了一层亮闪闪的金光,金光映照下的远山、近水在悠扬的音乐中如梦似幻,整座山景都变得层次分明地立体起来,这感觉,太美妙了!可是,老船夫却说:"太阳呦,你让汗水在我身上流哇,大山呐,你陡哇,山上的路,要用一辈子去走……"老船夫的话一下子击中了我,原来,后人眼中的美好,竟是父辈们所经历的苦难,这句话,既道出了先辈们悲怆的命运,也体现了他们面对苦难的顽强和豁达。老船夫又对儿子说,在拉纤的时候,他们随时会面对激流险滩,身上任何一点挂碍都会要了他们的命,所以他们纤夫是不能穿衣服的,路过村寨时,就会喊上一声:"跑江的来啰!"为的是让村里那些女娃子回避开。

虽然是实景演出,但张艺谋的电影语言会恰到好处地穿插到故事情节里,随着老纤夫的故事,灯光打在一对儿祖孙身上——一个老婆婆和她美丽的孙女儿。老婆婆告诉孙女儿,她自己就是当年村里的一个女娃儿,嫁给了江上的人——纤夫。出嫁那天,妈妈最后给她洗了脚,妈妈的手是那么软,洗脚的水是那么暖……这时,实景舞台一侧挂满红辣椒的农家房舍亮了,幔帐徐徐拉起,观众看到了一群待嫁的女儿正在洗脚的场景,她们身着嫁衣,纤纤秀腿纤纤玉足随着音乐翩翩起舞,将重庆女子出嫁前的娇羞与对爹娘的不舍表达得淋漓尽致。一曲《哭嫁》,更是触发了全场的泪点:

月亮弯弯照华堂，女儿开言叫爹娘。
父母养儿空指望，如似南柯梦一场。
一尺五寸把儿养，移干就湿苦非常。
劳心费力成虚恍，枉自爹娘苦一场。

同样身为女人，我们的祖辈出嫁就等于彻底脱离了原生家庭，即使想要对父母略尽孝心，面对山高水长路不平的交通条件，心愿也难以实现。相比之下，生活在现代的我们是何等的幸福，哪怕远嫁到了大洋彼岸，想家的时候，只要一张飞机票就能达成回家的心愿。

"没得喽，消失喽……"随着老纤夫苍凉的叹息，儿子的歌声娓娓唱着对童年的回忆和对父辈的敬重："一首船歌，我睁开了双眼，这一条江，这一片天，父亲的船，开满了我的童年……多年以后，我再回到故乡，江依然宽，天依然蓝，父亲的船，却搁浅在河滩。父亲的船，有一些孤单，永远不再唱着号子扬起帆，父亲的船，被遗忘在河滩，失去的回忆，有谁能归还？"正是那一句"父亲的船，有一些孤单，永远不再唱着号子扬起帆"深深打动了我：多么顽强的船夫们，他们那艘曾经扬帆远航的柏木船却永远地搁浅在命运的沙滩上；多么孔武有力的船夫号子，却也随着他们搁浅的船消失在儿子的回忆里，想到这里，泪水不禁夺眶而出，我思绪万千，任泪水夹杂着雨水顺着脸颊流……我深深理解他那份无奈，那份不舍，可是，我也更要对他说，今天，虽然这些东西消失在历史的长河里了，但不要难过，随着社会的发展和时代的进步，父辈们所受过的苦难，是不应该在下一代身上重现的，但是，我们会让长江上的船夫号子世世代代传唱下去，让父辈们的这种齐心协力团结抗争的精神，世世代代传承下去。

"嘿呀奏，嘿奏，嘿呀奏，嘿奏……"川江号子由远及近地回荡在峡谷里，随着音乐在耳畔响起，远处闪耀着一片深蓝色的灯光，那是翻腾的江水，眼前漫山遍野耀眼的红彤彤，那是无遮无拦的太阳在当头照耀："穿恶浪呦，踏险滩呦，船夫一身，嘿奏，都是胆呦，嘿奏，闯漩涡呦，嘿奏，迎激流呦，嘿奏，水飞千里，嘿奏，船似箭喽，嘿奏，乘风破浪嘛，嘿呦，奔大海呀嘛，齐心协力呦，嘿奏，把船扳呦，嘿奏，嘿奏，嘿呀奏……"那铿锵有力的节奏，和高亢的音乐声一起震荡着山谷，一队队拉纤的船夫如战场上的勇士，不，他们就是勇士！雨雾中，他们有节奏地喊着号子，齐心协力地拉着纤绳，一步一步从舞台沿着顺山而建的台阶，穿过灯光的江流，穿过如潮的观众，穿过历史的时光，渐渐地，他们的号子与观众的号子合为一体，几千人异口同声："跨险滩呦，嘿奏嘿奏，越激流呦，嘿奏嘿奏……"如线般飞落的细雨打在我们的脸上，打在他们赤裸的背上，变幻的光影中，一个个健壮而坚实的脊梁被雨水冲刷得黝黑发亮。我这才意识到，在武隆的大山里，沐浴在细雨中，全身心地感受船夫们的力量，你的力量他的力量我的力量互相传递着凝聚着，当我们的声音震破山谷的时候，当那号子充满野性的回声与整个武陵山脉、与峡谷里的激流瀑布融为一体的时候，我不知该用怎样的语言来描述那份震撼人心的感染力。我感觉今天听到的号子就是大山本身发出的声音，这声音和围绕在我们身旁的群山，和天上飘来的细雨是那么和谐一致。这才是原生态的"川江号子"，它在真山真水的大自然面前，在迷幻绚烂的光影技术的衬托下呈现。此时此刻，我感觉舞台上那群使出浑身力气的舞者，就是往昔岁月里穿急流过险滩的纤夫们，就是当年的船夫在顽强地和命运抗争、和自然抗争,今天的他们,通过唱响川江号子,重现当年纤夫们顽强和苦难的同时,也以川江号子的精神,在一遍又一遍地接受命运的洗礼。

"朝辞白帝彩云间,千里江陵一日还,两岸猿声啼不住,轻舟已过万重山。"李白的绝美诗句已传唱了千年,长江上的纤夫号子已呐喊了千年,如今,描写长江的经典诗句必将继续作为经典为后人代代传唱,而长江纤道却因修筑三峡工程,长江水位上涨而被淹没在滚滚的江流下,机械船早已取代了人工拉纤的柏木船,纤夫消失了,纤夫号子消失了,据统计,目前仍然在世的乌江纤夫还有11位,川江段纤夫还有8位。舞台上的老父亲垂着头在叹息:"忘了吧,忘了……那些纤夫啊,滑竿啊,那些号子啊,都是没得用的,忘了吧,忘了我们吧,忘喽……"是啊,纤夫们把一生都交给了长江,交给了纤绳,纤夫号子就是他们前行的动力,如今这些却都"没得喽,消失喽……"

在老纤夫的声声叹息中,一艘神奇的大船在两座大山之间飘过,从大山的另一边一直飘向我们,老纤夫缓缓地登上了大船,在《早发白帝城》的一咏三叹中,和那艘身披万道霞光、象征着岁月的大船一起,渐行渐远,直到消失在时光的长河里……此时儿子的道白也道出了我们的心声:"这就是我父亲的声音,您听见了吗?他从未走远,此时,在这武隆区仙女山镇的桃园大峡谷里,我们再一次唱响了号子,不为感叹,不为留恋,为的是,不断了血脉……"

"血脉……血脉……血脉……"这两个字在山谷里久久回荡着,在我的心里久久回荡着……

武隆的闺女回娘家

杨悦

幼时母亲指给我看棕色硬壳的户口簿,父亲与我的籍贯栏是用钢笔填写的"四川彭水",母亲则是"四川成都"。我不解,父亲和我不都在重庆土生土长吗?怎么不是"重庆",而是从未听闻的"彭水"呢?

母亲出生在成都,九岁那年随外婆和二舅、五孃乘坐火车抵达重庆,与两年前便赴渝工作生活的外公和大舅会合。父亲和我分别出生在重庆下半城十八梯和重庆妇产科医院。母亲跟我解释:籍贯不是出生地,而是爷爷和祖祖的故乡,是爷爷出生和成长的地方。

那时我念小学,"彭水"的地理位置和与重庆的距离,都不知道也无意探寻。但"彭水"这两个字从此根植大脑,因为父母当年教育我时,常引用川渝顺口溜:"养儿不用教,酉秀黔彭走一遭。"

幼时的我不上心,怎么也记不住"酉秀黔彭"四个字,只知道有"彭水"的"彭"在里面,是自己的祖籍地;也心知肚明父母的用意:我们的祖辈生活在苦寒落后之地,只须带孩子去那儿走一趟,体验一下当地人穷困潦倒的生活,孩子便会变得乖巧懂事,不用父母苦口婆心,便懂得珍惜眼前的生活,听爸妈的话,好好念书……

2015年前我从未踏足的故土"彭水",后来却在亲人口中变成了"武隆"。原来,爷爷的家乡江口镇,1953年前属彭水县,之后划归武隆县,现为重庆市武隆区。我们的户口簿祖籍栏之所以标注"四川彭水",皆因爷爷的记忆定格在20世纪30年代,之后故乡发生的各种变化,老人临终也不得而知。

从此我家老爷子高调自称"武隆人",还起个别名"杨武隆",乍听吓我一跳,怎么和幺爸"杨武龙"叫同样的名字,老爷子糊涂了?其实他灵醒着呢,别有深意地自称"杨武隆",都是"武"字辈,不违和。

"杨武隆"一度自号"江口译翁",乡土情结之浓郁可窥一斑。再后来,老爷子重新回归"巴蜀译翁",因为中国不止一个江口镇,辨识度不高,我就道听途说问过他,可是明末张献忠入川后"江口沉银"的江口。巴蜀大地源远流长的历史文化哺育和滋养了他。父亲在成渝两地生活的时间加起来,远超一个甲子,"巴蜀之子"名副其实。

我却难舍重庆情结,规劝他:武隆不就隶属重庆吗?干吗不说"重庆人"?简单响亮。老爹据理力争:重庆这么大,不能忘了自己的根。也许,到了一定年纪,念亲思乡、叶落寻根的情结会愈发难以释怀。

此次随采风团"结结实实"去了一趟武隆仙女山,八晚夜宿仙女镇,时间充足,精力饱满,主办方悉心安排,殷切陪伴,让所有人宾至如归。

无边无际的美景映入眼帘,愉悦悠然的心情油然而生。与远道而来的文友们一样,我情不自禁地迷恋上了武隆的山山水水,一度遥远而陌生的故乡,昔日的苦寒之地,如今的度假天堂。

云雾飘渺的仙女山、白马山;九曲十八弯的乌江画廊;随着电影《满城尽带黄金甲》《变形金刚4》渐为天下知的天生三桥;养在深闺火炉镇的飞来石、木化石、五根树，和顺镇的风车、竹海、葫芦……我们一行人置身其中，变身衣袂飘飘的仙女和风度翩翩的白马。

我的祖父和曾祖母，自打1930年重返江口镇，接走姑奶奶，便再没返回故土。那年月，坡高山陡路迢迢，孤儿寡母回去如何度日？守着薄田挨饿受冻吗？他们无从想象，更无福见到，有朝一日，他们踽踽独行，怅惘挥别的故乡，那方贫瘠苦寒的土地，在几代人血泪与汗水的浸泡下，在一双双长满老茧的双手锤炼下，成为全国少有的同时拥有"世界自然遗产""国家5A级风景名胜区""国家级旅游度假区"三块金字招牌的旅游胜地之一。

回到德国，忍不住一次次打开网上地图，深深凝望你，轻轻抚摩你脸颊的一行行泪珠、一道道皱纹，历经沧桑、浴火重生的故乡武隆。

江口镇坐落在芙蓉江与乌江汇合处，距离武隆城区17公里，号称"世界洞穴奇观，中国溶洞之王"的世界自然遗产芙蓉洞便位于此。芙蓉江则拥有"川东九寨沟"的美誉，现为国家重点风景名胜区。我们在芙蓉洞口俯瞰芙蓉江水，青山碧水两相映，我的心却飞到了从未踏足的山沟里。

我们的老家掩藏在海拔1650米的山坳，恰如实景剧《印象·武隆》所展示与吟唱的："大山啊，你陡啊！"如今从江口镇驱车前往，13公里的距离，弯弯曲曲，蜿蜒而上，需要20多分钟。

难以想象，20世纪二三十年代，曾祖母与祖父、姑奶奶，如何从乱石嶙峋的山坳，奔赴迢迢之外的重庆主城，翻山越岭几多步？乘舟搭车几许里？险峻的乌江，简陋的木船，赤身裸体的纤夫，风餐雨露的白昼，披星戴月的夜晚，途经涪陵、长寿，终抵重庆朝天门。

是什么驱使曾祖母这个中年丧夫的苦命女人，独自走出贫瘠的大山？为了讨口饭，活条命，活出人样，为了给自己的一双儿女寻个更好的出路。

父亲记得她，管她叫"爷爷"，为了弥补没有爷爷的遗憾吗，还是隐隐在诉说，爷爷缺失的家庭，奶奶便是顶梁柱？"爷爷"把孙子背在背上，一颠一颠地走来走去，乐不可支。"爷爷"仅有祖父这个独子，祖父时年26岁，头胎女早夭，父亲便成为杨家的长房长孙。穷人家有了血脉的传承，便缓解了生命的辛劳；贫困交加的生活，平添了慰藉，终有了盼头。

更难以想象，清康熙年间，湖广填四川之际，我们的先祖杨再兴如何带领八个儿子，从江西临江府翻山越岭，长途跋涉，历经艰辛，最终辗转抵达武隆江口镇，从此过着面朝黄土背朝天的农耕生活。

青山依旧在，几度夕阳红，杨再兴为家族制定了28字字辈，从"再"兴到祖父"文"田，我们的先辈在武隆的穷乡僻壤，居住了整十代人，历经两百余年的光阴。

今日武隆凭借独特的喀斯特地形，吸引着八方来客。那一条条蜿蜒而平整的公路，一道道狭长而明亮的隧道，将山内山外紧紧相连。从重庆江北机场至武隆仙女山，约三小时车程。乘火车可从重庆北站直抵武隆站，仅需两小时。仙女山机场与高铁将陆续开通，可谓天堑变通途。

爷爷生于1912年，16岁那年终于盼来几年前只身前往重庆谋生的母亲请人代写的书信。曾祖母在重庆陕西路一家名叫"福寿隆"的糖食铺给人帮佣，数年苦苦挣扎，终于站稳脚跟，于是急急盼子前来团聚。爷爷兴冲冲前往重庆寻母，母子久别重逢，执手相看泪眼。

曾祖母一面感激老板收留爷爷在店里学徒，一面牵挂尚留在武隆的姑奶奶。三年学徒期满，母子俩匆匆踏上回乡路，他们明白，此番回乡只为接姑奶奶，辞谢亲友，给至亲上坟，此后山高水远，怕是难得再见了。

母子三人就此永远告别了"山清水秀石旮旯，洋芋红苕包谷粑"的故土，在重庆定居下来，度过备受战争、饥荒和横祸摧残的艰辛岁月，开枝散叶，直至衰老死亡。

不曾拥有，便无谓失去，曾祖母、祖父两代人，带着离乡背井的无奈与义无反顾的勇气，在异地重头再来。日常生活的琐碎，糊口养家的重压，营营役役中，哪怕低头思故乡故人，也无返乡的闲钱闲情。老家的骨肉至亲与少时玩伴，只能萦怀梦中；祖先亲人的坟茔，唯有在心底遥祭。

谁能真正遗忘自己的来时路，谁不眷念先辈曾生活的那方热土，寻根情愫植根于血脉深处，不思量，自难忘。回乡的路啊，是那样的漫长……

20世纪90年代，我怀揣青春的梦想，远渡重洋、打工学习之际，远在重庆的八叔，带着一大家子，踏上了前往武隆的寻根之旅，带着逝者未了的还乡愿和生者不息的思乡情，回到了芙蓉江畔江口古镇。

原来，在素未谋面的祖地，生活着那么多的杨氏宗亲，与我们有着共同的先祖，名字里嵌着熟悉的字辈，"武均""永雄"，叫起来是那么亲切，甚至出现了同姓同名的巧合，蓦然间有了两位"杨永兰"，一位在重庆，一位在武隆。

贫穷使我们分离，思恋让我们重聚。未曾谋面，不曾听闻，却一见如故，相见恨晚，这便是打断骨头连着筋的血脉亲情，先辈有知，含笑九泉。

近年来，父亲与兄弟姐妹在夏季来临之时，逃离火炉重庆，去往仙女山消夏，修葺祖墓，续写家谱，含饴弄孙，吹拉唱弹，游芙蓉江，啖江口鱼，乐不思"渝"。

父亲最爱武隆的糯包谷（玉米）、又香又甜的红苕（红薯），还有各式各样的时令蔬菜，每次视频，都故意馋我："赶快回来吃好吃的哟！国外哪里吃得到哦！"

此番回到武隆，尽情品尝每一道美食，大饱口福，回味无穷；深深呼吸仙女山大草原那清甜甘冽的空气；细细聆听天生三桥"飞流直下三千尺"的潺潺瀑布；目不转睛地观赏龙水峡地缝的层峦叠嶂、青翠深幽……

啊，故乡，你的闺女回来了……

杨悦，旅德作家、译者。与杨武能合译《格林童话全集》（译林出版社），与王荫祺合译《少年维特的烦恼》（收入河北教育出版社《歌德文集》），著有散文集《悦读德国》（四川文艺出版社）。德国迅马科技有限公司董事长，德国川渝总商会副会长，德国川外校友会会长。

"巴蜀译翁亭"揭幕纪实

〔德国〕高关中

巴蜀译翁就是著名的德语文学翻译家杨武能教授,他在德国侨界也是大名鼎鼎,很多人都是通过他的译作了解德语文学,进而了解德国的社会和文化。杨老还是《华商报》专栏作家杨悦的父亲。

10月16日,"巴蜀译翁亭"揭牌仪式在重庆武隆仙女山景区天衢公园隆重举行。武隆区委常委、宣传部长石强桢,区委常委周光,武隆区相关部门负责人及参加"2019世界华裔文艺家重庆·武隆·仙女山采风活动"的各国华裔文艺家25人,还有四川省和重庆市的部分著名文艺家出席了揭牌仪式。

八旬译翁杨武能和武隆区委常委、宣传部长石强桢,共同拉下"译翁亭"红绸缎,全场欢呼祝贺!"巴蜀译翁亭"是一座中国传统样式的亭阁。匾额和楹联均由湖南书法家涂光明所题写。其中匾额为篆字"巴蜀译翁亭"。楹联为"浮士德格林童话魔山永远讲不完的故事"和"翻译家歌德学者作家一世书不尽的传奇"。这副楹联精练地概括了杨武能教授的主要成就。此外,武隆著名作家吴沛创作了《巴蜀译翁亭记》,由四川书法家徐炜撰写,然后刻石。

祖籍武隆的杨武能教授,长期在位于重庆的川外和位于成都的川大工作,故号巴蜀译翁。半个多世纪以来,他孜孜不倦,持之以恒,以非凡的毅力和精力,译介德语文学,迄今出版各种版本的译著100余种。而且译的都是名著、经典,译品字数达六七百万字。

其中11卷本《杨武能译文集》，集其大成，使他成为第一位健在时即出版十卷以上大型个人译文集的文学翻译家。他主编和担任主要译者的14卷精装本《歌德文集》是中国第一套大型歌德文集。目前正在陆续出版多达20卷的《德语文学精品·杨武能译文集》，以及6卷论著创作，杨武能全集总共超过26卷，逾千万字。杨教授翻译成就最为辉煌，其中以翻译《浮士德》和《少年维特的烦恼》为代表的歌德作品、翻译《格林童话》和翻译诺贝尔文学奖得主托马斯·曼的名著《魔山》，成就最为突出。

杨武能教授在答谢讲话中强调感恩，他出身于劳动人民家庭，祖父是农民，父亲是工人。在旧社会，他自己上了几年小学，就因家贫而失学，是新中国为他带来了人生的转折，靠助学金上完中学大学，最终成为我国著名的翻译家、歌德研究学者和作家。

去年，杨教授荣获中国翻译界的最高奖项——中国翻译文化终身成就奖。杨武能教授在促进中德文化交流方面作出了巨大的贡献，架起了一座横跨中德的文化交流桥梁。他的成就在德国同样得到高度的赞赏。2000年他荣获德国总统颁授的德国"国家功勋奖章"，2001年获得终身成就奖性质的洪堡学术奖金，2013年又在德国获得世界歌德研究领域的最高奖——歌德金质奖章。这样杨教授就成为迄今为止获得这三大奖项的唯一中国学者。杨老的经历和成就，不愧是一部"一世书不尽的传奇"。

武隆地灵人杰，当地有感于由武隆山区穷苦山民人家走出的武能先生为家乡带来的荣耀，于武隆仙女山为武能先生建亭勒碑，亭名"巴蜀译翁亭"。据悉，由政府部门为健在的文化人打造纪念亭阁在国内尚属首次。杨武能教授在答谢发言中透露，操办方主张亭名为"译翁亭"，但是被武能先生坚决否定，盖因"译翁亭"与安徽滁县"醉翁亭"发音相近，而武能先生谦卑地认为自己的成就并不足以与文豪欧阳修相提并论。

参加仙女山采风的德华作家兼记者孙小平博士认为："其实，大凡尝试或从事过翻译的学子无不有体会，翻译就是一种文学创作，唯与单语文学创作相较，翻译更见语言的功底，更要求心智的定力和性格的毅力。古时科举有十年寒窗苦读之说，武能先生苦熬过的岂止是十年，而是坚守了逾半个世纪。先生用笔聚拢了两个完全陌生的世界，若论成就决不逊色于欧阳修。"

重庆市武隆区委、区政府高度重视此次活动，承蒙武隆仙女山旅游度假区管委会的邀请，得到了重庆市阳光童年旅游开发有限公司、重庆武隆喀斯特旅游集团公司的大力支持。

揭牌仪式之前，专门赶来助兴的重庆市杂技团的青年演员，为参加仪式的来宾们表演了精彩的杂技和魔术节目。这些靓女俊男的杂技和魔术表演令全场嘉宾倾倒，喝彩掌声不断。看着兴味盎然的武能先生，只道是"老夫聊发少年狂"，其实是年逾八旬的武能先生最近应聘担任了重庆杂技团的艺术顾问，计划把格林童话中的"青蛙王子"搬上杂技舞台，让先生钟爱的家乡杂技艺术更上一个档次，为年轻的艺术家打造一个更美丽的愿景。近几年曾经有中国杂技团演出的杂技"天鹅湖"狂扫欧洲，亦未可期，下一场在欧洲飙起的中国旋风也许就是重庆杂技团的"青蛙王子"！

致敬"巴蜀译翁亭"

〔美国〕陈瑞琳

北美作家协会副会长、著名作家陈瑞琳老师在"巴蜀译翁亭"揭牌仪式上代表海外嘉宾做精彩演讲,以此致敬年逾八旬的德语文学翻译家杨武能教授,全文如下:

尊敬的武隆各级领导,亲爱的各界朋友们,以及来自世界各地的文友们,此刻的仙女山天空突然放晴,正是为了今天这个美好又难忘的日子。在此我代表来自美国、德国、澳大利亚、马来西亚、捷克、瑞士、法国、英国、中国台湾等地的作家代表,向武隆,向仙女山,向译翁亭表达最深挚的敬意和最热烈的祝贺。

巴蜀译翁亭今天在这里揭幕,是一个伟大的文化盛事,这不仅仅是武隆的骄傲,也是中国的骄傲,更是世界文化交流的骄傲。

中国改革开放40多年来,我们所取得的伟大成就,我们所创造的新的历史,正是因为我们打开了国门,面向世界,进行了广泛的文化交流。正是通过中外文化的交流,我们的国家才得到了飞速的发展。

我永远都不会忘记,自己在读大学的时候,读到了那么多经典的世界文学作品。其中有俄国文学、英国文学、法国文学。特别是读到了杨武能教授翻译的《少年维特的烦恼》等德国文学作品。是那些伟大的翻译家带给了我们巨大的精神享受和文化启蒙。今天,我们已经见不到像傅雷那样的伟大翻译家，但是我们却能当面来感谢了不起的杨武能教授。巴蜀译翁亭的建立，正是让我们有机会来表达对翻译家的敬意。

我曾经看过一个读者调查，读者最喜欢买的书就是翻译的世界名著，这说明中国的读者是多么渴望读世界上最优秀、最经典的外国作家作品，他们从中吸收了大量的精神营养，这些作品影响了他们的一生。

当代中国走到今天，真的要特别感谢翻译家，是他们把世界文化的种子播种在我们的心里。

回望我们这个民族，虽然地大物博，但我们传统上却是一个大陆型国家，海岸线相对国土规模还是较短，看不到更多的大海。今天，我们终于可以走向世界，向世界学习，打开眼界，与世界上各个优秀的民族交往，吸收世界上丰富多彩的精神文化。我们有幸生活在这样一个伟大的时代，有了杨老这样伟大的翻译家、文学家、教育家。他是武隆的儿子，所以我们为武隆骄傲，为中国骄傲，也是为中华文化与世界文化的交流而感到骄傲。

当年读《歌德谈话录》的时候，绝没想到今天竟能够站在译者的面前，可以跟他握手，看到他慈祥的笑容，感受他博大的胸怀。这是多么幸福！

今天，对于在座的所有朋友都将是一个难忘的日子，我们要永远记得这个日子。

感谢巴蜀译翁亭，它将留给子孙后代，未来的他们会想到中国与德国文化的关系，想到中国与世界的关系。感谢杨老，在巴蜀这块神奇的土地上，矗立起一个伟大的文化丰碑，也成为我们这些后学永远的老师。为此，我今天特别送给他一个来自陕西师范大学的礼物,古牌"师宝",永远拜他为师!

再次感谢武隆,有如此的眼光,如此的胸怀,能够举办这样一个了不起的活动,我们要把今天的这个活动传向世界,让更多的人来到武隆,来领略武隆的人杰地灵。我相信每一个来到武隆的人都会爱上它,爱上仙女山。等到明年、后年武隆有了飞机场,有了高铁,武隆与仙女山将会迎来一个更加辉煌的时代!

《格林童话》的奇迹

〔马来西亚〕朵拉

杨武能老师问我想要哪一本书,我脱口而出:"《格林童话全集》。"

暖暖阳光下微微的小雨若有似无地落在重庆武隆仙女山桂花大道上的天衢公园,公园名字的意思是天上的街市,是仙女们逛街、休憩和游玩的地方。桂花季节虽然已经过去,树上挂着零零星星的桂花照样在有雾的上午散发出幽幽馨香。公园步道旁的银杏树已经开始泛出浅浅金黄,热情的当地朋友力邀下个月来看金色仙女山。说的就是满山遍野的黄金银杏叶子。梧桐树根本不理睬秋天是落叶季节,片片青翠叶子兀自在阳光照耀下发出油亮亮的碧绿光彩。

极目远眺,远山一重比一重远,一重比一重淡,弥漫在群山之间的飘渺云雾,淡雅飘逸,千姿百态,一幅如梦如幻若隐若现的水墨氤氲山水长卷就在眼前铺展开来。把目光拉回身边,各色雏菊以及不知名字不同种类色彩缤纷的鲜花,在清丽的早晨,璀璨明亮,用一种以多取胜的怒放姿态,欢迎来自世界各地的华裔文艺家。"巴蜀译翁亭"的揭牌典礼即将开始举行。

2019年10月16日,"巴蜀译翁亭"揭牌仪式在武隆仙女山天衢公园举行,以此向著名翻译家杨武能教授为中国翻译界、文学界作出的重大贡献表示敬意。重庆武隆区政府对这个活动高度重视,武隆仙女山旅游度假区管委会、重庆阳光童年旅游开发有限公司、重庆武隆喀斯特旅游集团公司都给予支持，特别邀请来自全球各地的20多位华裔文艺家参与这个精简而隆重的典礼。重庆市杂技团的杰出青年演员也在揭牌之前奉上精彩的杂技和魔术表演，获得众人如雷的掌声。

宣传部长石强桢陪同杨老走到一座中国传统样式的亭阁，共同拉下"巴蜀译翁亭"的红绸缎，亭子两边有一对楹联"浮士德格林童话魔山永远讲不完的故事"和"翻译家歌德学者作家一世书不尽的传奇"，皆为湖南书法家涂光明题撰，全场摄影师纷纷抢拍，所有出席的国内外贵宾鼓掌欢呼。前有"醉翁亭"，今有"巴蜀译翁亭"，我们为杨老喝彩，也为特别尊重文化艺术的武隆人喝彩！

"巴蜀译翁亭"前有一块刻石，我也拍下来了。那是武隆著名作家吴沛创作的《巴蜀译翁亭记》，四川书法家徐炜书写后刻下作为永恒的记录。刻石不大，但却是一块文学翻译界的丰碑。

小说里总有很多机缘巧合，有人说太多巧合便不是一篇好小说，然而，就在揭牌仪式当晚我接到女儿菲尔的微信，她发来《石帆》杂志的几篇文章，她的本意是要炫耀她自己写的《消失的莲花河》，我无意中看到谭楷的《大师总是低声说话》。照片拍得不是很好，但我看见字迹模糊的照片其中有一句："杨武能是谁呀？"

杨武能教授，出生于重庆，先后担任四川外国语学院副院长、四川大学欧洲经济文化研究中心主任，是新中国成立后第一位翻译《格林童话全集》的翻译家，是郭沫若以后最受赞誉的歌德翻译家。1999年杨老主编并参加翻译14卷本、大约500万字的《歌德文集》，获"中国图书奖"等多项奖励。杨老的卓越贡献也让他于2000年，荣获德国总统颁发的"国家功勋奖章"，2001年又获德国的终身学术成就奖"洪堡奖金"。2013年5月23日获国际歌德学会颁发的"歌德金质奖章"。这是世界歌德研究领域的最高奖励和荣誉,杨教授是全世界第57位获奖者,也是该奖自1910年成立以来首位中国获奖者。

重庆采风活动过后,我抵达福州拿到《石帆》杂志,第一时间阅读《大师总是低声说话》,作者特别提起"现实生活中,杨武能更是低调得让人听不到他的声音。几乎是同一时期,张艺谋的《红高粱》获得柏林电影节'金熊奖',闹红半边天;杨武能获时任德国联邦总统颁授的'国家功勋奖章',中国传媒界悄然无声。之后,杨武能获国际歌德学会颁授的'歌德金质奖章',欧洲传媒界一片叫好声。这一枚令全世界作家和翻译家仰望的'歌德金质奖章'如高悬天宇的一枚星星,被中国的杨武能摘下,在中国几乎无人知晓!"因为低调的杨老总是低声说话。学生们反映:"他是永远的低音,不尖起耳朵听,根本不知道他在讲什么。但是,正因为他小声说话,课堂特别安静,那经过多年提炼的字字珠玑,那不疾不徐的娓娓道来,让学子们个个叹服。"

这篇文章让我回想揭牌仪式当天杨老的致辞"我要说的只有感恩两个字"。杨老的声音低而有力。他感恩所有的人,感恩时代、祖国、老师、亲戚、朋友。他说一个人是集体的人,是集体的人造就了你。他说他是一个农民的孙子,一个工人的儿子,上了几年小学就因家贫失学,新中国为他带来新希望。他能够有今天,是因为一辈子都有贵人帮助。这位在翻译圈被称为德语界的"傅雷"的杨老,把自己的功劳归于大家,他认为是所有的人造就了今天的他。"一个不懂感恩的人,不能成大器。"

欢送晚宴上,杨老悄悄把凤凰出版传媒集团译林出版社精装版的《格林童话全集》交给我。打开内页，杨老题签"巴蜀译翁"，并盖上一个印章，合译此书的女儿杨悦签名跟在后边。日期是2019年10月17日，并把赠书地点特别注明"重庆武隆仙女山"。这里是杨老的故乡。

当杨老亲自开口问我"要哪一本书"的时候，我真是不知如何选择。杨老翻译的《浮士德》《少年维特的烦恼》，还有诺贝尔文学奖得主托马斯·曼的《魔山》等，每一本都是名著好书！单是译介德语文学，出版各种版本的译著有100多种，《杨武能全集》总共超过26卷，逾千万字。

我心里犹豫，脱口而出的还是《格林童话全集》，为了带回来给两个女儿。

从小爱读中文书的女儿们，特别喜欢《格林童话》，从开始给她们讲故事，到她们自己懂得以中文阅读，家中书房不同版本的《格林童话》从没有断过，她们喜欢这本童话的程度达到：索性把书放在自己房间里的一墙书架上。今天两个女儿各有不同专业，但都出版过中文书。忙于制作原创艺术表演，为了带表演到世界各地，成天到处飞的小女儿鱼简，出过一本散文集《简写簿》，身为律师的大女儿菲尔至今出版了9本书，平日律师工作之余还在继续用中文写作。我不能说这完全是杨老的功劳，可是，无可否认这是一本引她们从小进入文学殿堂的童话集，让她们爱上阅读，爱上文学，爱上写作。我不晓得杨老是否知道，作为德国文学翻译家，他的影响力不只在中国大陆，也不只是我这个海外第三代或我的下一代，更不仅是东南亚，杨老的影响力之深远，就像他在《格林童话谈片》里写的跋：

"北方、西方和南方分崩离析,宝座破碎,王国战栗……"歌德著名的《西东合集》这开头两行诗,极其概括而生动地描述出了欧洲在十九世纪初急剧动荡和危机四伏的情景。可就是在这极不安定的时代,就是在四分五裂、兵荒马乱的德国,《格林童话》诞生了!它的搜集工作始于1806年,正值拿破仑发布大陆封锁令,着手全面征服欧洲的时候;它的第一卷出版于1812年,正值拿破仑进军莫斯科并且遭到惨败,第二年又紧接着在德国的土地上进行规模空前的莱比锡大会战;它的第二卷出版于1815年,这时野心勃勃的拿破仑彻底失败了,欧洲出现反动复辟。然而当年谁会想到,在将近两百年后的今天,当那些夺去千百万人身家性命的血肉横飞的战争已被人淡忘,当那些曾经叱咤风云的皇帝、元帅、宰相都仅仅在历史书中留下苍白的影子,一部似乎并不起眼的《格林童话》却流传了下来,从德国流传到整个欧洲,从欧洲流传到全世界,而且显然还会千百年地继续流传下去。

文学比任何力量都真实而有力。杨老对文学对翻译的热爱、坚持和执着,让他的名字和《格林童话》,流传到全世界,千百年地继续流传下去。

我告诉女儿我遇到翻译家杨武能教授,她不相信,我把《格林童话全集》带回家,她立马翻阅,很高兴地说:"啊!真是奇迹!这就是我小时候看的书呀!"

重庆图书馆
与杨武能著译文献馆

〔德国〕高关中

10月16日,"巴蜀译翁亭"揭牌仪式在重庆武隆仙女山景区天衢公园隆重举行。为了进一步了解杨教授的翻译成就,世界华裔文艺家中国重庆武隆仙女山采风团特意走访了杨武能著译文献馆,该馆位于重庆图书馆,是重图的馆中馆。

杨武能著译文献馆为什么会落户重庆图书馆呢?这要从杨教授说起

杨武能是德语文学翻译大家。德语文学泛指用德语写成的文学,包括德国文学、奥地利文学以及瑞士德语文学等三个部分;它们由语言、文化、历史传统和地理位置密不可分地联系在一起却又相对独立、个性鲜明、各具特色;其中德国文学构成了德语文学的主体。

杨武能是享誉海内外的翻译家、学者和作家,是继郭沫若和冯至之后中国第三代歌德研究家和翻译家的杰出代表。半个多世纪以来,他孜孜不倦,持之以恒,以非凡的毅力和精力,译介德语文学,且译的都是名著、经典,译品字数达六七百万字,迄今出版各种版本的译著100余种,其中包括11卷本《杨武能译文集》,集其大成,使他成为第一位健在时即出版十卷以上大型个人译文集的文学翻译家。他主编和担任主要译者的14卷精装本《歌德文集》是中国第一套大型歌德文集。目前正在陆续出版多达20卷的《德语文学精品·杨武能译文集》，以及6卷论著创作，杨武能全集总共多达26卷。拥有如此辉煌的翻译、研究和创作成就者，在当代中国译坛恐怕为数不多。

杨武能教授在促进中德文化交流方面作出了巨大的贡献，架起了一座横跨中德的文化交流桥梁。2000年他荣获德国总统颁授的德国"国家功勋奖章"，2001年获得终身成就奖性质的洪堡学术奖金，2013年又在德国获得世界歌德研究领域的最高奖——歌德金质奖章。这样杨教授就成为迄今为止获得这三大奖项的唯一中国学者。

杨武能这样一位译坛巨匠、杰出学者，从事译著半个多世纪以来，收藏了著译的众多版本，积累了大量的相关资料。不仅学富五车，而且坐拥书城。早在2011年在从事翻译教学五十周年之际，杨武能就曾把与歌德研究相关的大批中德文书籍材料捐献给母校川外，以支持学校建立"杨武能图书文献资料馆"。并在此基础上倡导川外创办了中国第一个歌德研究所。

近几年，随着年事渐高，他考虑得更多更久远，最后决定在有生之年把自己多年来的作品和相关材料悉数无偿捐赠给重庆图书馆，以发挥更大更长久的作用。重庆图书馆衷心欢迎杨武能的这一懿行壮举，为此专门建立了一个以这位文学翻译家名字命名的"馆中馆"——杨武能著译文献馆。值得强调的是，这是全国第一家为文学翻译家创办的个人文献馆，在世界上也极为罕见。

重庆图书馆由国立罗斯福图书馆发展而来

我们采风团一行，来到了重庆图书馆，受到了热情的接待。在宽大的图书馆餐厅，我们像整天泡在馆内的普通读者一样，吃了一顿工作餐，感受到该馆对读者的关爱。饭后，馆内领导接待了我们，专人为我们详细介绍了重庆图书馆的历史和现状，真的非同一般。

重庆图书馆是中国著名的大型综合性的公共图书馆，国家一级图书馆，四大直辖市图书馆之一，规模和设备条件在我国西部更是数一数二。它作为重庆市主要的文献信息收集交流和服务中心，也是重庆对外文化交流的窗口。

抗战时期，重庆地处大后方，成为民国陪都，战时中枢。中美两国为打败凶残的日本法西斯，互相支持，进行了富有成效的合作。飞虎队，赴缅远征军等就是光荣的范例。抗战胜利后不久，国民政府为纪念在世界反法西斯战争中作出重大贡献的美国总统罗斯福（1945年病逝），为了保存抗战史料，经过2年筹备，于1947年设立"国立罗斯福图书馆"，为当时中国仅有的5个国立图书馆之一，这就是今日重庆图书馆的前身。

重庆图书馆历经半个多世纪的建设和发展，现有员工230余人，馆藏文献460多万册（件），已形成在国内外都具有影响力的民国时期（特别是抗战时期）出版物、古籍线装本、联合国资料三大馆藏特色，并已形成了相当完整的地方文献体系。

2007年，重庆图书馆新馆建成开放，它坐落在沙坪坝区，交通便捷。新馆建筑面积达5万余平方米，馆舍为玻璃钢铁的光亮派建筑，现代、大气、舒适，给人以赏心悦目之感。馆内设有中文图书、报刊、地方文献、联合国文献等借阅室以及少儿阅览室等，有阅览座位1869个。设有两个设施先进的报告厅，416个座位的学术报告厅和200多个座位的多功能厅。此外还有馆史室、重庆中国抗战大后方历史文献中心、杨尚昆藏书阅览室（原国家主席杨尚昆，1907—1998，是重庆潼南人，2007年，其子女将其藏书数万册捐献给重庆图书馆）、展览厅、教室，并附设餐厅和宾馆，是进行学术研究、读书学习、信息交流的理想场所。特别令人欣喜的是，该馆率先实施免费开放，开架阅读，读者可以在拥有50万册开架书的阅览厅浏览徜徉，那真是高品质的文化享受。

重庆图书馆还经常举办各种展览，我们参观时，正好看到了"中华人民共和国成立70周年，百姓生活记忆展"。点滴民生，倒映着一整个大时代，观众们就像回到往日，看得饶有兴味，更加珍惜今日的美好生活。

杨武能著译文献馆开馆盛典

重庆图书馆开国内之先河，创设杨武能著译文献馆这一"馆中馆"，介绍、褒奖在此土生土长，为乡梓增光添彩的杨武能教授，旨在鼓舞山城子弟的自信、自强、自尊精神，为巴渝大地之地灵人杰提供一个新的、实实在在的佐证。

金秋时节，天朗气清。2015年10月12日在重庆图书馆举行了隆重的杨武能著译文献馆开馆仪式。来自重庆、四川、南京、武汉、河北、湖南乃至海外的德语界学者、教授，文化界、出版界知名人士，亲朋好友们一百多人参加。我也有幸躬逢其盛，至今记忆犹新。

此次开馆仪式档次之高，场面之热烈，给人留下深刻的印象。著名作家、一百零一岁的四川作协老主席、书法家马识途先生亲笔题写了馆名"杨武能著译文献馆"，银白色的字体方正端庄，给文献馆增添了巨大的光彩。馆名旁竖立着一尊洁白的杨武能教授的半身雕像。馆外一些地方高挂着数十幅"杨武能著译文献馆开馆仪式"的海报，上面印着由著名画家程丛林先生画的杨武能的半身像，给开馆仪式增添了浓浓的喜庆气氛。

在杨武能外孙女卢璐演奏的贝多芬乐曲中，开馆仪式正式开始。开馆仪式由四川外国语大学副校长董洪川教授主持。重庆图书馆馆长任竞首先致词。他说，"重庆图书馆是国家一级图书馆，近年来该馆特别重视地方文献资料的征集与收藏。他盛赞杨教授开重庆地区著译、手稿捐赠之先河，为图书馆的发展作出了重要贡献"。他说，"杨武能教授捐赠的译著和手稿等都具有极高的学术价值和研究利用意义。在电子化时代，名家手稿已成一种稀缺资源，市场价格节节攀升。杨教授的慷慨馈赠体现了他作为一名资深学者的社会责任，展现了他的博大胸怀和高尚情操，杨教授的善举德为，高风益行让我们无比感动"。任馆长回忆说："两年前，我通过杨教授的弟弟，原沙坪坝区文化局副局长杨武华先生结识了他。那时杨教授还在德国，我们通过电子邮件联系，前后通信几十次，基本达成了杨教授将译著、手稿、书信等捐赠给重庆图书馆的意愿。从意向初定开始，杨教授就不辞辛苦，往返成渝两地，多次到馆就著译文献馆讲述自己的设想。杨老严谨细致、一丝不苟，精益求精的态度令我们动容，更值得我们敬佩和学习。"

重庆市文化委员会负责人谢宾表示，杨教授从重庆走出去最终又回到了家乡，将一生的重要收藏托付给重庆图书馆，为重庆对外文化交流与合作牵线搭桥，对延续地方文脉、展示城市精神大有裨益。

川外前党委书记马新发，中国比较文学协会会长、川大文新学院院长曹顺庆教授，西南交大外国语学院院长李成坚教授，武隆县县委常委、宣传部长马奇柯和杨教授的学生代表宁虹教授等人也讲了话。

德国图宾根大学的顾正祥教授不远万里专程赶来。他是德华研究歌德的专家,在开馆仪式上表达了对杨教授和重庆图书馆由衷的敬意,并捐赠一批书籍,其中包括顾教授编撰的心血之作《歌德汉译与研究总目》两大本,还转交了德国友人Volker Probst博士赠送的德译《道德经》和德译中国诗选等书籍。此外德国驻成都总领事馆等9个单位敬赠了花篮。德意志学术交流中心(DAAD)主任施多恩博士致信表示了祝贺。

四川省作协名誉副主席徐康代表著名作家、101岁的四川作协老主席马识途,到场表示祝贺。值得一提的是,马老还是一位书法家,亲自题写了馆名——杨武能著译文献馆。为了祝贺开馆,徐康与著名诗人王敦贤、书法家徐炜联名创作了一副对联:

潜心译著一辈子,教授堪称学界泰斗;
埋头笔耕半世纪,博导不愧文苑名流!

杨武能教授的弟弟,原沙坪坝区文化局副局长杨武华在讲话中回顾了杨教授成长的历史:他出生于一个清贫的工人家庭,从小就勤奋努力,百折不回,辛勤一辈子;从中学到大学的整个学生时代都是享受全额奖学金;他常常说要懂得感恩,回报社会。杨教授捐赠著译和手稿资料就是这一想法的具体体现。

杨武能教授携女儿、外孙女、弟妹等亲戚参加了开馆仪式。他一袭传统服装在身,学者风度谦和儒雅。在讲话中他表示,希望让文献馆成为一个含英咀华、汲取知识的学术殿堂,鼓励更多学子从事德语文学翻译，使之成为一个中德文化的交流平台。他还慎重地向大会和媒体宣布：他已和重庆图书馆达成共识，进一步合作，以杨武能著译文献馆为基础，建设我国第一个"中国翻译文学图书馆"，反映百年来译介外国文学的历史，以提高翻译文学家的地位，吸引更多后来者关注并投入中国翻译事业。他已经开始行动，广泛动员译坛同仁，将积极促成这一图书馆的落成。杨武能教授为中国翻译事业的发展无私奉献，敢为人先的精神，令现场来宾无不动容，台下响起热烈的掌声。这将赋予重庆图书馆一个新的特色，这一举措对于繁荣中国的翻译文学具有不可估量的作用。由此也可以看出我们的翻译大家杨武能的高风亮节，他的广阔视野和前瞻性。

杨武能著译和文物琳琅满目

我们来到四楼，面积达300多平方米的杨武能著译文献馆。这里收藏、陈列着杨教授从20世纪80年代以来的著译各种版本数百种，并展示了他具有代表性的手稿和墨迹，以及文坛学界师友的信函，其中钱锺书、冯至、季羡林、朱光潜、王蒙、戈宝权、杨绛、马识途、绿原等文学大家、学者名流的亲笔书信更为珍贵。这里还有他在海内外获得的奖章、勋章、奖牌及奖状。特别值得一提的是保存完好、收藏有序的大量照片贴满了两面墙壁，展示了杨教授的人生经历。

文坛双璧钱锺书和杨绛夫妇落款的书信将杨武能称作挚友，并为他"破例"："武能挚友：得信，盛情至诚，使我这个木头人也感动了……我提你的大名，因为'冤有头，债有主'，表示我是为你破例，他人无此交情，不得援例，一笑……"

曾留德十年的学界泰斗季羡林1987年给杨武能的书信中写道：

"武能同志……你们的工作（指杨教授在川外领导的国外中国学的研究）是非常有意义的，是我以前没有想到过的，向你们致敬！"

从陈列可以看出，在中德文化交流方面，杨教授对德国大文豪歌德的译介和研究贡献特别突出。他所翻译的《少年维特的烦恼》1981年由人民文学出版社出版，重印再版多次，加上其他出版社的版本，不下十几种。他花费近十年的功力，编选出版了那套红色布面精装本《歌德文集》14卷。此书荣获了第12届"中国图书奖"，这是国内出版人梦寐以求的最高奖项。

在陈列品中，还有杨武能教授与女儿、旅德著名作家、德国华商报"悦读德国"专栏主笔杨悦合译的《格林童话全集》。这套全集有多种版本，甚至在中国台湾出版了繁体字版。杨教授与毕业于艺术院校的小女儿杨熹合译了七八本彩图版格林童话。杨熹还为《薪火·桃李集》一书设计了封面，这是杨教授的师友、同道、弟子们为庆贺先生翻译、教学和研究50周年所出版的纪念文集。

参观杨武能著译文献馆时，我们注意到，门前又多了一块名牌：重庆国际交流研究中心。这是在重庆文旅委支持下，2019年10月成立的，杨武能教授亲自挂帅，担任研究中心主任，首批聘3位海内外学者为重庆国际交流研究中心特约研究员，我也有幸忝列其中。这是一份荣誉，也是一份责任，决心要尽自己的力量，为重庆与海外交流搭桥。文献馆内，还辟有一间办公室，这是为杨武能教授准备的。杨武能教授年届八旬，但仍老当益壮，时而到此办公。"老骥伏枥，志在千里，烈士暮年，壮心不已"，这几句古诗正是对杨教授当前状态的恰当写照。

让德国人了解重庆

海娆

一

八月的汉堡，Bettina滑动手指，给我看她存在手机上的照片。都是她想前往的地方，是她从网上搜来的，关键词：重庆。

这是德国最大的时事周刊《亮点》（*Stern*）总部办公室，Bettina是这里的资深记者。因为中国"一带一路"的经济战略在国际上的巨大影响，重庆作为中国大西南的国际性综合交通枢纽，正好处于其核心地带，对形成新的世界经济格局、推动全球的经济发展，都起着举足轻重的作用，她首次把目光投向这座陌生的中国内陆城市。

其实早在二战时期，重庆就与华盛顿、伦敦、莫斯科齐名，同为世界反法西斯战争的指挥中心。作为战时陪都，重庆还一度与国家存亡生死相依，以坚强的意志，不屈的精神，顶住了日本飞机的狂轰滥炸，成为中华民族团结一致坚决抗日的精神象征。然而峥嵘的岁月和辉煌的历史，并没让这座英雄之城在随后的半个世纪声名鹊起。当世界说起中国，人们通常只知道北京，上海，香港，而对Chongqing这个发音坚硬如磐石的名字，他们鲜有所闻，知之更少。直到二十一世纪的帷幕拉开，重庆以蓬勃的生机和华丽的风采闪亮登上国际舞台，惊艳了世界，人们才投来关注的目光。

二

Bettina决定去重庆，去亲眼看看那到底是一座怎样的城市，然后向西方介绍它，让人们知道，在遥远的中国正在发生怎样的变化。

从没到过中国的她，开始在网上搜集有关重庆的资料。图片上的高大建筑，新闻里的宏大数据，报道里的空洞语言，既让她惊讶，又让她迷茫。她需要一种令她信服的真实，具体的事件或者人物，来获取对一座陌生城市的感知和认识。我的德译版小说《早安重庆》就这样进入她的视野。读完小说，她通过出版社联系我，要求采访。于是在这个阳光灿烂的八月周末，在《亮点》杂志汉堡总部，我们见面了。空荡荡的大楼里，只有一个德国记者和一个中国作家在对话，主题：重庆。

她拿着我的小说开门见山，说这本书里有她想要寻找的真实，有关于重庆发展的文献性记录和历史性书写，是她即将前往重庆采访的重要参考。

接下来的问题是：真实和虚构在小说里各占多少比例？作为一名移居德国多年的中国作家，你怎么能写出远方故乡如此真实感人的故事？——它让我流泪了。

结论：小说里的故事见证了重庆崛起的阵痛和欢喜，也使这本书成为了解重庆在本世纪最初十年里如何发展变化的一扇窗口。感谢你写了这本书。

谈完小说，话题转到她即将前往重庆的采访。她把拟好的计划给我看，问我能否帮她联系采访对象；还有她手机照片里的景点，她也想去看看。

朝天门，洪崖洞，轻轨穿楼……都是我熟悉的地方，即使闭上眼睛，我也能对它们如数家珍。甚至近年才完工的立交桥，复杂得让你看一眼就头晕眼花，我也能一口叫出名字，准确说出它所在的位置。故乡正在日新月异，它昨日的旧貌被我铭记脑海，今天的新颜也从未远离我的视线。

然而，有一张照片让我傻眼了：荒山野岭的峡谷底，坐落着一幢阴森森的古建筑，像是一座古庙，气氛诡异肃杀，更像武侠电影里绿林好汉出没的地方。我熟悉的重庆，何曾有这道陌生的风景？

窗外不远，汉堡音乐厅的玻璃墙体闪烁着蓝光，跟大海的波光交相辉映。我的目光却穿过这阳光下的海港，投向远方的故乡，却怎么也找不到那道风景的影子。

把照片转发朋友圈求证，答案很快就来了：此景在重庆武隆，是武隆天生三桥的"天福官驿"啊，亲，你多久没回重庆了？

三

九月，Bettina带着摄影记者Tamina到了重庆。她在刚刚学会使用的微信上跟我保持联系：

震撼！这里比香港还繁华；

见到《早安重庆》主人公的原型了，爬上他九楼的家，想起小说中的情景，有点伤感；

去看了安置拆迁家庭的楼房，拜访了住在里面的人家；

到你同学的别墅家了，临走他还送了我们月饼，谢谢；

足球学校接受了我们的采访；

参观了私营汽配生产厂；

到农村了，没见到劳作的农人，遇到一个养蜂人……

我在重庆的关系几乎全被调动起来，家人亲戚，朋友同学，从前工作单位的同事。他们读了我朋友圈里的求助信，都很乐意接受采访，并积极帮忙联系她们想采访的对象。大家心照不宣地怀揣了一个美好的愿望：让世界了解重庆，让重庆走向世界。

八天时间太匆匆，即使马不停蹄，每天只睡五小时，预先拟定的采访计划也没能够逐一完成。Bettina低估了重庆的辽阔。而没能去武隆看照片上的天生三桥，是她此行最大的遗憾。

四

十月中旬，我受邀回重庆参加一场采风活动。

当我把这个消息告诉Bettina，已离开重庆回到欧洲的她在WahtsApp上问我："去重庆你会去武隆吗？如果去，那个天生三桥，请帮我多拍几张照片。"

我们采风团此行的目的地正是武隆，有如天意要我帮她弥补缺憾。

汽车在重庆东南的崇山峻岭里飞奔，高速公路像一条时光隧道把我拉回从前。20世纪80年代末，我曾经踏上过这片土地，从朝天门坐船到涪陵，进乌江，白涛上岸，再乘汽车盘山而上，最后抵达深山老林里核工业部的816厂。那时武隆还隶属涪陵，仙女山还是一座未开发的原始森林，人迹罕至，与816厂一样，藏匿在乌江北岸的武陵山脉，两地相隔也不遥远。我还记得有山民来厂区叫卖一种鸡蛋大小的果子，毛茸茸的，说是从仙女山上采摘的神仙果，野生的，极富营养。那是我第一次见识猕猴桃，也是我第一次听说仙女山。

多年以后再听说仙女山，已是著名的旅游胜地，夏可避暑，冬可赏雪，有着世间难得的美景。但816厂已与我缘尽，连同那段青春时光一起退隐成我生命的远景。那一方水土也被我屏蔽起来，不再关注。没想到光阴流转，又将我推回到这片土地。当汽车沿乌江驶入武隆，又缓缓爬上仙女山，我望着窗外心潮起伏，感慨万千。山依然那么高，天依然那么蓝，云雾依然缭绕山间，江水依然绿如绸带，但坑洼狭窄的山路变成了平坦宽敞的马路，破烂衰败的街景也被一幢幢崭新的高楼替代，呈现出欣欣向荣的景象。更让人震惊的是山上居然别有洞天，成片的花园洋房和欧式别墅，那气势，那生机，远超真正的欧美乡镇。三十年弹指一挥间，这里竟然换了人间。

五

采风活动由武隆区仙女山旅游度假区管委会、阳光童年旅游集团、喀斯特旅游集团公司等单位合办，旨在"礼赞祖国风光，弘扬中华文化"，借"游武隆山水，览仙女风情"之机，开启一个"武隆走向世界、世界认识武隆"的窗口。来自10余个不同国家和地区的华裔记者、作家、画家、摄影家共25人，在十天的采风时间里，不仅游览了壮美神奇的武隆风光，还走访了村庄，观看了精彩的"印象·武隆"实景表演，见证了为表彰武隆之子杨武能教授在翻译上取得的卓越成就而兴建的"巴蜀译翁亭"的揭牌仪式。

让德国记者心动的天生三桥，实际上是三个巨大的天坑。石灰岩质的山体断崖上，长出葱茏的绿植和嶙峋的怪石。我们沿山壁的石梯下到坑底，见天空被悬崖遮挡分割，装框成形状各异的云图。偶有飞瀑从框边泻出，似天女飘落人间的汗巾，香气氤氲，令人迷醉。那座诡异的寺庙坐落在万仞绝壁之下，灰墙青瓦古色古香，翘角飞檐苔迹纵横，门前还高挂着"天福官驿"的大红幡。虽然我已经知道它是为拍摄《满城尽带黄金甲》打造的新景，但仍然惊叹它的古风古韵那么逼真，仿佛真的历经了千年风霜。史书上说，唐高祖武德二年（619）武隆立县治，辟有大唐官道，设有驿站。今天的火炉镇仍有"大唐路"和"龙溪古渡"等古迹可寻。历史上确实有"天福官驿"，居"钻天铺"和"白果铺"之间，是古涪州和黔州官道上的重要驿站，不幸后来毁于战乱。这座新建的驿站，尽可能还原了汉唐建筑的结构和风格，是后人对历史的一份尊重，对汉唐盛世的一次怀念。

可惜那天细雨霏霏，穿着碍手碍脚的雨衣拍照不太方便。直到采风活动结束，我才从采风团里的摄影家手中挑出几张有代表性的照片，发给Bettina，并为她附上如下文字：

武隆位于重庆东南130公里处，有高速公路直达，机场在建。这里有你钟情的天生三桥，有中国南方最大的山地草原仙女山等国家5A级风景区，还有被联合国教科文组织评为"世界自然遗产"的芙蓉洞，以及险峻幽深的龙水峡地缝，千回百转的乌江画廊等景区。它们原始古朴，壮美神奇，与重庆城内的现代繁华共同构成了大重庆的风貌和魅力。如果你想全面了解重庆，应该也来武隆看看。

答复很快就来了："照片很美，感谢了！是的，如果有机会再去重庆，我一定也要去武隆。"

德国记者看重庆

杨悦

前不久,德国最大的时事生活杂志《亮点》(Stern)副刊登载了有关重庆的文章,勾起我的好奇,赶紧买本存起来。德国记者眼里的重庆什么样,都去了哪些地方,采访了谁,对重庆人的总体印象如何,去大足石刻了吗?

度假归来,迫不及待地翻开杂志,一口气读完。

重庆是我的故乡啊!离开她整整三十年了。

杂志封面赫然印着"巨无霸大都市重庆——无人知晓的世界最大城市"。重庆近年来成为中国的网红城市,在德国却鲜为人知,这是事实。

《亮点》文字记者Bettina Sengling与摄影记者Tamina-Florentine Zuch在2019年九月去重庆实地采访八天后,用文字和照片给德国读者呈现了一个独家版本的重庆印象。

普通重庆市民的生活像画卷一样慢慢展开,她们一共挑选了四位具有代表性的重庆人进行访谈,第一个关键词是"拆迁"。

退休女工W和丈夫至今居住在两层筒子楼的底楼。天晴时,他们把饭桌藤椅摆在坝子里择菜、吃饭。厨房厕所浴室仍是共用的。眼睁睁看着四周拔地而起的高楼,却与自己毫不相干,愈发对比出老房子的简陋寒碜。W以前工作的自来水厂关门了,被列为文物保护单位,连同员工宿舍,一起被保留下来,不能拆迁,作为旧时代的印记,供人参观凭吊。

日复一日,整个重庆更新换代,日新月异,W无数次安慰自己:"很快就该我们了。"但他们始终未能挪窝,每次使用屋外转角处的公共浴室,这位日渐老去的退休女工都忍不住唉声叹气:"什么时候才轮到我们呀?什么时候才能住进新房子啊?恐怕到时候我早就归西了哦。"

没有对比就没有伤害。绝大多数重庆市民的住宿条件今非昔比,拥有独门独户的高层公寓或私家别墅,拥挤肮脏的共用厨房厕所和公共澡堂成为不堪回首的过去。而仍旧居住在筒子楼里的人们,感觉自己好像住在陈腐落后的博物馆。这个城市的进步与繁华,竟与自己相干无几,他们迈向共用设施的步履益发沉重疲惫,心境可想而知。

"重庆真把自己看作世界最大的城市",如果仅重庆主城及市郊而言,其人口数量一千五百万,并不比巴黎莫斯科多。但依照20世纪90年代末重庆行政区域改革后的管辖范围来看,重庆的确是世界第一大都市。

记者采用德国人熟悉的国家来比拟,直辖后的重庆相当于奥地利国土面积那么大,人口总数更是超过三千万,是奥地利人口的四倍,远比奥地利、瑞士和匈牙利三个国家的人口总和还多。难怪《亮点》杂志会在封面和内页采用Monster-Metropole和Grössen-wahnsinnige这样的词汇来形容重庆,一座庞大到诡异,疯狂到不可思议的大都会。

德国记者使用一连串数字来描绘重庆的突飞猛进。人口数量每天新增1300人,楼层面积每天向空中扩展13.7万平方米,相当于每天建一座汉堡易北爱乐音乐厅。近年来采取优惠的税收政策,吸引了2000多家企业在重庆周边安家落户。据称,世界四分之一的手提电脑产自重庆。这里也是中国的汽车生产中心,而中国所产汽车数量早就超过了美国与日本的总和。

德国记者颇花了一番功夫做功课,在文中引用"高峡出平湖"的诗句,把重庆近年来的高速发展归结于三峡大坝的落成与政策导向。重庆位于中国最长河流和最重要水路运输动脉长江的上游,八年前开通了前往欧洲的货运列车,逐步成为西部内陆城市的经济龙头。

"没人愿意回忆旧重庆,又穷又丑。"受访者D先生告诉记者。他家曾与另外七家住户合用一间拥挤嘈杂的厨房,洗澡只能去街上脏乱的公共浴室。如今,这位成功的生意人居住在三层花园别墅里,露天池塘里游弋着他亲手挑选的日本锦鲤。"每天早上我都在鸟儿的叫声中醒来。"D心满意足地说。在三千万人口的大都会,最大的奢侈莫过于在繁华闹市区拥有和享受一隅空旷与宁静,仿佛陶渊明笔下的世外桃源。

九月的重庆依旧闷热潮湿。经过门岗,轿车驶入小区,仿佛进入了另外一片天地。道路一尘不染,别墅气势恢宏,道旁的树荫送来阵阵清凉。在D家类似英式乡间别墅的圆形凉亭里,保姆递上主人去南非打高尔夫球时带回的路易波士茶。他们在市郊拥有自己的农场,几乎所有的食物都来自那里,不再信赖市场上的食品。

D是位不好吹嘘自己的谦谦君子,却对自己的房子、城市和国家充满了深深的自豪感。"我们觉得有奔头,"他说的"我们"泛指中国人,"我们没日没夜地工作,不怕吃苦遭罪。"他说喜欢欧洲,对欧洲的历史感兴趣,听起来颇像外交辞令。他去欧洲只是偶尔为之,就像去海边散步或去山中徒步,他的未来在中国。

重庆的飞速发展让像D先生这样的房地产商人富了起来。记者了解到，在山城重庆，到处坡坡坎坎，四周山脉连绵，建房子实属不易。高楼之间有人行天桥连接，有的运动场甚至建在商业中心顶层。轻轨二号线从居民楼穿梭而过，站台设在第8层。当时轻轨与商铺住宅无意间定址同一处，建筑师就此设计出"轻轨穿楼"，如今成为重庆的网红打卡地。

有限的八天时间里，两位记者与随行翻译多在人头攒动、热闹喧哗的主城区度过，体验普通市民的日常生活，与受访者攀谈，品尝重庆小吃，拍摄具有重庆特色的市井烟火，最后浓缩成两页文字，甄选出十帧照片。

琳琅满目又杂乱无章的夜市，趿拉着拖鞋的行人；长江岸边浑浊的江水，蹙眉吸烟的男人；斑斓夜色中穿越林立高楼的长江索道，仰望星空的年轻人；一家新开张的人气书店；奇贵无比、声光夺人的夜间俱乐部；嘉陵江畔撑着雨伞匆匆行走的男女，对面是江北嘴商务区的耀眼霓虹灯……

第三位受访者是私营发电机厂厂长H先生，他跟记者抱怨，现在雇人不容易了，年轻人常常连一个星期都干不到就跑了，怕吵，怕累，嫌臭，嫌工资低……这些新生代，哪像他们的父辈，完全没有牺牲精神。

在H看来，他身边的人几乎都比十年前要过得好，证明中国走的路没错。这位重庆人觉得没有什么比懒惰和好逸恶劳更可怕了。他常去国外出差，看不惯墨西哥人在大白天午睡，见不得巴西人在展会上游手好闲。对来访重庆的个别外国商人，H更是不屑一顾，这些人整天就想被好吃好喝地伺候着，想被巴结讨好，奢望最好的酒店、美食、美酒，还有高档礼物，H对他们统统嗤之以鼻，他看重的是纪律。

驾车绕城而行,一小时的车程,几乎全在钢筋水泥的丛林中穿行,见不到森林原野,只有无边无际、灰扑扑的楼房,高高低低,错落有致。

作为最大的都市,据说重庆拥有250万个监控摄像头,每百名居民分摊17个摄像头,重庆由此成为安装摄像头最多的"世界之最"城市。

两位记者还踩点了重庆来福士广场,并借用以色列建筑设计师摩西·萨夫迪（Moshe Safdie）的话来形容重庆的寸土寸金:"在像重庆这般拥挤的大都市,我们没有位子来建设公共空间,只好把它们推向云端。"于是横跨4座塔楼的"水晶连廊",成为世界最高的空中桥梁。廊桥上可凌空俯瞰重庆的山景江景,一处新的人气景观呼之欲出。

记者感叹,重庆时而给人骄傲和自信爆棚的感觉。这个国家的发展如此迅猛,一切肆无忌惮地生长、膨胀,几乎所有人都认为没有什么不可能。

记者煞有介事地写道:"根据政府的计划,中国足球队将在2050年夺取世界杯冠军。几乎所有人都深信不疑。"同时列举了一个重庆人的例子,足球教练R先生。

R身材结实,待人友好,在重庆办了一所足球学校,专门教小孩子踢足球。他的教练们在各个小学校教球,据说为了实现"世界冠军计划",足球被列为必修课。尽管如此,足球学校却常常遭遇资金拮据、无钱开课的窘境。加上重庆足球场短缺,害得R先生不得不想办法在购物中心顶层改造足球场。

R本来的主业是政府部门的公务员,虽然辛苦,但旱涝保收。

为了搞好青少年足球，向欧洲各国足球俱乐部取经，R先生从重庆来到欧洲，前往阿姆斯特丹、汉诺威、多特蒙德等俱乐部实地考察。

看见那些利用业余时间无偿训练自己孩子球队的外国爸爸们，他感动了；看见那些真正喜欢踢球，在球场上拥有无限快乐的孩子们，他感动了。回来后他要求教练们不要太严格了，而严格在中国是司空见惯的。

最后他去了德国斯图加特，去寻找克林斯曼父母的面包店，因为克林斯曼曾经是他的偶像。他找啊找，没有找到，累得一屁股坐在教堂前的广场，打量来来往往的人们。他们是那么不急不躁，从容悠闲的模样渐渐感染了他，他也想这样生活，于是当场决定：过轻松的、没有压力的日子。

回到重庆，他辞掉了公务员的工作。可他早就肠子悔青了，并且得出结论：这样的慢生活，在中国是行不通的，尤其是在重庆，绝对不行。他半调侃地说："德国把我给毁了。"

两位德国记者在采访期间忙里偷闲，品尝了地道的重庆火锅，大呼：Köstlich!（太好吃啦!）

大美重庆名胜多

〔德国〕高关中

重庆是我国西部最大的城市，国家历史名城。抗战时曾为民国陪都，现为中央直辖市。我们世界华裔文艺家中国重庆武隆仙女山采风团在最后两天，访问了重庆，这座美丽的山城给我们留下了深刻的印象。

说到重庆，首先要弄清楚，指的是主城区还是整个直辖市。重庆主城区本身就很大，包括渝中区，沙坪坝区，九龙坡区，大渡口区，江北区，南岸区，渝北区，巴南区，北碚区，面积5400多平方公里，人口不下600万。而作为直辖市的重庆就更大了，包括38个区县，面积约8.24万平方公里，大过欧洲国家奥地利，几乎等于两个瑞士。东西或南北最大距离都在400公里以上。常住人口3100多万。这里结合以前的多次游览，先介绍一下重庆直辖市的基本情况，再叙述主城区的名胜古迹，最后也简介一下直辖市范围内的其他主要景点景区。

抗战陪都，西南重镇

重庆位于四川盆地东部，嘉陵江流入长江的汇口处，山地成片，丘陵绵延。城市建在山丘之上。地形崎岖，是我国最著名的山城。主城为三面环水的半岛。房屋参差层叠，道路迂回曲折，具有独特的山城景观。

重庆属亚热带季风气候，年平均气温18摄氏度，四季分明。夏季炎热，秋冬多雾，薄雾像轻柔的帷帐，披罩着山岗和江面，市区楼房隐在雾中，远望如迷宫，颇富诗情画意。年平均降水量1100毫米，降水以5—10月间相对集中，常日晴夜雨，故有"巴山夜雨"之说。每年春秋季是最佳旅游季节。

重庆在春秋战国时期为巴国都城。秦灭巴国，置巴郡，为秦朝36郡之一。此后长期为巴郡。隋开皇元年（581）隋文帝改设渝州，嘉陵江古称渝水，重庆简称渝，亦由此而来。北宋崇宁元年（1102），因渝州有人叛宋被诛，遂改名恭州，取恭顺朝廷之意。南宋淳熙十六年（1189），赵惇先封恭王，后即帝位（光宗），双重庆贺，因名重庆府。元为重庆路。元末明玉珍起义，后称帝，国号"大夏"，势力扩展到云贵川，曾以此地为都城。明清又为重庆府。

1891年重庆辟为对外通商口岸，开始了近代的第一次发展。1929年设立重庆市，人口23万。1935年中国工农红军长征过境，蒋介石政府趁机入川，设军事委员会委员长行营于重庆。

1937年抗日战争全面爆发后，国民党政府从南京内迁重庆，设重庆为特别市、定为陪都，这是重庆近现代的第二次发展。人口猛增到百万以上，市区面积大为扩展。在抗战中，重庆作为战时首都，发挥了重要作用。来自长江中下游各省的百万移民迁到重庆及其周边地区，这一群体被重庆本地居民称为"下江人"。同时，数以万计的企业、学校，近8万吨黄金都搬迁到重庆，因此重庆成为战时中国的政治、经济、文化中心，反法西斯战争的远东指挥中心。14家大型兵工厂共26000余人为前线生产军火。另外，美国志愿飞行团"飞虎队"曾经驻扎在重庆。在抗战中，重庆共组织川军62万人，占川军总数的一半还多，是川军的绝对主力。出川作战的

57个师中，有一半以上的部队是在重庆组建的。

重庆是中国战场最大规模，最激烈，双方损失最严重的空战战场。据统计，在重庆大轰炸中，日机空袭重庆共达218次，出动飞机9513架次，炸死市民11889人，伤14100人，炸毁房屋17608幢。中国空军出动3117架次，击落日机191架，击伤400余架，击毙日军飞行员375人。中国军队损失飞机277架，有224名飞行员在空战中牺牲。重庆人为抗战胜利承担了极大的牺牲。

抗战胜利后，蒋介石和毛泽东曾在重庆举行谈判，达成双十协定，史称"重庆谈判"。国民政府还都南京。1946年6月全面内战爆发，1949年11月重庆解放。

解放后，重庆曾长期属于四川省，20世纪六七十年代成为三线建设的核心城市，重庆迎来第三次大发展的机遇。1975年重庆主城区三线建设内迁而来的外来职工达到最高峰，总人数43.5万，占当时重庆市区人口的1/4。

1997年重庆升格为我国第四个直辖市，辖区包括原重庆、万县、涪陵3市及黔江地区从此走向更加兴盛的新阶段。如今共辖26个市辖区，8个县，4个自治县。

重庆是我国西南地区最大的综合性老工业基地，从《马关条约》签订后（1895）开始发展现代工业。抗战期间达到第一个高峰，大量工厂从沿海、华中内迁，为工业奠定了基础。又经过三线建设和改革开放以来的发展，今天重庆是长江上游和西南地区经济中心。以汽车摩托车为主体的机械工业、以天然气化工和制药为主的化学工业、以优质钢和铝材为代表的冶金工业，以及电子、军工、轻纺、食品为支柱产业。重工业优势明显，制造业发达。摩托车（嘉陵摩托等）、汽车（长安汽车等）、仪器仪表（北碚）、精细化工、制药等是全国重要的生产基地。位于重庆主城区北部的两江新区是国家级新区,与上海浦东类似。

农业也很发达。这里是我国著名的柑橘之乡。涪陵榨菜、五香牛肉干闻名全国。重庆是火锅发祥地,源于清代道光年间(1821—1850),以麻辣著称,不论豪华宾馆,还是路边食店,可谓无处不火锅。

重庆是我国西部、长江上游唯一集水、陆、空运输方式于一体的重要交通枢纽。成渝、襄渝、川黔、渝怀等铁路干线在此交会。在江北新建的重庆火车北站和在沙坪坝新建的重庆西站已取代老火车站(菜园坝)成为重庆的火车枢纽大站,高铁动车通往全国各地。以高速公路为骨干的公路网已把全市包括所有远郊县均纳入8小时经济圈之内。重庆江北机场南距市中心24公里,开辟有众多的国际、国内航线,为我国八大机场之一。水运以长江为依托,建有港口和客货码头数十个,以朝天门码头为中心,千吨级江轮可终年通航直达武汉、上海,进而延伸至海外联运业务。客运航线以三峡游闻名。

市内已建成10条轨道交通线。李子坝轻轨穿楼是世界罕见的轨道交通景观。重庆拥抱两江,连接三岸。索道、电梯、扶梯这些特殊的运输方式构成重庆一张独特的城市名片。长江上有索道交通,连接市中心和南岸区,为万里长江上的第一条空中走廊。重庆也是世界上少有的将远程电梯作为公共交通工具的城市,其中皇冠大扶梯,连接菜园坝和两路口,长度为112米,是亚洲最长的坡地扶梯。凯旋路垂直电梯连接凯旋路和较场口,是中国第一条客运电梯。

重庆的现代教育发源于1891年,美国的传教士创办了"私立求精学堂"（今求精中学）。1906年创办了西南师范大学的前身川东师范学堂。随着抗战爆发，大量高校内迁。这些内迁的学校后来构成重庆大学和西南大学的前身。目前，重庆拥有众多高校，包括重庆大学，西南大学，西南政法大学，四川外国语大学，重庆理工大学，重庆邮电大学，重庆交通大学，解放军陆军军医大学（第三军医大学）等名校。重庆还拥有西南最大的科技力量。重庆图书馆是中国著名的大型综合性的公共图书馆，四大直辖市图书馆之一，规模和设备条件在我国西部更是数一数二。

山城风貌，立体美景

重庆是一个组团式城市。其中老市区即渝中区在两江交汇而成的半岛上，这里商业最繁华，人口最密集。沙坪坝区多高校，并因歌乐山和磁器口而显得格外重要。西南部的九龙坡和大渡口区为工业区、居住区，设有高新技术产业开发区。嘉陵江以北的江北区和渝北区，近年来发展很快。长江南岸的南岸区和巴南区拥有陪都黄山遗迹和南温泉等名胜。位于主城区西北部的北碚区距市中心45公里，已到了远郊，北温泉和缙云山风景区就在这里。抗战时梁实秋、老舍等作家曾在北碚住过，故居犹存。

重庆自1997年成为直辖市以来，城市建设日新月异。无数高楼的崛起让重庆这座山城亮丽起来，气派起来。重庆是绝对的山城，人称"山是一座城，城是一座山"。所有的路都有一定的坡度，不但前高后低或前低后高极其正常，走在路上左肩比右肩高也常有。由于地形特殊，道路依山而建，加上老城区建筑众多，路总是回旋不开，道路普遍比较狭窄。在重庆经常可以看到坡度巨大，几乎垂直陡立的道路和无数台阶。在这里见不到自行车，因为出门不是上坡就是下坎,有自行车也没法骑。重庆由于山多,带来很多不便,但街市房廊,层叠而上,形成少见的立体城市景观,特别是夜景。万家灯火层层叠叠,辉煌如水上浮宫。

长江和嘉陵江穿过重庆的主城区,在朝天门交汇。朝天门襟带两江,地势中高,两侧渐次向下倾斜。明初扩建重庆旧城,按九宫八卦之数建造城门17座(其中沿江九门),因此门随东逝长江,面朝帝都南京,于此迎御差,接圣旨,故名朝天门。城门1927年因修建朝天门码头而拆除。今天新建的朝天门广场,是俯瞰两江汇流,纵览沿江风光的绝佳去处。乘船夜游,灯光璀璨,更是视觉的盛宴。

从朝天门西去不远就到了解放碑。位于邹容、民族、民权三大路口。邹容路因纪念清末英杰、《革命军》作者邹容(1885—1905)而得名。1940年在此路口设立"精神堡垒",为低矮木质结构,昭示国民政府与重庆人民抗战到底的决心。抗战胜利后重建,1947年8月在此建成纪念碑。碑为钢筋混凝土结构,通高27.5米。碑正面镌有"抗战胜利纪功碑"7个字。1950年更名为"人民解放纪念碑"。这一带商业最繁荣。附近嘉陵江边的洪崖洞民俗风貌区也很热闹。在此可望吊脚楼群,烫山城火锅,赏巴渝文化。夜景尤其璀璨。

人民路一带坐落着雄伟的人民大礼堂,位于市政府附近,是一座仿古民族建筑群,也是重庆独具特色的标志建筑物。于1951年6月破土兴建,1954年4月竣工。整座建筑是中国传统宫殿建筑风格与西方建筑大跨度结构的巧妙结合。人民大礼堂外观像放大的北京天坛,碧绿的琉璃瓦大屋顶,大红廊柱,白色栏杆,重檐斗拱,画栋雕梁,色彩金碧辉煌,气势非常雄壮。

人民大礼堂面向人民广场，广场的对面就是三峡博物馆。由于三峡大坝工程，产生了抢救三峡文物的问题，这座博物馆正是三峡文物的一个家，2005年开馆。现在在已有馆藏文物17万件。博物馆内分为"壮丽三峡""远古巴渝""重庆城市之路"和"抗战岁月"4大展厅，介绍三峡和重庆的情况。

另外，沙坪坝区闹市中心，辟有中国西部最大的广场三峡广场，核心为三峡景观园。

红岩、歌乐山和磁器口

渝中区坐落着红岩革命纪念馆。是为纪念抗战时期和战后初期以周恩来为首的中共南方局暨八路军重庆办事处以及毛泽东、周恩来等人在重庆的政治活动而建的。

红岩革命纪念馆主要依托八路军办事处红岩村13号和曾家岩50号周公馆。1938年12月，周恩来抵达重庆，全面领导党在国统区的工作。中共南方局是秘密的，周恩来任书记，董必武、叶剑英、秦邦宪、凯丰、吴克坚等为常委，设在公开机关八路军办事处内。八办最初设在市内，房屋1939年5月被日机炸毁，遂迁到红岩村，这是一片山坡谷地，因地表主要由侏罗纪红色页岩组成而得名。这里原是爱国知识妇女饶国模经营的花果农场，八办在此建起办公宿舍楼。这是一幢看似二层实为三层的深灰色大楼，占地800平方米，有大小房间54间。底层是八办，二楼是南方局机关和周恩来等人办公室兼卧室。三楼是机要科和电台。毛泽东在重庆期间，曾在红岩村居住，以电台运筹帷幄，指挥了上党战役。

曾家岩50号，位于渝中区中山四路，门外小广场上立着周恩来雕像。抗战时这里对外称周公馆，实际上是八路军办事处在城内的办公地。周恩来在此处理公务，并经常约见各界人士，做统战工作。小院共三层建筑。底层是传达室和办公室。二楼有办公室、会议室、餐厅，还有周恩来、邓颖超、董必武的办公室和居室。三楼是南方局文化组、军事组和外事组的办公室。

毛泽东来重庆谈判时只在蒋介石寓所林园住了3天，就搬到了红岩村，白天在桂园办公会客。桂园位于渝中区中山四路65号，离曾家岩50号（周恩来住处）不远。1939年，张治中（1890—1969）调任蒋介石的侍从室主任，租来居住，一直住到抗战胜利。桂园因院内2株桂花树而得名。主楼为砖木结构，房子不大，共两层。楼下是会客室、餐厅、备餐间、秘书室、副官室、盥洗室。楼上是卧室，大小五六间。毛泽东在此借住时，张家临时全部搬走。楼南是个院子，院子东面是大门口，传达室、汽车间各一。院子西面是警卫员室，经常住着一个手枪班。楼房北面是一排平房。会客厅在楼下左侧，约20多平方米，朴素的沙发上，只能坐十来个人。这就是谈判和签订《国共双方代表会谈纪要》即《双十协定》的地方。

市西沙坪坝区坐落着歌乐山革命烈士陵园。在广场北侧建有红岩魂陈列馆，介绍牺牲者的事迹。幸存者罗广斌创作小说《红岩》，描写的就是这些烈士的事迹。歌乐山有白公馆、渣滓洞两个监狱，这个地方因小说《红岩》而著称。

近年来沙坪坝的磁器口古镇也成为旅游热点。它始建于宋，清朝初年是瓷器的运转中心，因此得名磁器口。建筑大多是明清风格，地面以青石铺就，堪称"一条石板路，千年磁器口"。街道分为正街和横街。沿街各色店铺众多，棉花糖、捏面人、川剧表演、茶馆……林林总总，目不暇接。那浓郁淳朴的古风，承载着巴渝文化的厚重，依然在嘉陵江边延续着。

抗战遗址多

重庆在抗战时期为陪都，遗迹众多。现存有代表性的遗迹除了红岩村13号和曾家岩50号等国共合作遗址外，主要还有民国要员如蒋介石、宋美龄等要人的官邸、旧居，盟军史迪威将军故居等，近年来开放参观。

位于重庆南山上的抗战遗址博物馆，是重庆陪都时期具有代表性、保存最完整的历史遗迹，又称黄山官邸。

从朝天门过江到南岸区，东边直线距离不远就是黄山，但乘车弯弯曲曲要走老远。黄山海拔580米，处于奇峰幽谷之间，遍山松柏簇拥，风景优美，属南山风景区范围。在20世纪之初，这里归富商黄云阶所有，因此就叫黄山。抗战初期，重庆定为陪都。为了抵挡山城夏日酷热和防止日机轰炸，蒋介石侍从选中黄山，依山就水，为蒋、宋修建官邸，蒋介石住云岫楼，宋美龄住松厅。

云岫楼是一座中西结合式的三层楼房，坐落在山峦之中的极峰之巅，周围山崖峻峭，唯有前后一条不可双人并行的狭窄石梯相通，苍松蔽天，翠柏成荫。底楼为会议室和休息室，是蒋介石与军政要员商讨军政机密的地方。二楼为卧室、办公室、会客室。蒋介石住二楼右角。

宋美龄的别墅松厅位于云岫东北方向不过几米之距的底处。松厅是一座长方形中西合璧式平房，长约25米，宽近20米。前左后三方，连接着不下于3米宽的回廊，地板是清一色平滑的松木，与室内地板连成一片，为夏夜乘凉、冬日享受阳光提供方便。房子共有三间，南侧拐角有窗的一间，阳光充足，可能是主人的春秋季卧室。其余两个大间，隔一木扇，便于敞开联通。小型聚会，一厅便可。较大的宴会，可把隔扇拆开，加上回廊就有了很大的空间。

云岫和松厅之间的凹谷小道旁挖有防空洞，专为蒋、宋避日机突袭时用。距云岫不远，有一稻草铺顶的中式平房，名曰"草亭"。1945年，美国总统杜鲁门的特使马歇尔将军为调停国共争端来重庆时，曾居住过草亭。蒋经国也曾在此住过。

黄山官邸是蒋介石在重庆陪都期间重要的办公和寓居之所，是当时中国最重要的决策地之一。如今这里辟为抗战遗址博物馆。

林园是抗战时期蒋介石的另一处官邸，位于重庆西郊歌乐山南麓峡谷中。后倚青山，溪水环绕。前临成渝公路，背侧有古庙新开寺。园内林木葱茏。1938年11月，蒋介石驱车来此闲游，颇觉中意。于是动工修建。1939年夏，先建成官邸主楼（即四号楼），又在主楼北面建成3幢中西合璧的楼房，辅以亭台楼阁，成为战时重庆一座花园别墅。当时的国民政府主席林森（1868—1943）前往祝贺，赞不绝口，于是蒋介石当即表示愿将官邸赠之，故后称为林园。1943年林森去世，葬于园中之丘。随即蒋介石收回林园，加以扩建，新建3座楼。1944年蒋家迁入。蒋住1号楼，宋住2号楼，3号楼为蒋介石办公或召开重要会议之用。

林园曾目睹国共重庆谈判的政治风云。1945年8月28日，毛泽东应邀来重庆谈判，抵渝当晚即下榻于2号楼。周恩来和王若飞也住在这里。29日晨，毛泽东在花园散步，与蒋介石不期而遇，二人即在石桌上首次交换意见，现在林园里还保存着当年二人和谈的石桌。

1946年5月国民政府还都南京。蒋介石离开林园。1949年11月14日他由台北飞抵重庆又入住林园，指挥战事。29日深夜，蒋介石与蒋经国乘车在市区巡视一周后，奔向机场，30日凌晨3时飞往成都。当天重庆解放，蒋介石从此与林园永别。

二战时期，中美为同盟国，共同抗日。美国派来史迪威将军等人来华，住在重庆。渝中区佛图关附近，嘉陵新路63号，坐落着史迪威将军故居，是为纪念二战时期中国人民的朋友——史迪威将军暨中美战时友谊而专门成立的纪念馆。对面是飞虎队展览馆，讲述陈纳德将军和中美空军联合打击日本侵略军的事迹。

1941年6月5日，位于重庆渝中区的公共防空大隧道中，躲避日军地毯式战略轰炸的992名市民窒息而死（当时重庆防空司令部公布），酿成"大隧道惨案"。在临江门都市广场附近保留有重庆大轰炸纪念遗址。

重庆渝北龙兴镇还有一座两江国际影视城，是在冯小刚导演拍摄电影《一九四二》所修建的"民国街"基础上扩建而成的。景区以民国时期建筑为特色，分别有抗战胜利纪功碑、飞虎队俱乐部、国泰大剧院、国民政府大楼、朝天门码头、十八梯、小什字等重庆代表性历史建筑。影视作品《风雨杨开慧》和《开罗宣言》等曾在此取景拍摄。如今成了旅游新热点，是穿越民国时代的好去处。

九龙坡区谢家湾有个巨大的博物馆群，叫建川博物馆，包括九家博物馆，其中有重庆抗战兵器工业旧址，介绍抗战期间，汉阳兵工厂辗转内迁重庆，生产各种武器，源源不断运往正面战场，为抗战胜利发挥重要作用的历史。

北碚温泉，合川坚城，大足石刻

北碚位于重庆市西北50公里，是重庆一区，市镇坐落在嘉陵江畔。这是一个著名的文化区，抗战期间，复旦大学和老舍、梁实秋等很多文化名人曾在此落脚。如今设有西南大学。北碚公园旁坐落着卢作孚纪念馆，纪念这位爱国的民族实业家。1927年卢作孚创办北温泉公园，在北碚西北3公里，北濒嘉陵江，南倚缙云山。园内有温泉泉眼10处，是游泳泡澡的好地方。抗日名将张自忠烈士陵园也设在北碚。

继续北上就是合川。合川在重庆西北80多公里，嘉陵江、涪江和渠江三江交汇于此。景点以钓鱼城著称，这是国内仅存的一座宋代古城。钓鱼城坐落在合川城东北5公里的钓鱼山上，海拔320米，面积2.5平方公里。这里临嘉陵江，地势险要。南宋淳祐二年（1242）为抵抗蒙古军队而筑，合川军民坚守36年之久，战斗200多次，并击毙了蒙军先锋，重伤宪宗蒙哥（1209—1259，1251即汗位）。蒙哥曾参加西征，打倒钦察，斡罗思，东欧，横扫欧亚，却在此遇挫丧命。钓鱼城因此被欧洲人誉为"东方麦加城""上帝折鞭处"。钓鱼城现存宋代城墙6.5公里，城门6道及水师码头，演武场敌楼、炮台等遗址。

大足在重庆市西160多公里，以大足石刻闻名，这里有宗教造像5万多个，分布在全区40多个地方。其中最著名的是北山（县城北郊2公里，造像7000余尊）和宝顶山（县城东北15公里，造像数以万计），基本上为唐宋时作品，是我国的石刻艺术宝藏，被誉为"中国石窟艺术史上的最后丰碑"。其中宝顶卧佛，长31米，高7.6米，为国内最大的人工卧佛。1999年大足石刻被列入《世界遗产名录》，现在也是国家5A级景区。

三峡名胜及其他

长江是世界第三大河，全长6300多公里。上游的长江三峡是瞿塘峡、巫峡、西陵峡的总称，西起重庆奉节的白帝城，东至湖北宜昌的南津关，全长204公里。三峡以其险峻的地形、绮丽的风光、磅礴的气势和众多的名胜古迹而著称于世，是世界级旅游胜地。三峡风光各具特色，瞿塘峡挺拔险峻，巫峡幽深美丽，西陵峡滩险流急。三峡两岸峰奇峦秀，千姿百态，时而绝壁前阻，忽又峰回路转。乘船畅游，凭栏眺望，雄伟山河，尽揽胸中。

重庆以下的长江还以它众多的名胜古迹著称于世：丰都鬼城、忠县石宝寨、云阳张飞庙、奉节白帝城等历史人文景观，皆是著名的旅游胜地。万州是座风景秀丽的古城，向来有"渝东门户"之称，为重庆仅次于主城区的第二大城市。郑万高铁以此地为终点。此外云阳的龙缸风景区和巫山小三峡景区均为国家5A级景区。

游览长江三峡及沿岸风光景点，可从重庆朝天门码头乘船顺江而下，每天都有多种规格，多个班次的轮船经过三峡。

开州区旧名开县，是刘伯承元帅的故乡，在赵家镇保留着刘帅故居，并建有刘伯承纪念馆。

重庆主城区以东有世界自然遗产、国家5A级景区武隆天生三桥和芙蓉洞景区以及仙女山国家级旅游度假区，这是我们海内外文艺家采风的重点，这里不再详述。

南川金佛山喀斯特也是世界自然遗产。

重庆主城区以南的江津是聂荣臻元帅的故乡，吴滩镇郎家村坐落着他的故居，并建有聂荣臻元帅陈列馆。

金佛山景区、酉阳桃花源景区、江津四面山风景区、万盛黑山谷景区都是国家5A级旅游景区。

重庆的旅游景点太多太美，这里无法一一列举，难免挂一漏万。等待着我们去欣赏，去描绘，推介给海内外的游客。

武隆三块金字招牌，含金量知多少？

〔德国〕高关中

武隆的魅力令人难忘。在武隆采访，当地山水之美，民风淳朴给我留下了深刻的印象。特别值得强调的是，武隆拥有三块金字招牌，即世界自然遗产、国家5A级旅游景区和国家级旅游度假区。同时拥有这三块金字招牌，这在全国是极少有的。这三块金字招牌都有极高的含金量。这里就对这三块金字招牌作一介绍。

世界自然遗产

仙女山的森林草原、芙蓉洞、天生桥、天坑地缝，都是举世少有的美景，已被列入世界自然遗产。世界自然遗产与世界文化遗产一起，总称世界遗产。世界遗产可不是随便可以称呼的，而是由联合国教科文组织审定的，并受到特别的保护。

为什么联合国教科文组织要推动世界遗产的认定和保护呢？这要从20世纪60年代的一项水利工程说起。

20世纪60年代，埃及动工修建阿斯旺水坝。在阿斯旺西南280公里的沙漠之中有个阿布辛拜勒（Abu Simbel）神庙将被淹掉。而这座神庙是3200多年前留下的奇观。

要知道，埃及旅行中绝不容错过的大型古建筑，一个是金字塔，另一个就是阿布辛拜勒神庙。为了方便游客游玩，埃及政府还专门在这荒无人烟的沙漠上修建了飞机场，每天都有好几趟班机从开罗和阿斯旺接送旅客到这里。

究竟是什么样的建筑这样神气，值得人们千里迢迢专门来此一游呢？这要先从建庙的法老拉美西斯二世说起。这位君王生活在公元前13世纪，即我国的商代。他是古埃及新王国第十九朝的法老，在位67年（前1304—前1237），战绩彪炳，为埃及历史上统治最久、风头最劲的法老，标志着埃及帝国的势力达到顶峰。他在全国各地建造了很多神庙，留下无数自己的塑像和记功碑，是生前就被神化的少数法老之一。他建造的众多神庙中，登峰造极之作就是这座阿布辛拜勒大神庙。

这座大神庙，光看门面就觉气势不凡，令人震惊。庙门前有4尊雄伟的拉美西斯二世石雕坐像，头戴王冠，面带微笑，正襟危坐，两手平放膝上。庙门之上是太阳神阿蒙的神龛。每尊坐像高20米，肩宽7.6米，两耳之间达4.2米，一个成年人可以舒舒服服坐在耳朵里。眼睛宽84厘米，鼻子高98厘米，嘴宽97厘米，放在膝盖上的手掌长2.64米，体现出当时埃及扩展疆土、称雄于世的气势和法老君临天下的权威。游人到其脚下仿佛变成了小人国公民。在拉美西斯二世的脚旁还有皇后、太后的立像，大约只有他小腿那么高，此外法老双膝间还有王子和公主像，相对就更小了。这样对比无非是要突出拉美西斯二世的至高无上。现在，大神庙前的宏伟景观已被印在一埃镑的纸币上，广为人们所熟知。

然而，文韬武略过人的拉美西斯二世怎么也没有想到，随着外族的入侵和他亲手创建的强大帝国基业的衰败，他那辉煌无比的神庙也被冷落一旁，被无情岁月的风沙渐渐掩埋。

1813年，阿布辛拜勒神庙在沉睡了3000年之后，被瑞士旅行家布尔卡德"误打误撞"地发现。当时他在当地人的引领下游览，突然看到4尊几乎已全部陷入沙中的巨像。他猜想沙堆之下可能埋着一个巨大的神庙。他猜对了。四年后意大利古埃及学家贝尔佐尼（1778—1823）带十几个人足足挖了20天沙子后，从一条狭缝爬入了巨大的神庙。他被巨大精美的雕像、生动亮丽的浮雕和色彩鲜明的壁画惊呆了。然而沙子挖了又埋，埋了又挖，这些与沙子搏斗的工程，似乎永无止境，又过了近100年（1909），在时任埃及文物局长的马斯佩罗（1846—1916）主持下，庙门口的积沙才被彻底清理干净。大神庙终于重见天日。

直到这时，人们才看清了大神庙的全貌。它开凿在山崖上，拥有四尊拉美西斯二世巨像的庙正面宽38米，高33米，进深63米。内部由狭长柱廊穿过三重大厅组成，每根柱前都有神或法老的雕像。庙内墙上的浅浮雕壁画主要反映拉美西斯二世征战西亚而进行的卡迭石战役：法老站在战车上，正指挥千军万马奋勇冲杀……威武的君王、冲锋的将士、乃至奔腾的战马……真是千姿百态，生动逼真。此外还有描绘祭祀活动的场面。柱廊的尽头有四尊石像，从左到右依次是：地狱与黑暗之神卜塔（孟菲斯主神）、太阳神阿蒙、拉美西斯二世和朝阳之神拉哈拉克提。

大神庙门前的高大石雕像令人赞赏，庙内精美的壁画让人大开眼界，而聪明、智慧的古埃及人精确的天文知识和精湛的建筑艺术更令人惊叹不已。每年2月21日（拉美西斯二世的生日）和10月21日（他的登基日），早晨5点50分的阳光都会直射入3米宽、10米高的神庙大门，徐徐穿过三道小门和深邃的柱廊，恰巧照在位于神庙最深处（60多米），拉美西斯二世的神像上。另外，在太阳神阿蒙和朝阳之神拉哈拉克提的雕像面上阳光也会扫过，只有夜神卜塔从不受到阳光的照拂。20分钟后，阳光便退出神庙。这种由于日照角度形成的奇观，被称为神光。这两个日子被作为太阳节来庆祝。古埃及人的天文知识和石窟建筑技术之高超，由此可见一斑。

大神庙好不容易才摆脱了沙埋的厄运，却又遭到了水淹的威胁。20世纪50年代中期，埃及决定修建阿斯旺大坝，努比亚古迹面临永沉湖底的危险。为了保护神庙不被淹没，联合国教科文组织于1960年发起抢救神庙运动，埃及、美国等51个国家和联合国教科文组织共出资、捐款4200万美元，用于迁移努比亚古迹。

1965年初，埃及工程技术人员与来自德国、法国、意大利、瑞典等国的人员合作，开始搬迁阿布辛拜勒神庙。他们先把峭壁顶部挖掉，然后将神庙前雕像连同山岩和神庙切割成9～30吨重的石块。其中，大庙被切割成807块，小庙235块。此后，从原址往西北方向迁移180米，并上移约65米，在新址上拼接、组装切割下来的石块，恢复原样。这样庞大的愚公移山式搬迁工程整整用了三年，才取得成功。令人遗憾的是，尽管科学家们绞尽脑汁，使用了现代科学技术手段，进行了精确的测量计算和反复论证，搬迁后的大神庙还是出现了偏差。阳光照射大庙深处拉美西斯石像的太阳节，已无法恢复到原来的2月21日和10月21日，而是后延了一天。对比悠悠三千年的历史，这一天误差无足轻重，神庙反而因此更显得神秘诱人。

工程结束后，这片荒凉的土地上出现了一个新的居民点——为参观者服务的阿布辛拜勒镇。此外，努比亚遗址上的其他重要古迹，如菲莱古庙等，也都被迁移到不受水淹的安全地带。

阿布辛拜勒神庙迁移工程是一项十分了不起的工程，是国际合作抢救人类文明遗产的一曲凯歌。它还引发了联合国教科文组织和各国有识之士的思考和讨论，如何加强保护具有突出意义的古建筑、遗址和天然名胜（这是因为天然名胜也有被破坏的可能）。为此，联合国教科文组织于1972年11月16日召开大会，通过了《保护世界文化和自然遗产公约》，并决定成立世界遗产委员会，对各国申报的重要古迹和天然名胜进行严格审定，将审定合格者列入世界遗产名录。同时，设立保护基金，在全球范围内对列入名录的各项遗产有计划地实施保护措施。1979年，审定公布了第一批世界遗产，阿布辛拜勒赫然名列其中。今年刚好40年。

我国1987年加入该公约。同年就有第一批项目入选，包括泰山、长城、故宫、敦煌、兵马俑、周口店遗址等。目前160多个国家共有1113处世界遗产，其中文化遗产861处，自然遗产213处，双重遗产39处。注意一下，世界自然遗产从数量上看，要比文化遗产少得多，全世界总共200多项。这是因为自然遗产评选条件极为严格，必须符合下列一项或几项标准方可获得批准：

构成代表地球演化史中重要阶段的突出例证；

构成代表生态和生物进化过程和陆地、海洋生态系统和动植物社区发展的突出例证；

独特、稀有或绝妙的自然现象、地貌或具有罕见自然美的地带；

尚存的珍稀或濒危动植物种的栖息地。

中国现有世界遗产55处，名列世界第一。其中世界自然遗产只有14项，即新疆天山，九寨沟，可可西里，四川黄龙，武陵源，三江并流，四川大熊猫栖息地，三清山，澄江化石地，神农架，梵净山，黄渤海候鸟栖息地，中国丹霞地貌（湖南崀山、广东丹霞山、福建泰宁、贵州赤水、江西龙虎山、浙江江郎山）和中国南方喀斯特地貌。另外还有文化和自然双重遗产4项（黄山，泰山，武夷山，四川峨眉山—乐山大佛）。可见世界自然遗产这块金字招牌的含金量是极高的。中国南方喀斯特地貌是2007年入选世界自然遗产的，其中包括武隆，与云南石林、贵州荔波并列。2014年6月23日，由广西桂林、贵州施秉、重庆金佛山、广西环江四部分组成的"中国南方喀斯特"二期，作为扩展项目列入世界遗产。为什么要"捆绑"在一起打包申报世界遗产呢？这是因为从2005年起，规定一国一年只能申报一个。入选很不容易。说明武隆山水的确不同凡响，已经有了世界性的影响。

国家5A级旅游景区

此外，武隆还是国家5A级旅游景区。这块金字招牌是由国家旅游局根据严格的标准评定的。为此制定了《旅游景区质量等级的划分与评定》国家标准。这一标准中，对5A级旅游景区提出了12项具体条件，即旅游交通、游览、旅游安全、卫生、邮电服务、旅游购物、经营管理、资源和环境的保护、旅游资源吸引力、市场吸引力、年接待游客量及游客抽样满意率。申报的景区只有满足全部条件，才能评为国家5A级旅游景区。每条标准都很高，例如旅游资源吸引力这一条，包括观赏游憩价值极高，在某些方面具有世界意义等；市场吸引力这一条，包括世界知名、美誉度极高、主题鲜明、特色突出等，年接待游客要在60万以上。陕西有9个5A级景区，即兵马俑、华清池、黄帝陵、大雁塔·大唐芙蓉园、西安城墙·碑林、华山、法门寺、太白山、金丝峡，就是这样的例子，在国内外都很知名。5A是中国旅游景区的最高等级，代表着中国世界级精品的旅游景区。

2007年开始评定国家5A级旅游景区，全国最初只有66家，如今发展到250多家。在重庆市38个区县范围内，只有8个国家5A级旅游景区，即武隆喀斯特地貌景区（包含仙女山、芙蓉洞等），金佛山景区（南川），巫山小三峡景区，四面山风景区（江津），万盛黑山谷景区，大足石刻，酉阳桃花源景区，龙缸风景区（云阳）。

由此可见，武隆拥有国家5A级旅游景区这块金字招牌，含金量是很高的。

国家级旅游度假区

国家级旅游度假区是指符合国际度假旅游要求、接待海内外旅游者为主的综合性旅游区，属于国家级的开发区，也是由国家按照严格的标准审定的。

国家级旅游度假区与国家5A级旅游景区，有明显的区别：

首先，项目建设体系不同，国家5A级旅游景区侧重于白天的接待能力，而国家级旅游度假区的核心在于高水平的度假酒店；有包括五星级酒店在内的酒店群，高尔夫球场等；

其次，国家5A级旅游景区只涉及游客数量，而国家级旅游度假区更关注的是游客过夜率，国家级旅游度假区旅馆床位总计要在1000张以上，年接待度假者要在20万人以上；

第三，国家5A级旅游景区收入主要靠门票，而国家级旅游度假区的主要盈利来源为度假体验；

第四，投资规模不同，国家级旅游度假区投资远远高于5A景区建设，因此数量也远远少于5A景区。

国家级旅游度假区是2015年开始评定的，最初只有17家，截至目前全国也才只有30家：浙江的宁波东钱湖、太湖、萧山湘湖、湖州安吉灵峰、江苏的汤山、天目湖、阳澄湖、宜兴阳羡，山东的凤凰岛、海阳、蓬莱，云南的阳宗海、西双版纳、玉溪抚仙湖，四川的邛海、天府青城，广东的华侨城、河源，福建鼓岭，江西宜春明月山，安徽巢湖，重庆仙女山，贵州赤水河谷，广西阳朔遇龙河，河南尧山，湖北武当，湖南灰汤温泉，吉林长白山，海南三亚亚龙湾，西藏林芝度假区。从中可以看出，只有18个省市自治区有国家级旅游度假区；有些省，连一个都没有，而在整个重庆市范围内，仅有武隆仙女山一个国家级旅游度假区，堪称"凤毛麟角"，十足的纯金招牌啊！

同时拥有三块金字招牌的地方有几个

写到这里，我很感兴趣，全国各地到底还有没有像武隆这样，同时拥有世界自然遗产、国家5A级旅游景区和国家级旅游度假区这三块金字招牌的县区呢？我在网上没有找到相应的准确答案，于是就自己筛选、排查一下。方法很简单，先看拥有国家级旅游度假区的30个县区中，是否同时拥有世界自然遗产。我查了一下，除了武隆达标外，还有广西阳朔和贵州赤水：因为阳朔既有遇龙河国家级旅游度假区，也有属于世界自然遗产的中国南方喀斯特地貌；赤水既有国家级旅游度假区，还有属于世界自然遗产的中国丹霞地貌。

下一步再排查，广西阳朔和贵州赤水是不是有国家5A级旅游景区，结果是阳朔有漓江景区，是国家5A级旅游景区；而赤水没有，当地正在打造国家5A级旅游景区，但现在还没有。

结论，目前中国同时拥有世界自然遗产、国家5A级旅游景区和国家级旅游度假区这三块金字招牌的县区只有重庆武隆和广西阳朔。朋友，你同意这个结论吗？

心中一座城

〔马来西亚〕朵拉

未抵重庆，先在网络认识重庆人。

为了去重庆，上网浏览搜索重庆资料，看见中国十一国庆节的段子，其中最为有趣最叫人难忘的那一段：作为中国西部地区唯一的直辖区，"网红"城市中的佼佼者，今年短短一个黄金周，重庆游客接待数量是3859万人次，超过重庆的人口总数，成为全中国"接待游客最多"的城市冠军。

每年中国国庆节之后，我们海外人士都会充满好奇，一边看着人挤人至无法移动的中国各大景区照片，然后庆幸自己没有在这个时候加入成为其中一员。中国每个地方的风景各有各好，到了景区如果只见人头不见景物，未免太杀风景。

今年国庆节期间，使用重庆本地电话号码的市民，基本上每天都会收到一条同样的短信。"国庆假日期间，渝中解放碑、洪崖洞、朝天门、来福士、大剧院、长嘉汇等旅游景点，人员密集，请本市市民错峰出行，为市外游客提供游览方便，展示重庆市民良好形象！"

不到100字的短信，不过是一则"温馨提示"，却瞬间引起网友热捧，大家像追星族一样，热烈议论，立马变成"现象级"话题。

包括我周围的许多人之所以注意这段子，是因为重庆人特别俏皮。他们"语若憾之，实则喜之"的表情清楚地显示在网上的答案：

"好的，我已经在家躺了三天了，祝外地的游客在重庆玩得开心，什么时候可以出门了给我发个通知。"

"唉……不要发了~我没出去……我吃饭都是喊的外卖~购物都是用的淘宝~聊天都是用的微信~你可以放一百个心（然后加一个盖脸的表情）……"

"你莫在紧到发了，我真的晓得了！不出去不出去不得出去……"

"天天发天天发，为了配合组织我已经打了四天麻将，输了一万多了，组织又不能报销，我就想问一下什么时候可以出去嘛？"

还有人发个截图，注明当天跑步不超过223步，然后写着："今天才走了200多步，我真没出去。"

"我晓得了，三天了我都是半夜出门觅食，还不够自觉吗？"

还有个挺可爱的重庆美女回说"我不出门，外地游客怎么看得到重庆美女呢？"

一般都是幸福感满满和信心十足的人才会格外幽默。这些回答让人见识了重庆人有多么幸福多么自信。

我对着段子笑容满面，心里得意，因为这段时间太忙，一共有三个画展，四个演讲在前面等我，需要很多精神和时间去准备，差点因此推掉重庆的约会，但我在数十年前就为琼瑶阿姨的《几度夕阳红》和《烟雨蒙蒙》倾倒，对书里的沙坪坝（在海外不读中国地理和历史，根本就完全不知道那究竟是什么地方）神往不已，最后拼命努力完成画展和演讲的任务，终于，中国国庆节刚刚过，我人就飞到了江北机场。

未曾见过面的Y教授来接我。Y是好友L的好友，和Y在微信对话，喜欢她的直接，我便也毫不客气直接问："请问重庆人说话都这样耿直的吗？"这跟南洋人很相似。Y直截了当，"重庆人是以耿直出名的"。

听说我抵达重庆的日期时间，Y说我来接你。一出海关，果然有个美女双手捧着朵拉名字的一张纸，眼睛眯眯表达开心的她用一只手朝向我大力摇晃招呼。"嗨！"我停下脚步大笑。

跟重庆人交朋友太容易了。闻说中耿直豪爽、热情真诚、有情有义的重庆人，就这样走进了我心中。网络上关于重庆人独特性格特征的段子还有下半段："要看洪崖洞，给您封了一座桥，要看轻轨穿楼，给您修建观景台，怕火锅辣，给您提供清汤、微辣和鸳鸯，现在过国庆节，直接给您腾出一座城！"来过重庆，我要告诉你，你若带着怀疑的眼光来看这段子，那你真是对不起重庆人。

由于只一个晚上，隔天要上武隆仙女山，我请厦门助理在网上订一家靠近机场的酒店，Y建议我住到市区，饭后她载我看闻名遐迩的重庆夜景，隔天上午可走一趟磁器口古镇，适当的酒店在重庆大学里边，地点正是沙坪坝。

数十年前认识沙坪坝，到今天才走到眼前，我当然说好。当时帮我提行李的酒店员工，听说我要换酒店，不住他们店，他照样热情无比帮我把两个重量级行李拉老远的路到停车场，再帮我把行李装上车后备箱，还笑眯眯地同我道再见。

大气又热情的重庆人完全不在乎你沉重的愧疚，因为这就是他们平时的为人。Y在路上车里就用手机帮我订酒店，抵达马上到酒店餐厅吃饭。Y家的叶先生预先来叫菜，怕远方的客人肚子饿。知道我怕辣椒，菜都选清淡的，其中鱼香肉丝和回锅肉，最起码的两道重庆代表菜肴不可少，说怕辣，吃起来却极下饭。重庆人吃的清淡是对客人，他们自己吃青菜豆腐汤的时候，把汤中的料，尤其是豆腐，一定蘸几下汤碗旁边一小碗的红油，然后一起吃。

隔天我要到机场和主办重庆武隆仙女山采风的单位负责人相会，热情好客的重庆人Y知道南洋来客没有微信支付，没有滴滴打车，忙碌的她专门给我叫了车。

很少主动和人搭讪的我，被阳光的司机惊艳了。年轻司机很好客地说："我们重庆所有景点都不要门票，酒店不许欺客，欺骗事情发生，一个月不许营业，这损失很惨重呀！"他有一回载客人去机场，客人赶航班时间，退房忘记拿回押金两百元，酒店电话来说马上转微信支付。对于诚实的酒店，司机毫不掩饰他的自豪。很多游客喜欢重庆，因为重庆人喜欢游客。一回载一对夫妇，他们说不过在路过的面档吃碗不到十块钱的小面。小贩见客人小心翼翼，怕麻辣红油沾了衣服，即刻给他们递来两片一次性的胶袋，让他们挂在胸口放心大口吃。这面，要大口吃才好吃嘛。司机继续爽直坦荡地给我提供重庆资讯："重庆的的士不许宰客，要是欺骗客人，停车三天。一天不载客人要付三百多元，三天不开工，等于罚款一千多元，很严重。我们不会为一二十元骗客人的。全国出租车行业不景气，完全不影响重庆，这里生意还是很好。重庆是网红城市呢！来过重庆的游客都会爱上重庆，然后上网发抖音、微信朋友圈、小红书、微博等替我们做宣传，让我们重庆越来越红。"一点不做作不虚伪的重庆司机思想非常正面："载你去机场不怕远，等下回来一定有客人。"上了这个充满正能量的重庆司机的车，感觉要是周边都是像他这么质朴率真活力充沛的人，应该没有什么做不到的事。

就一个朋友Y，一个酒店员工和一个司机，便是有山有水的重庆人代表，既有仁者乐山的吃苦耐劳秉性，又有智者乐水的乐观豁达思想。

因为重庆人，刚到重庆，心里便有了一座城，名字就叫重庆。

从武隆大山走出的一家人

小宇

初识杨悦

初识重庆武隆杨家人,是从杨悦开始。

2013年5月,在美丽的德国南部博登湖畔小城Lindau(林道)召开的中欧跨文化作家协会年会上。虽然之前在报纸上见过杨悦的一些照片,但见到真人,还是惊叹于她那娇小玲珑、圆脸大眼的学生妹模样,联想到她身上的光环:翻译巨擘的女儿,四川外国语大学德语文学专业学士,留学深造过的德语翻译界新秀,德国迅马科技有限公司董事长,德国逸远慈善教育基金会理事等,感觉反差很大。

眼前的她,留着齐眉刘海,文静内敛,朴素低调,一件黑色毛衣配着绿色长围巾,如大学生般的清纯、青春,唯一略显老成的是把短发烫成了小卷卷。她在与会众人面前并不是表现最"突出"的那个,比如发言让着别人,打扮素于别人,拍照时占偏一点的位置,唯一让我觉得突出和记忆深刻的是,第二天下午的自由活动,我这样贪玩的人,都结伴去博登湖乘坐游轮的时候,她说她要去小城美术馆看一个画展。

这让我对她肃然起敬。我贪玩,而她要用游玩的时间去学习,接受文化艺术的熏陶。她家住在德国大都市杜塞尔多夫附近,那里的画展和艺术活动肯定比这小城的丰富高端，而她驱车数百公里赶来这个德国著名的风景地，会后不抓住机会游山玩水，却跑去那幢老房子里看某个画家的画展，可见她对绘画艺术的痴迷，对提升自己文化艺术修养和鉴赏能力的执着。

听去过她公司的朋友说，她的公司看起来不像一家科技公司，而更像一个艺术工作室，有别出心裁的装饰：墙壁色彩是明快的天蓝加橘黄，滚动播放世界名画的大显示屏，她的办公室书架上，除了文件夹，还摆放着音响设备和很多CD片。她经商，但不是纯粹的商人，或者说是一个文学艺术修养很高，骨子里文艺范很浓的儒商。

近年来，我们多次在德国举办的协会年会和德国《华商报》联谊会上相聚，她好像越变越年轻，第一次见到的卷发变成了短直发，依然是黑毛衣加白或红色外套，依然模样清纯。她也极其低调，几乎从未谈过她稳步发展、业绩斐然的公司，从未谈过她在德国创业的幸运或艰辛，多数文友甚至不知道她的公司还有自己的品牌和生产线。看她的博客和专栏，你肯定想象不到这是一位忙忙碌碌搏击商海的董事长开的，你会觉得她有那么多的闲情逸致，对德国的政治、历史、教育、绘画、电影、生活等形象生动地娓娓道来。她最早在《华商报》个人专栏上的照片，也是及肩短发，齐眉刘海加一条长围巾，黑白两色，看起来如纯朴青涩的五四青年，知性，清丽，恬淡。

其实，身为董事长，经商只是她和丈夫在德国立足，生活和发展的良策，不断学习，在文学艺术海洋里尽情遨游才是她最大的兴趣。否则，她怎会在繁忙的工作中，挤出宝贵的时间和精力，把个人博客打理得那么有声有色，博客点击量逾120万，同时在德国最大的华文媒体《华商报》开辟了个人专栏"悦读德国",并且已坚持了8年! 2019年春天,杨悦还出版了个人文集《悦读德国》(四川文艺出版社),除了在各大网站与实体书店同步销售,还推出了电子版,便于远在海外的读者浏览。

采风活动展才能

要不是这次参加"2019世界华裔文艺家重庆·武隆·仙女山采风活动",我还没有机会直接看到她身上的能干、直率、果敢。能干,可以从她由国内大学老师的身份,在异国他乡留学创业,成立自己的科技公司,在一个全新的商业领域发展壮大的经历想象出来。但在这次的采风活动中,我亲眼见证了她的超强能力。从最初的筹备和与主办方的沟通协商开始,她是一座桥梁,连接着海外成员与武隆组委会两头,但这是一座负重不小的桥梁,林林总总,事无巨细,要协助主办方组织好,安排好,协调好。

采风团来自世界很多国家的成员已经够她花时间和费心思的了。或许是被仙女山和周边的大自然震撼,被作家摄影家们的澎湃激情打动,更被仙女山国家旅游度假区管委会组织者们的真诚和热情感染,她像变魔术似的,居然在几天内把30多人的群扩大了10倍,邀请了海内外近400个同好同道者入群!建立起"重庆武隆仙女山国际交流平台",就为了更快捷、更实在地宣传重庆武隆仙女山,同时也让"世界的武隆"聆听来自全世界的声音。

那几天,她跟我们大家一直在路上奔波,我不知道她是如何在密集的采风活动中,同时操持着家事、群事、武隆事,事事关心,一心多用的呢?每每看到她的一个个建议和雷厉风行的举动,我都会感叹她娇小文弱的身躯竟蕴藏着如此巨大的能量和气场,仿佛有三头六臂，同时同步干着那许多事情，佩服之余也有点担心，超负荷工作别让她身体吃不消。可我的担心好像是多余的，从前期筹备到活动结束后遗留的一件件大小杂务，包括给我补寄资料这样的小事，她自始至终地扛了下来，直到风尘仆仆赶回德国，还继续忙碌着。

她也有很多重庆辣妹子的共性，率真，果敢，偶尔还有点尖锐，带着辣味，发现问题会及时提出，甚至"不留情面"，有时把德高望重谁都敬仰的老爸杨武能教授也"批评"一下，但出发点都是为了大家而不是自己，被批评者和旁观者都会心服口服。

认识"易燃易爆"小女子

我认识的第二个杨家人，是杨悦姑姑的女儿。第一眼在武隆见到她，杨悦把身边同样娇小可爱，扎着羊角辫，不施粉黛的年轻女子介绍给我们：这是我表妹易然。我以为她是跟着一起来玩的大学生。可第二天小女子也拿着重重大大的单反机与另外两位男摄影家一起前奔后跑地忙着摄影，在各个活动环节中，特别在大家用餐和联欢时，她和摄影家们一样，无心享受美食和放松聊天，机敏地捕捉人物的精彩瞬间，抓拍人物特写。每晚回到宾馆，易然顾不上休息，先把单反机里所有照片导入电脑，再上传到群里。大家看到这个"小姑娘"镜头下的自己特别有形有神，都禁不住对她赞赏有加。

有次用餐我俩恰巧坐一桌，便对她多了一份了解。看不出整天笑眯眯小姑娘模样的她，早已是两个孩子的妈妈，大儿子都11岁了！太吃惊了，人家还是老师呢！她在四川美术学院艺术设计专业毕业后，曾担任某广告公司的设计总监。可为了有更多时间陪伴孩子，她不惜辞掉前途好，薪酬高的总监工作，换了一份工作时间较短的重庆文化宫摄影学校教学工作，这样既可以多照顾陪伴孩子们，又发挥了自己的爱好和摄影特长。

听到这，我对眼前这位我一直把她看作小姑娘，还常常开玩笑把她的名字喊成"易燃易爆"的小女子刮目相看！这在西方社会很平常的事在中国却是比较少见，职场妈妈，尤其是职位高的多半不会为了陪伴孩子而放弃自己打拼多年的事业，更舍不得放弃好不容易得来的高职位和月月稳定的丰厚收入。

其实，她让我敬佩的不仅是急流勇退半别职场的壮举，而是她在家陪伴孩子的独特心得和育儿经验。一般全职妈妈常常会为独自带孩子，尤其是带两个孩子的无尽家务和教育而喊苦喊累，埋怨自己付出太多，而她却说没感到自己付出什么，相反从孩子们身上获得良多。

而这位学艺术的年轻妈妈在述说暑假独自带着两个小男孩去敦煌看壁画时的那份坦然淡然，让我顿时觉得她好高大，能量十足！

杨家的"老大"

接下来，10月14日晚，杨家的"老大"杨武能教授空降似的突然出现在我们已经落座的餐厅。杨教授在七个兄弟姐妹里不仅年纪最大，也是杨家成就最高名声最大的事业老大。那晚在武隆仙女山苗家风情餐厅，我们正在观看苗族姑娘小伙的表演，突然杨教授等人来到热闹的餐厅，采风团的成员们一下子把目光从演员身上集中到杨教授身上。虽然在座的人大都没有亲眼见过他，但都曾经读过杨教授翻译的许多德语文学名著，如《浮士德》《少年维特的烦恼》《魔山》《格林童话全集》《海涅抒情诗选》等，或见过他的照片。现在翻译泰斗从文字和著作后面走出来，亮相在大家眼前，叫我们这些文学老中青年何等兴奋激动！杨教授虽年逾八十，头发灰白，但精神矍铄，气质儒雅，目光慈祥亲切，标准的教授学者形象。杨老入座后，大家一个个上前亲切问候，轮流与他合影，让他的用餐变得断断续续，但他非常开心能够在仙女山见到来自世界各地的文艺家，耐心满足每一位嘉宾与他交谈和合影的愿望。

两天后，在10月16日于仙女山天衢公园内举行的"巴蜀译翁亭"揭牌仪式上，杨教授的发言令所有人感慨、感动。他，唯一一位同时获得德国国家功勋奖章、德国洪堡学术奖金以及歌德金质奖章三项殊荣的中国学者，以及中国"翻译文化终身成就奖"的获得者，通篇不提自己毕生在文学，教育，尤其是翻译事业上的卓越贡献，而是一直在感恩，感谢新中国，感谢这个时代，说没有新中国，他，一个农民的孙子、工人的儿子就不会有今天，甚至可能过着吃不饱穿不暖的苦日子，也感激他所有的亲人、老师、同学、同事、朋友，以及出版社的编辑等，说没有他们，就没有他今天的成绩。在随后的午餐前，我在洗手台边碰到杨老，告诉他我被他的发言打动，而他却谦逊低调，一脸"无辜"地说，我不赞成他们建这个译翁亭，可他们一定要建……我说，这是您的祖籍——武隆仙女山的政府和人民尊重知识，敬重文化和爱惜人才的体现，您贡献卓越，获得这般尊重和殊荣，受之无愧啊！

当我后来在重庆市图书馆四楼的"杨武能著译文献馆"看到橱窗里一排排的著作和翻译文集时，真被深深震撼了！想象不出，他是如何在繁忙的教学工作、行政领导工作（曾担任过长达七年的川外副院长一职）之余翻译、撰写并编译了这么多的文章和书籍！学过外语的人都知道，要翻译好外文，尤其是经典名著，不仅要有炉火纯青的外语水平，更要有深厚的文化修养，广博的知识面，极高的文字写作功底，还要大量地查阅相关资料，是一项浩繁艰苦的再创作。尤其是语法复杂、拗口难学的德语，我在德国住了20多年，还是搞不清德语每个名词前必须冠以的却又没有规律的der（阳性）、die（阴性）、das（中性）。而杨教授是如何以超凡智商和超常努力才把这门令人苦恼的外语掌握得游刃有余，他不仅是教育家，也是文学家，更是凤毛麟角的杰出翻译家，他是武隆和重庆的骄傲，也是巴蜀和中华的骄傲，理所当然也是祖籍地武隆的一张特别的文化名片！

凭借杨武能教授在翻译界和文化界的名望，他在西方特别是德语国家也是不可多得的人才，2004年他受聘荣任欧洲译协驻会翻译家。一个教授头衔已可受到特别的尊敬，更别提与他交往的不乏人们常说的主流社会阶层（从著译馆所陈列的照片和书信可窥一斑）。如果跟已在德国安居乐业的两个爱女、女婿及外孙女们就近一起生活，可以享受清静的工作环境和天伦之乐的家庭生活。可杨教授却和夫人王荫祺教授在2015年初正式搬离德国，回到了魂牵梦绕的故乡，回到了他们学业、爱情和事业开始的地方——重庆。

万分遗憾和令人悲伤的是，同样才华横溢，一辈子教书育人，桃李满天下，退休后相夫助女的王荫祺教授，回国不到半年，还没来得及好好享受家乡的亲情友情，美食美景，就因病离开了人世。我只见过她的照片，照片上王教授是那么温婉典雅，娇小的身躯，和蔼的笑容，可她内心的坚强豁达，无我无畏，远胜许多比她高大强壮的人。她在去世前就立下遗嘱，将遗体无偿捐献给祖国的医学研究事业，这是一个常人难下的决定。

当我读到这个细节和写下这些文字的时候，不禁抹去不知何时滑落的热泪，钦佩她像一支小小的蜡烛，一旦点燃，便默默奉献，直到燃尽最后一滴油，无怨无悔燃烧自己，照亮别人。可以说，她是我没见过，却最打动我的杨家人！

杨教授在承受了巨大的丧妻之痛后，达观处世，继续留在家乡，继续在中德文学创作、文化交流间辛勤耕耘，献计出力，于2019年10月还接受了重庆国际交流研究中心主任这一重任，担当起促进重庆对外文化交流和推动重庆旅游文化的工作。

"八零后"的杨教授可能比一些真正的八零后还要勤奋刻苦，不为名利，而是像他所说的："生命在于创造，创造在于奉献，对于国家、家乡以及那些给予我帮助的人，我始终怀着一份感恩之情，哪里有需要，我就在哪里。因为奉献，人生不虚此行！"

杨教授经常一早起来就会走到电脑前开始工作，有时一坐就整个上午，如此兴致勃勃、孜孜不倦地工作，不是每个人都能做到啊。我真心希望杨老多多保重自己，您既是重庆武隆的骄傲，也是中外翻译界和文化界的骄傲啊！

这次采风活动中，杨教授虽然不能全程与采风团一起活动，但却一直在群里关注着大家，每天询问行程和感受，关心大家的收获，在群里与大家互动。终身与洋人洋文打交道的杨教授没有变成"洋教授"，他汲取和传递的是欧洲文明的菁华，自己却一直保持着故土和家乡的特色，他时不时在群里发语音，那带着重庆口音的普通话让我们感到亲切又亲近，如邻家老伯，他还用最"老土"最"原汁原味"的称呼，在群里喊话自己的女儿：悦娃！悦娃……让旁人感受到他浓浓的父爱，羡煞我这样已经失去父亲的人。他不时风趣幽默地评论某位采风团成员的作品，让大家感受到他对生活和文学的激情，和一颗永葆童真的初心。

杨家人很文艺

10月17日武隆最后一晚的联欢会上，杨教授更是作了"家庭总动员"，杨家兄弟姐妹齐上阵，吹的吹（乐器），唱的唱，美妙而独特，《让我们荡起双桨》《莫斯科郊外的晚上》，唤起在座嘉宾的童年和青年记忆，我不禁吃惊，想不到杨家老一辈这般文艺啊。

其实无须总动员，杨家的成员个个都是文学艺术的爱好者甚至专业工作者，都有些许特长，他们早在20世纪六七十年代就常常举办家庭春节音乐会。今年十月国庆节，又在巴蜀译翁的倡导下，举办了"武隆杨家将家庭美术展"。翻看展后编印的精美纪念册，里边有书法、摄影、绘画和手工几十幅作品，参与者从4岁到81岁，分别居住在亚、欧、澳三洲。

当晚我的邻座恰巧是写得一手优美散文的杨悦堂叔杨武均，他是重庆市散文协会会员，作品发表在各类报刊上。第二天在回重庆的大巴上，大家见识了记忆力超强、侃侃而谈的杨悦八叔杨武华。在摇晃的大巴车里，同车返渝的杨武华突然站起身问我们，想听杨家与武隆的渊源吗？想！大家异口同声。于是，年逾古稀的他，拿着车载话筒反向而立，面朝大家聊起了他家族的变迁史，祖母与父亲先后从武隆江口镇走出大山，千里迢迢去往重庆的艰苦生活，兄弟姐妹出生、成长等一段段珍贵的记忆。我这才知道，他曾在1990年担任重庆沙坪坝区文化局党委副书记和副局长，1999年负责磁器口的保护开发工作，为把磁器口打造成既有历史传承又有地方特色的重庆"打卡地"作出了自己的一番贡献！我之前已去过磁器口，听了八叔的讲述，后来再与采风团一起夜游磁器口古镇时，便联想到杨先生的费心与奔忙，想到这次特殊的大巴聊家常。当时我担心八叔虽然比大哥杨武能年轻、高大，但反方向站立，容易晕车，还不安全。几次想说，杨先生，您坐下说吧。可我忍住没说，我想八叔是个非常自信和执着的人，就如他颇具传奇色彩的人生经历那般。

"文革"期间，想当老师的杨武华因为父辈的"历史问题"，进师范和当工人的愿望一个个落空了。而那个非常时期的杨武华，少年气盛，居然异想天开地给时任重庆市长的任白戈写信，毛遂自荐要求当一名人民教师，意想不到的是他竟如愿以偿！任市长一定是个独具慧眼的人，不需关系后门，或拍马屁送礼，仅凭一页素笺，就让一个当时"不听话"的青年梦想成真！可见这封信的内容、措辞和书法有何等强大的功力和魅力，让惜才爱才的市长给开亮了他实现梦想的绿灯！要知道杨武华并未像大哥杨武能那样顺利地从大专读到大学，然后师从名家读完硕士，再出国深造，访学交流，但他跟大哥一样，靠坚定的意志，百折不挠的精神，坚守梦想，走出了自己的路，他俩可算是殊途同归，用不同的方式都在为保护宣传地域特色，弘扬中国文化，扩展中外交流而不懈努力。

文化是一个地方、一个城市的灵魂。从武隆大山里走出的杨家人，代表着千千万万个武隆人、重庆人，他们也许并不高大伟岸，走在大街上会很快淹没在人海里，可汇于一处便是一条波澜不惊却奔流不息的乌江。他们个人的声音也许并非嘹亮高亢，但聚在一道，就如川江号子般撼天动地。他们大多生于平凡人家，但勤勉好学，兢兢业业，依托巴渝文化的深厚底蕴，打造出不仅有美景和传承，更有文化和灵魂，从而迸发出无穷魅力的家乡！

一个地方，第一次吸引人去旅游的，多半是那里的美丽风景；但一而再，再而三地让人向往她，或者想到她，路过她都会感觉温暖，那么多半是因为那里的人。

武隆，重庆，就是这样一个地方。